詩人と音楽　記録された唐代の音

詩人と音楽

——記録された唐代の音——

中　純子著

知泉書館

凡例

一　白居易の詩作品の引用は、平岡武夫・今井清『白氏文集歌詞索引』（同朋舎、一九八九年）所収の那波本によるが、それに従わなかった箇所もある。それにない作品は、朱金城『白居易集箋校』（上海古籍出版社、一九八八年）による。

一　作品巻数は『白居易集箋校』に、作品番号は花房英樹『白氏文集の批判的研究』（朋友書店、一九七四年再版）によって付す。

はじめに

詩人が音楽に耳を傾ければ、音楽は詩人の心に響く。そこに詩が生まれて、また音楽に載せて歌われる。中国では古来『詩経』「大序」に見えるように、詩と音楽は深く結びついたものとして認識されてきた。本書では、音楽をこよなく愛し、こだわりを持って唐の音楽文化に関わった詩人白居易に焦点をあてる。詩人は唐代音楽をどのように詩に描写したのか、その詩はいかにして伝承され、音楽史を語る資料と化したのか。

唐代音楽を探求するうえで、白居易は当時を語る有力な証人である。本書の第Ⅰ部「音に遊ぶ詩人」第一章「白居易の詩に見える音の世界」で述べるように、中国音楽史の専著のなかにも、白居易はしばしば登場するし、唐代音楽資料として引用された詩篇をみると、白居易のものが質量ともに群を抜いていることからも、その資料的重要性が窺える。それはまず、彼の音に対する感覚の鋭敏さ、こだわりがあってのゆえに成り立つことであろう。彼はその生涯を通して聴覚による快楽を最優先させたといっても過言ではない。長安にありし若き時期、左遷の憂き目にあい辺鄙な江州・忠州に滞在した時期、地方長官として比較的恵まれた杭州・蘇州刺史時期、晩年に至る洛陽分司時期、それぞれにおいて当地の音を詩篇に最大限に取り入れていった。そして何よりもその音楽文化を十分に楽しんだのである。彼が、五代から宋にかけて開かれていく填詞（音楽に合わせて作られた歌詞）作者の先駆けとして位置づけられるのは、その当然の結果であろう。本書第Ⅰ部第二章「詩と音楽の出会い」・第三章「音空間の再現」では、詩人が填詞の楽しみに目覚めていくさまを、人生観の変化などを含めて丹念に辿ってみたつもりである。さらに第四章「伝統の音を楽しむ」では、孔子以来中国文人にとって不可欠な楽器である七絃琴について、それが白居易にとって「古」とつながるものである以上に、実際に自分で演奏し「今」を楽しむものであったことを論じた。そこにはやはり音楽愛好家としての彼の姿が写し出されている。

白居易の詩篇が音楽資料として重要であるのは、その伝承の確かさも大きく関与している。その詩篇は彼の生前においてすでに中国国内だけではなく、日本や朝鮮へも流伝し、多くの人の口にのぼった。第Ⅱ部「伝承される詩と音楽」第一章「詩は人口に在り」では、白詩伝播の特異性を「詩は人口に在り」という一種の褒め言葉を軸に掘り下げた。広く伝播したこと、それは詩人にとって誇りでもあったが、また一方でその伝承の不確実さに不満もあった。彼は自分の詩が確実に伝わることに人一倍腐心した詩人であったといえよう。自分の詩篇を自ら編纂し、その序を書き、寺に保管をゆだねるというのは、彼以前の詩人には皆無といってもいい。それについて第二章「詩集の編纂」で、中唐の宮中蔵書をつかさどる集賢院の機能の低下という、当時の状況を踏まえて考えてみた。詩人は愛する詩篇を他人まかせにはできなかった。それゆえに今日まで確実に当時を語る資料として白詩は伝承したのである。第三章「楽譜と楽人」では、さらに白居易が生きた中唐において、音楽の伝承形態にも大きな変化があったことを、楽譜の使用と、楽人の師から弟子への技芸伝授について論じた。そこでも白詩が重要な資料となったことはいうまでもない。彼は唐代音楽のありようを多方面にわたって詩に記してくれているからである。

もしも白居易の詩篇を唐代の音楽資料として用いなければ、唐代音楽像は今よりも曖昧模糊としたものであったろう。一方で、本書第Ⅲ部「歴史と化す音楽」において、詩を資料として用いる危うさをも指摘しておきたい。現在の唐代音楽研究において、とりわけ神経を使わねばならないのは、この部分ではなかろうか。詩人はあくまでも詩を書いたのであって、歴史事実を記録したのではない。この当然のことが、ともすれば忘れられてしまう。それゆえに第一章「詩が語る唐代音楽」では、歴史資料としての白詩の再考を訴えた。たとえば「諷諭詩」に記された胡楽批判は、それだけで当時の胡楽を直截に述べたものと捉えてよいだろうか。また中晩唐に生きた彼が盛唐の宮廷で演奏された音楽に言い及ぶとき、そこには約一世紀の時間的隔たりによって、なんらかの意識が形成されていたことは十分考慮に入れられるべきであろう。つまり盛唐から中唐にかけて大きな社会変化があり、宮廷音楽も地方へと拡散していった状況を踏まえて、唐代音楽資料を一括りには扱えないことを認識しなければ、本当の唐代音楽像には近づけないのである。そのことは、第二章「史実化する詩」でとりあげた「法曲」についての論考によってさらに明らかとなろう。盛唐の「法曲」についての資料は断片的であり、それが明瞭な意味を与えられるのは、中唐の白居易・元稹の「新楽府」においてなのである。彼らは音楽と社会の連動という儒家的音楽観のもと、胡楽と法曲との融合が安禄山の乱を導いたという説を展開している。それが宋代の欧陽修による『新唐書』「礼楽志」にも大きく影響し、彼らの説は歴史事実と化していった。白居易・元稹の詩篇は本書第Ⅱ部で述べたように広く伝承し、後世の文人たちに大きな影響を与えたのだから、そのことも当然といえよう。唐代の断片的な資料を時代順に並べてみると、白居易・元稹によって後から意味づけられていく音楽のありかたが看取されるのである。唐代音楽探索の第一資料ともいえる『新唐書』「礼楽志」についても、そこに記されているのは、宋代人がみた唐代音楽像であることは十分留意されねばならない。宋代人が手にできた資料、宋代に存していた唐代音楽の残映、宋代楽人に伝承されていた唐代音楽、それらを手がかりとしながら宋代人は自分たちの音楽のルーツとして唐代音楽を説明しなければならなかった。宋代に流行した詞、その根底にある音楽である「燕楽」、唐代人は明確な説明を一切残してはいないそれについても、『新唐書』「礼楽志」や『楽府詩集』など宋代資料においては、唐代音楽の構成要素として実に明快に説明が施されているのである。宋代人によって記録された唐の音には、すでに宋代音楽のありかたが反映しており、唐代音楽の実像に近づくうえでは助けとなる一方で障壁にもなる。これからの唐代音楽研究はそれを認識したうえでなされねばならないことを、第三章「時代を超えて」で論じた。

詩人は音楽を愛し、楽しみ、詩篇に描写した。それが唐代の音楽をいまに語る大切な資料であることを、本書を通じて一貫して主張してきたつもりである。その重要性ゆえにこそ、一つ一つ丁寧にその詩の意図を理解して扱っていかねばならない。そこに十分に気を配ることを怠らなければ、唐代音楽の実像を、その踊りの躍動感や音楽への陶酔の境地、音がやんだときの静寂など、細部にわたって我々に語ってくれるのは、やはり詩人が残した唐代の音の記録なのである。

目次

目　次

詩人と音楽——記録された唐代の音

第一部　音に遊ぶ詩人

第一章　白居易の詩に見える音の世界

白居易と音楽。これは多くの研究がなされ、なお考究しつづけられている魅力的なテーマである。たとえば堤留吉『白楽天研究』(春秋社　一九六九年)[1]には、白居易の創作方法のなかでもとりわけ音楽的要素が特筆されるものとして示された。また音楽史の専著では、楊陰瀏『中国古代音楽史稿』(人民音楽出版社　一九八一年)に「白居易和元稹的音楽思想」の項目が、呉釗・劉東升『中国音楽史略』(人民音楽出版社　一九八三年)にも「白居易及其音楽理論」の項目がみえ、白居易の詩文は音楽文化史を研究するうえでも貴重な資料となることが確認された。同時期に劉蘭『白居易与音楽』(上海文芸出版社　一九八三年)という書も著わされている。近年では、秦序の論文「崇雅与愛俗的矛盾結合　多層面的白居易音楽美学観及其変化発展」(『中国音楽学』二〇〇一年第一期)によって、儒家的音楽観に基づき雅楽を尊びながらも、実生活において俗楽を愛好する白居易の姿が浮き彫りにされた。そのほか白居易と音楽に言及した研究論考は多数あり[2]、唐代音楽といえば白居易の詩文が引用されている。

これほどに、彼の描いた音の世界が注目されてきたのはなにゆえなのか。それは、「楽工在りと雖も　耳壁の如し、清濁を分かたざれば即ち聾為り」という「新楽府」の「華原磬」(巻三　0130)にみえる音痴な楽工に対する彼の憤りに端的に表われている、彼の音に対する執着がまずあってのことではなかろうか。本章では白詩のなかに構築された音の世界をたどりながら、彼自身の音へのこだわりを探ってみたい。

一　聴覚的に捉えられた音楽

白居易の代表作ともいえる「新楽府」や「秦中吟」は、彼が左拾遺、翰林学士であった元和四、五年（八〇九、八一〇）のころ、三十代にして作られたもので、そのなかに優れた音の記述があることはよく知られている。たとえば、平安朝の日本人の感性によって編まれた歌集『和漢朗詠集』下巻「管絃」[3]の条に、「第一第二の絃は索索たり、秋の風　松を拂って疎韻落つ、第三第四の絃は冷冷たり、夜の鶴　子を憶うて籠の中に鳴く、第五の絃の声は最も掩抑せり、瀧水凍り咽んで流るること得ず」と白居易の「五絃弾」の詩篇があげられている。当時の日本人も、漢詩の管弦描写のなかでもこの箇所がとりわけすぐれていると感じたのであろう。それは管弦の音のありさまを、想像の容易な音、つまり自然界の音に巧みに置き換えて聴覚的に表現しているからではなかろうか。そしてこれらの描写は後に作られる彼の代表作「琵琶引」において音を写しとるのにも参照されたであろうといわれている。[4]ほかに「秦中吟」の「五絃」（巻二　0082）にみえる「大声粗雑にして散ずるが若く、颯颯たり風と雨と、小声細くして絶えんと欲し、切切として鬼神語る、又た鵲の喜びを報ずるが如く、轉た猿啼の苦しきを作す」と音の世界を自然の雨風、鬼神の声、鳥、猿の鳴き声などに比しているところに、子細に音を聞き、一つ一つの音を丁寧にとりあげる彼の姿勢がみえる。元稹にも「五絃弾」（『元稹集』巻二四）の作品があるが、それに比べても白居易のものが音の記述に重きをおいていることは、たとえば陳寅恪『元白詩箋証稿』「五絃弾」に「元稹の見方はもとより正しいが、表現が少々遠回しになっているのに対して、白居易は音楽によって論じており、極めて題にぴったりとしている。それゆえにわたしのみるところ、白居易の作品が元稹のものと較べて、さらに優れているとええよう。」（微之持義固正、但稍嫌迂遠、楽天就音楽而論音楽、極為切題。故鄙見以為白氏之作、較之元氏此篇、更為優勝也。）と指摘されているところにも窺えよう。

そもそも、演奏された音楽を、音として具体的に写しとる手法は、唐代以前の作品、たとえば『文選』（巻一七・一八）にみる「洞簫賦」「長笛賦」「琴賦」「笙賦」などにもあまりみられない。そこでは主に、楽器の材料がどのように素晴らしい土壌で作られたものか、またその音を聞いたものがどのように心を動かすかに筆が費やされている。わずかに「長笛賦」に「爾して乃ち声を聴き形を類するに、状は流水に似、又た飛鴻に象《に》たり。氾濫　溥漠として、浩浩　洋洋たり」と音の形状が表わされてはいるものの、それはどちらかといえば音を視覚的に捉えたものといえる。そうした意味では、白居易の「琵琶引」とならんで唐代の音を詠じた代表作のひとつである韓愈の「聴頴師弾琴」（『韓昌黎集』巻五）が、突然はげしくなる音のさまを「劃然として変じて軒昂たり、勇士の敵場へ赴くがごとし」と描写し、音の自由なひろがりを「浮雲　柳絮　根蔕なく、天地闊遠として飛揚するに随う」と詠じて音楽を言葉によって視覚的に眼前に髣髴させるのは、より伝統的な手法といえるかもしれない。

音楽を聴覚的に詩篇のなかに捉えようという試みは、もちろん白居易に先んじて現われている。たとえば顧況「李供奉弾箜篌歌」（『全唐詩』巻二六五）に「大弦は秋の雁に似、聯聯として隴関を度《わた》る、小弦は春の燕に似て、喃喃として人に向かいて語る……大弦は長く小弦は短し、小弦緊快にして大弦緩やかなり。初め鏘鏘を調うるは鸑鷟の水上で新声を弄するに似、深きに入りては太清の仙鶴が秘館に游ぶに似たり」とみえる。(5) また白居易が若き日に憧れた詩人韋応物にも、(6)「五弦行」（『韋応物集校注』巻十）という作品がある。そこにも「美人　我が為に五弦を弾ずれば、塵埃忽として静まり心悄然たり」と、五絃の琵琶の演奏が始まると、あたりが静まりかえったようにしんとして、そこから「古刀幽磬　初めて相い触れ」て音が起こり、「千珠貫断ちて寒玉落つ」という音がちりばめられた状態となるという。そして、「燕姫恨み有りて　楚客愁う、言の尽くさざるに　声能く尽くす」と、人の情を言葉にもまして伝える音楽の効用を説く。白居易の詩作にはこれら先達の音を捉える詩的手法が影響していることは明らかである。しかし白居易の作品は「第五の絃の声は最も掩抑せり、瀧水凍り咽んで流るること得ず」と、音のさまを聴覚的により確実に捉え、音それ自体がもつ素晴らしさをさらに適切に表現していると思われるのである。このように音楽を捉えて表現するためには、なにげない日常的な音にも耳をすまし、それを写しとる姿勢が根底にあるのではなかろうか。つぎに白居易の詩篇のなかに、自然がどのように写されているのかをみていきたい。

二　かそけき音に聞き入る耳

白居易は「新楽府」「秦中吟」を作っていた翰林学士時代に、宮中で夜の静寂さのなか詩を詠んだ。『千載佳句』「秋夜」の条にも引用されている元和五年（八一〇）の作である「同銭員外禁中夜直」（巻一四　0722）をみてみよう。

宮漏三聲知半夜　　宮漏三声　半夜を知り
好風涼月滿松筠　　好風涼月　松筠に満つ
此時閑坐寂無語　　此の時　閑坐し寂として語る無く
藥樹影中唯兩人　　薬樹の影中　唯だ両人のみ

宮中で宿直をしている彼がその夜を語る。「宮漏三声」とはじまる言葉は、彼の聴覚が先行していることを示していよう。夜がふかまり、宮漏の音にふと気づくと、心地よい風と清らかな月が松や竹にそそいでいる。そして白居易と銭徽の両人のみ。彼らは言葉をかわすことなく黙って座っている。声なき静閑な空間。本来ならば動くはずのものがひそまっているところの静寂ともいえよう。彼の詩篇にはこうした空間を「静境」という言葉で表わしたものもある。同じく元和五年の作品「禁中暁臥因懐王起居」（巻五　0199）には、「遅遅として禁漏尽き、悄悄として瞑鴉喧し。夜雨　槐花落ち、微涼にして北軒に臥す。曙燈残りていまだ滅せず、風簾閑として自ら翻る。一たび静境を得るごとに、故人と言《かた》らんと思う」という。ここでも彼は「静境」を描くために、「悄悄として瞑鴉喧し」と、暁に鳴く鴉の声をとりあげて、かえって無音であるよりもさらに静閑な空間をつくりあげている。こうした音への鋭敏な感覚、それによって微かな音も詩に写しとられていく。同時期に作られた「禁中聞蛬」（巻一四　0753）の詩篇にもそれが表われている。

悄悄禁門閉　　悄悄として禁門閉じ
夜深無月明　　夜深くして月明無し
西窗獨闇坐　　西窗に独り闇に坐し
滿耳新蛬聲　　満耳　新蛬の声

静けさゆえに蛬《こおろぎ》の鳴く声でみちあふれるように感じられる夜。白居易以前の作品のなかにもたしかに蛬の音を描写したものはあるが、その音が主題となっているものとなると少ないのではなかろうか。白居易の詩篇のなかには、初期の作品からしてこのように自然の音を主題としたものが散見されるのである。その意味ではやはり元和五年頃に作られた次の作品は自然の音を主題とした彼の代表作ともいえよう。

松聲　（巻五　0194）

月好好獨坐　月好くして独坐に好し
雙松在前軒　双松　前軒に在り
西南微風來　西南より微風来りて
潛入枝葉間　潜かに枝葉の間に入る
蕭寥發爲聲　蕭寥として発して声と為り
半夜明月前　半夜　明月の前
寒山颯颯雨　寒山　颯颯たる雨
秋琴泠泠絃　秋琴　泠泠たる絃
一聞滌炎暑　一たび聞けば炎暑を滌《あら》い
再聽破昏煩　再たび聴けば昏煩を破る
竟夕遂不寐　竟夕　遂に寐ねず
心體俱翛然　心体　倶に翛然たり
南陌車馬動　南陌　車馬動き
西鄰歌吹繁　西隣　歌吹繁し
誰知茲簷下　誰か知らん茲の簷の下
滿耳不爲喧　満耳　喧を為さざるを

古来松の音は詩篇に詠じられており、李白にも「聴蜀僧浚弾琴」（『李太白全集』巻二四）に「我が為に一たび手を揮えば、万壑の松を聴くがごとし」ともあるが、白居易の作品は文字通り「松声」を詩題にしているところが、たとえば『全唐詩』のなかでも他にはみあたらない。その「松声」は「寒山　颯颯たる雨」とも、「秋琴泠泠たる絃」とも聞こえるのである。松の風に揺れる音が琴の音にも擬せられる。自然の音が楽器の音と重ねられていく。それに聞き入る姿を「一たび聞けば炎暑を滌い、再たび聴けば昏煩を破る」と詠じ、音の世界に深く浸っていくさまをうたいあげる。そこでは精神が覚醒し、心も体も日常の束縛から逃れて自由になっていく。かそけき音に精神を集めていくとき、たとえそれが街中であろうとも静寂の空間を得ることができるといいきる彼。陶淵明の「廬を結びて人境に在り、而も車馬の喧しきなし」の境地を意識しながらも、白居易の筆はそうした心境へといざなってくれる音を写しとるのに費やされる。心と音のかかわりは、このように彼が若いころから目覚めていた問題であった。こうした音への鋭敏な感覚は、彼が「新楽府」「秦中吟」を作ったときにはすでに他の詩篇にも表われていたのである。その筆がさらにいきいきと伸びていくのは、「琵琶引」が作られた江州司馬時期かと思われる。次にそれをみていこう。

三　澄ました耳に届く音

元和十年（八一五）、四十四歳のとき白居易は、江州司馬へと左遷されたが、「琵琶引并序」（巻一二　0602、0603）はそこで作られた。この「琵琶引」こそ、彼の音を主題とした作品のなかでも最高峰といえるものであろう。清の林雲銘は「琵琶引」について『古文析義合篇』巻一三に次のように述べる。

首より尾に至るまで、句句当《まさ》に琵琶の声と作《な》して之を読むべし。その中に匀適の処あり、参差の処あり、遅くして軽きあり、速やかにして連なるあり、微にして断つあり、壮にして止まるあり、矜張あり、凄咽あり、欣幸あり、急促あり、皆な当にその意を会して以て声と為すべし、末に曼声を以てこれを結ぶ。方にこの文の三昧を得たり。

このようにいわれるほど音を繊細に的確に捉えた作品が生まれた背景には、杜甫などの作品が影響しているという説もあるが、(7)ここでは詩人の置かれた江州という地、その音の環境が彼に与えた影響を考えてみたい。彼の持ち前の鋭敏な耳は、当地の音をどのように聞きとり、それはいかに作品に昇華されていったのか。

白居易は江州に向かう途次においてすでに音を巧みに用いて詩を効果的に作っていた。たとえば「江夜舟行」（巻一五　0873）には、「曙に叫ぶ嗷嗷の鴈、秋に啼く喞喞の虫、只だ応《まさ》に北客の早《つと》に白鬚の翁と作るを催すべきのみ」と自らを不安にしていく音の空間を描いている。また「舟中雨夜」（巻十　0497）でも「江雲暗として悠悠、江風冷として修修、夜雨　船背に滴り、風浪　船頭を打つ。船中に病客有り、左降されて江州に向かう」といい、「修修」という風の音や、雨が船背に滴る音、波が船頭を打つ音、それらの音によって「左降」という語が示す暗澹たる心情を極めて如実に感じさせているのである。この船旅のなかで彼は友元稹の詩篇を読む。「舟中読元九詩」（巻一五　0883）では「君の詩巻を把《と》り燈前に読む、詩尽き燈残るも天未だ明けず、眼痛み燈を滅《け》すも猶お闇に坐す、逆風浪を吹き船を打つ声」と、詩を読むことをやめ、暗闇のなかに怒濤が船を打つ音を聴く白居易、そこにも聴覚だけがなお冴えて容易には眠れない彼の悲痛な心情が読み取れる。江州へ向かう作品のなかにもこのようにすでにその音が効果的に用いられている。ほかにも鄂州に宿泊したおりに聞いた悲しげな夜の歌声を、「夜聞歌者」（巻十　０４９８）では「隣船に歌う者有り、調を発すれば愁絶に堪う、歌罷みて継いで以て泣き、泣声通じ復た咽ぶ。声を尋ねて其の人を見れば、婦の顔雪の如き有り……」と詠じている。「琵琶引」で描かれた琵琶妓はこの婦人がベースになっているかどうかは別にして、[8]傷心した彼が夜のしじまに婦人の歌い泣く声を耳にし、さらに悲しみをつのらせるとする表現は、確かに「琵琶引」と同工といえよう。「琵琶引」でも、「声を尋ねて暗やみに問う弾者は誰かと、琵琶声停《や》みて語らんと欲するも遅し」として、暗闇のなかで耳をたよりにその女性の姿に迫っていくのである。

　こうした船旅の末に辿り着いた江州、その音の環境については、「琵琶引」において、「潯陽小処にして音楽無く、終歳　絲竹の声を聞かず、……其の間旦暮何物を聞くや、杜鵑は啼血し猿は哀鳴す。春江の花の朝　秋月の夜、往往にして酒を取りて還た独り傾く。豈に山歌と村笛の無からんや、嘔啞嘲哳として聴くを為し難し」と表現されている。「音楽無し」という言い方や、「嘔啞嘲哳」という蔑んだ口調から当地の音楽水準に対する不満が窺える。ところがそれに続いて「今夜君の琵琶の語を聞き、仙楽を聴くが如く耳暫く明らかなり。辞するなかれ更に坐して一曲を弾くを、君が為に翻して琵琶行を作《つく》らん」という。彼は自分の渇望していたものを耳にすることができたのであり、それを「仙楽」とまで言い切り、「耳」が「明」となったとする。その興奮が、「琵琶引」を作った原動力であったと述懐する白居易。確かに当地の楽妓を詠じた「聴崔七妓人箏」（巻一五　０９０３）や、「酔後題李馬二妓」（巻一五　０９０６）などの詩篇も残してはいるものの、総じて長安とは比較にならない貧しい音楽文化のなかで、彼は音楽に飢え、かえって音に鋭敏になっていたのではなかろうか。

　このように音楽を渇望し、それゆえに研ぎ澄まされた耳に届いた音、それを存分に表現したのが「琵琶引」ではなかったか。「琵琶引」の「軸を転じて絃を撥《はじ》くこと三両声、未だ曲調成らずして先に情有り」というくだりには、曲が奏でられる以前にそこになにかを聞き取ろうとする彼の音楽への熱情が感じられる。「大絃嘈嘈として急雨の如く、小絃切切として私語の如し、嘈嘈切切　錯雑して弾き、大珠小珠　玉盤に落つ」という詩句、それはなるほど長安での作品「新楽府」の「五絃弾」や「秦中吟」の「五絃」にすでに類似したものがみえるが、都の響きを想起させる詩材として、ここではむしろ効果的であろう。またそれにつづく「間関たる鶯語　花底に滑り、幽咽たる泉流　冰りて灘に下る、冰泉冷渋し絃凝絶し、凝絶して通らず　声暫く歇む、別に幽愁ありて暗恨生ず、此の時声無きは声有るに勝る」という詩句は、楽器の奏でる音に自然の音を重ねたものである。陳寅恪氏によって指摘されているように、ここは元稹の「琵琶歌」の「冰泉嗚咽し流鶯渋る」という表現の影響もあるかもしれない。だが、琵琶の音を写すのに使われた鶯の鳴き声や泉の流れる音、それこそ江州にて彼が耳にした自然の音でもあった(9)。また音が途切れた瞬間に生じる幽愁の情、それは無音であってこそ深淵な音の世界を作り出す。無音のなかの情感を察知する彼の耳は、覚醒していたといえよう。

彼の自然の音への関心は、廬山のふもとに草堂をつくり、泉の音を聞く生活を通してさらに洗練されていった。元和十二年（八一七）に作られた閑適詩の「香鑪峯下新置草堂即事詠懐題於石上」（巻七　0303）では、その草堂が「香鑪峯の北面、遺愛寺の西偏」に位置することが書かれている。そして「草堂記」（巻四三　1472）には「楽天既に来りて主と為り、仰ぎて山を観、俯して泉を聴く」とある。この草堂の泉については、「香鑪峯下新卜山居草堂初成偶題東壁」五首の第三首（巻一六　0977）にも「最も愛す一泉の新たに引き得て、清冷として屈曲し階を遶りて流るるを」といい、後に「別草堂三絶句」その三（巻一七　1097）で、「三間の茅舎山に向かいて開き、一帯の山泉　舎を遶りて廻る、山色泉声　惆悵することなかれ、三年官満てば却《しりぞ》きて帰り来たらん」とあるように、山色とならんで白居易にとって近しいものであり、草堂の静けさを象徴していた。そのような音の世界は、先に引いた「香鑪峯下新卜山居草堂初成偶題東壁」五首の第二首（０９７６）に、白居易以前にはあまり用例のない「耳界」という言葉を[10]、白居易がことさらに使っているところにも窺える。

　已許虎溪雲裏臥　已に虎渓の雲裏に臥すことを許され
　不争龍尾道前行　龍尾道前の行を争わず
　従茲耳界應清浄　茲れ従り耳界応に清浄なるべし
　免見啾啾毀誉聲　啾啾たる毀誉の声を見るを免る

江州で政界のわずらわしさから逃れて閑適の境地にいたることを、わざわざ「耳界応に清浄なるべし」と表現しているところに、音の世界にひたる白居易らしさがみえる。ちなみにこの第四首（０９７８）は、有名な「遺愛寺の鐘は枕を欹だてて聴き、香爐峰の雪は簾を撥げて看る」という句のある作品である。テキストによっては「遺愛寺の鐘」が「遺愛寺の泉」となっているものがある[11]。白居易はほかに「遺愛寺」（巻一六　０９８４）と題された作品で、「石を弄びて谿に臨みて坐し、花を尋ねて寺を遶りて行く、時時　鳥語を聞き、処処是れ泉声」と詠じている。ここに表わされたように、遺愛寺の泉のせせらぎが草堂の暮らしのなかで彼がしばしば耳にし得たものであるならば、「鐘」より「泉」の音がこの場面によりふさわしいようである。いずれにせよ江州の静寂さのなかで白居易は生来の音に対する鋭敏な感覚をさらに研ぎ澄ましていったのである。

四　夜の音を創るたのしみ

江州の静けさのなかで感じた音を詩に表現していく白居易、彼がそれをもっとも純粋に凝縮したのは、やはり

「夜」のしじまにおいてであろう。例えば、一般に視覚的に描かれる自然の雨や雪なども、聴覚的に捉えられている。五言絶句「夜雪」（巻十　０５０６）では「夜深く雪の重さを知る、時に聞く竹を折る声」と雪の重さを竹が折れる音で感じ取っているし、「夜雨」（巻九　０４４３）では「窗を隔てて夜の雨を知る、芭蕉先に声有り」と、夜の雨を芭蕉の葉の鳴る音によって心にとめるという、夜の深まりと覚醒した耳でそれをじっくりとうけとめる彼の姿が写しだされている。

こうした夜、彼は音に耳を澄ますだけではなく、その空間に自ら音を放つ。元和十三年（八一八）に作られた閑適詩をみてみよう。

夜琴　（巻七　０３２９）

蜀桐木性實　蜀桐　木性実なり
楚絲音韻清　楚絲　音韻清し
調慢彈且緩　調べは慢にして弾くこと且く緩やか
夜深十數聲　夜深くして十数声
入耳淡無味　耳に入れば淡にして味わい無きも
愜心潛有情　心に愜《かな》いて潜かに情有り
自弄還自罷　自ら弄し還た自ら罷む
亦不要人聽　亦た人の聴くを要《もと》めず

古来、琴を弾くのは夜ときまっていてか、夜に琴を弾くという詩篇は散見され、たとえば徐陵「諫仁山深法師罷道書」（『広宏明集』巻二四）にも、「夜琴昼瑟」が「暁箏暮詩」と並べて表現されてはきた。しかし、「夜琴」

を詩題としてとりあげ、音の世界を書き上げたのは白居易が最初かもしれない。そこには「蜀桐」と「楚絲」によって作られた「実」にして「清」らかな音の世界がひろがっており、それは彼一人の空間ともいえる。夜の深まりのなかで、ポロンポロンと自ら弾く琴の音。それは耳に入ると淡く無味だが、彼の心には適っていて情感あるものなのだ。「木性」の音とは、白居易の感覚によって琴の本質を捉えた鋭い指摘であり、(12)それゆえにこそ、琴の音は自然と一体化して彼に心の平安をもたらすのであろう。ここには白居易独自の音の世界が描かれている。

さらにもう一つ、彼が自ら夜のしじまに音を作りだすのは、友人の詩篇によってであった。「江楼夜吟元九律詩成三十韻」（巻一七　1009）では、「昨夜江楼の上、君の数十篇を吟ず、詞は飄う朱檻の底、韻は堕つ緑江の前、清楚なる音は律に諧《かな》い、精微なる思いは玄に入る……」と始まり、それが吟詠されて耳に入る様子を形容して、「氷は扣《たた》かれ声声冷たく、珠は排《つら》なり字字円なり……澒湧として波浪に同じ、錚鏦として管絃に過ぐ。醴泉流れて地より出で、鈞楽下ること天従《よ》りす、神鬼聞いて泣くが如く、魚龍聴いて禅するに似たり」という。元稹の詩篇を吟詠することは、きらきらした言葉の群れが、波のように、管弦のように響き、天地鬼神に影響し、魚龍たちも感動させるほどだと、言を尽くしてその音楽的効果を絶賛している。こうして吟詠された詩歌は、歌姫たちによって歌われ、江州の田舎の人々の間にも伝承されていくことになる。(13)こうして自分たちの詩篇によって一つの音の世界を作り上げることは、白居易にとって意に適ったことだったにちがいない。

音無きところに音を聴く。彼の耳は江州においてこのように冴え、さらに自ら音の空間を作り出していった。それは続く忠州刺史時期（八一九〜八二〇）においても通じるところがある。実際の環境としては「一たび人間に落ちて八九年、耳冷として曾て此の曲を聞かず、湓城但だ聴く山魈の語るを、巴峡唯だ聞く杜鵑の哭するを」（「霓裳羽衣歌」巻二一　2202）と並べて述懐されるように、彼にとっては江州とあまり代り映えのする土地ではなかったようである。しかし忠州においても彼の耳は当地の音を聞き取らずにはおかなかった。確かに聞き取り、記録していたのであった。夜の忠州、そこには「竹枝曲」が流れていた。それは彼が忠州時期を述懐した「曲江感秋二首并序」その一（巻一一 0572）に、「夜に竹枝の愁いを聴き、秋に灩堆の没するを看る」と忠州の代表的な風物として登場している。白居易の「竹枝詞四首」の第二首（巻一八 1149）には「竹枝苦《はなは》だ怨むは何人をか怨む、夜静かに山空しく歇み又た聞こゆ、蛮児巴女 声を斉しうして唱い、愁殺す江楼の病使君」と詠ぜられており、忠州の「竹枝曲」が、夜を背景にした、「蛮児巴女」による地方色豊かな曲であることを示している。(14) さらに注目すべきは、その第四首（1151）において「江畔誰人か竹枝を唱う、前声断えて咽び後声遅る、怪しみ来たる調べの苦しきは詞の苦しきに縁《よ》るかと、多《た》だ是れ通州司馬の詩」として、通州司馬元稹の詩篇が、この地方の曲である「竹枝曲」のメロディにのせて唱われているとするところである。そうであるならば、彼らの詩篇はこの長安から遠く離れた田舎の歌にも影響していることになろう。「巴峡唯だ聞く杜鵑の哭するを」といいながら、そこでも精一杯に触角をのばして、音を聞き逃すまいとする白居易の姿勢には、終始一貫したものがある。

江州や忠州の音環境が白居易の生来の感性をさらに磨いただけでなく、静かな空間に自ら音を放つひそやかな楽しみをも彼にもたらしたとすれば、彼は続く後半生において、官妓や家妓や楽人たちを従えて、さらに音へのこだわりを深めていくことになる。

五　音で再現された時空

白居易には知音としての自負があったのだろう。大和三年（八二九）の洛陽での詩篇にも、「敢えて君を邀えざるは別意無し、絃生にして管渋く未だ聴くに堪えざればなり」（「答蘇庶子月夜聞家僮奏楽見贈」巻二七　2731）といい、ほかにも「都子の新歌　性霊有り、一声格転じ已に聴くに堪えり」（「聴歌六絶句」その一　巻三五　3501）など、自分の音楽的基準をみたさないものは許さないという姿勢が窺える。彼がもつこの音楽的なこだわりはどういうものなのだろうか。彼が求めた「聴くに堪える音楽」はどのようなものなのか。その一つの答えは、蘇州刺史時期（八二五～八二七）につくられた「霓裳羽衣歌」（巻二一　2202）のなかにも見いだせよう。

元和年間に憲宗のもとで聞いた「霓裳羽衣曲」、これは彼のお気に入りの曲なのだが、蘇州に来たいま、これを舞える楽人は「七県十万戸」のなかにもいない。そんな折り、彼は自らそれを蘇州の妓女に教えることにする。そのために用いたのは元稹から送られた「霓裳羽衣譜」と題された長歌であり、それをみると「四幅の花牋　碧間の紅、霓裳の実録　その中に在り、千姿万状　分明に見《あら》われ、恰も昭陽に舞う者と同じ、眼前に髣髴して形質を観れば、昔日今朝想い一の如し」という。それをもとにして舞を教える彼が求めたものは、舞をみるだけで過去と現在とが瞬時に結びつくような感覚ではなかろうか。そして彼は詩中に「凡そ法曲の初め、衆楽斉《そろ》わず、唯だ金石絲竹の次第に声を発す、霓裳序の初めも亦た復すること此くの如し」とか「散序六遍は拍無し、故に舞わざるなり」などと、各所に自注を入れて、そこに「霓裳羽衣曲」を再現せんと筆を費やした。彼の「霓裳羽衣歌」が、宋の王灼『碧鶏漫志』や沈括『夢渓筆談』などに取り上げられて、宋人からみた唐代音楽の考証にも大いに用いられていることからみても、白居易がいかに腐心して音楽を写したかが窺えよう。しかし実際の舞となると、とても長安の宮廷のようにはいかない。その詩中には「若し国色を求めて始めて翻伝すれば、但だ恐るらくは人間に此の舞廃るるを、妍蚩優劣寧ぞ相い遠からん、大都《だいたい》只だ人の擡挙するに在るのみ、李娟張態君嫌うなかれ、亦た宜に随いて且く教取せんことを擬す」という。ここには、舞を廃れさせることなく、自分ながらに精一杯楽しむ白居易の音楽愛好の姿がみえる。彼は過去とまったく同じ舞、まったく同じ音ということにはあながちにこだわらず、その雰囲気を十分に楽しんだであろうと思われる。「聴琵琶妓弾略略」（巻二四　２５０５）でも、「腕軟らかに撥頭軽く、新たに略略を教えて成る、四絃千遍の語、一曲万重の情、法は師辺に向《お》いて得、能は意上従り生ず、欺くなかれ江外の手を、別に是れ一家の声」と詠じて、蘇州の琵琶妓に曲を習得させていくさまが描かれている。決して長安の楽人、宮中楽人とは違うからといって、それで音楽を楽しむことをあきらめることなく、「法は師辺に向《お》いて得」というように、彼女らの技能を彼の期待する水準にまで高めようとできる限り努力するのである。

　彼は李娟・張態などの妓女たちを引き連れて、蘇州の名刹霊巖寺へと赴いた。「題霊巖寺」（巻二一　２２０５）にはその時に奏でられた音楽について以下のように詠じられている。

娃宮屧廊尋已傾　　娃宮の屧廊　尋ぬれば已に傾き
硯池香徑又欲平　　硯池の香径　又た平らかならんとす
二三月時但草綠　　二三月時　但だ草緑にして
幾百年來空月明　　幾百年来《この》かた　月明を空しうす

使君雖老頗多思　　使君老ゆと雖も頗る思い多く
攜觴領妓處處行　　觴を携え妓を領いて処処に行く
今愁古恨入絲竹　　今愁古恨　絲竹に入り
一曲涼州無限情　　一曲涼州　無限の情
直自當時到今日　　直ちに当時自り今日に到りて
中間歌吹更無聲　　中間の歌吹　更に声無し

音楽によって、古と今とが結ばれる。音というものは、形としては確かに残らないが、それが演奏されている時には、時空を越えて人をいざなうものであり、白居易はそのことを確かに感じ取っている。館娃宮の屧廊が輝いていたころと、自らがそこを訪れた今とが、一曲の「涼州」によってつながっているような感覚。確かに「涼州」は春秋時代からあった曲ではないが、この「涼州」のもつ情調によって、古代のこの地にまつわる呉王夫差や西施の物語を脳裏に浮かべたのであろう。

そののち洛陽において、江南に遊んだ時のことを懐かしみ、それを再現せんとして庭をつくり、「憶江南詞三首」（巻三四　３３６６～３３６８）や「楊柳枝詞八首」（巻三一　３１３８～３１４５）を作り、妓女に歌わせたりもした。そこにも、音楽によってかつての情調をもう一度あじわいたいという思いがあったのかもしれない(15)。ある曲を聞いて、以前に聞いた時のことを憶うというものでは、開成四年（八三九）に洛陽で作られた「夜聞箏中弾瀟湘送神曲感旧」（巻三五　３４２７）にみる、「縹緲たる巫山の女、帰り来りて七八年、殷勤たる湘水の曲、留まりて十三絃に在り、苦調吟じて還た出で、深情咽びて伝わらず、万重雲水の思い、今夜月明の前」というのも、それを表わしている。洛陽において、巫山あたりから連れてきた妓女による「瀟湘送神曲」の箏の演奏がなされる。それを聞いて「旧」を感じるというのである。こうした音楽は偶然に聞こえてきたのではなく、彼が労力を費やし、長安で聞いた「霓裳羽衣曲」を蘇州で、江南で聞いた音楽を洛陽で、自分なりに再現させたものなのである。ある音楽を聞いて感動し、その音楽を再現し、その時に得られた情趣をもまた味わおうというのだ。晩年に至るまで彼はこうした音へのこだわりをもちつづけた。

六　音の贅沢

白居易は洛陽の履道里でその晩年を過ごした。会昌二年（八四二）七十一歳のときに作られた次の詩篇をまずみてみよう。

灘　聲　（巻三六　3572）

碧玉斑斑沙歴歴　　碧玉斑斑として沙歴歴
清流決決響泠泠　　清流決決として響泠泠
自從造得灘聲後　　灘声を造り得て自從《よ》り後
玉管朱絃可要聽　　玉管朱絃　聴くを要む可けんや

庭にしつらえた小灘の流れる音に満足した彼は、もはや楽器の音を聴くまでもないとまで言い切っている。音楽好きの彼をしてこう言わしめた音の空間、これこそが白居易が晩年に到達した音の贅沢であった。その一年前会昌元年（八四一）に作られた「南侍御以石相贈助成水声因以絶句謝之」（巻三六　3554）には、「泉石磷磷として声は琴に似たり、閑眠静聴して塵心を洗う、両片の青苔石を軽んず莫かれ、一夜の潺湲　万金に直《あたい》す」と、泉石の音は白居易が愛した琴の音に似ているとし、「閑眠静聴」寝ながらゆっくりと耳を傾けて心の汚れを洗うというのだ。泉石の音を聴くことにより彼の音への欲求は満たされていく。ちなみに「南侍御」とは南卓を指す。劉禹錫と白居易に勧められて南卓が唐代羯鼓の専著『羯鼓録』をまとめたのも、こうした交遊がもたらした産物ともいえよう。

さらに注目すべきは、こうした音の環境は彼が意図的に作り上げてきたものであるということだ。大和八年（八三四）の「西街渠中種蓮畳石頗有幽致偶題小楼」（巻三一　3127）の詩篇には、「人を雇いて菡萏を栽えしめ、石を買いて潺湲を造らしむ、影は江心の月を落とし、声は谷口の泉を移す……路に笑う官水を淘《さら》うを、家に愁う料銭を費やすを……」とあるように、それは多くの費用をかけた庭作りだったようである。こうして作られた庭の音、それは白居易の自慢の音の世界となった。「招山僧」（巻三六　3582）の詩篇にも「住処を知らんと欲す東城の下、竹を遶る泉声是れ白家」といっており、泉の音がわが家の目印とまで詠じている。また「閑居偶吟招鄭庶子皇甫郎中」（巻三六　3532）の詩篇においても「誠に知らん朝市を厭うも、何ぞ必ずしも江湖を憶わん、能く小澗の上に来たりて、一たび潺湲を聴くこと無からんや」として、朝市の喧騒を嫌ってわざわざ江湖をおもうことはもはや必要なく、私の庭を訪れてその境地を味わいたまえともいっている。(16) その作られた「静寂」の世界について端的に歌っているのは次の詩篇であろう。

亭西牆下伊渠水中置石激流潺湲成韻頗有幽趣以詩記之（巻三六　3533）

嵌巉嵩石峭　　嵌巉たる嵩石峭《けわ》しく
皎潔伊流清　　皎潔たる伊流清し
立爲遠峯勢　　立てて遠峯の勢を為し

激作寒玉聲　激して寒玉の声を作す
夾岸羅密樹　岸を夾みて密樹を羅《なら》べ
面灘開小亭　灘に面して小亭を開く
忽疑嚴子瀬　忽ち疑う厳子瀬の
流入洛陽城　流れて洛陽城に入るかと
是時羣動息　是の時　群動息み
風静微月明　風静かにして微月明るし
高枕夜悄悄　高枕　夜悄悄たり
滿耳秋泠泠　満耳　秋泠泠たり
終日臨大道　終日大道に臨みて
何人知此情　何人か此の情を知らん
此情苟自愜　此の情苟しくも自ら愜《かな》えば
亦不要人聽　亦た人の聴くを要めず

これも会昌元年（八四一）から二年（八四二）の七十歳前後の時の作品とされている。自らが作った庭とそこに流れる伊水の支流の音、それはまるで厳子瀬つまり浙江の厳陵瀬が洛陽城に流れ入ってきたかのよう。そこに彼がもとめた音の世界がまた再現されているのである。[17] こうして作られた「静寂」の世界。そこでも彼はしっかりと夜の静けさや秋の深まりを聞きとっている。「満耳秋泠泠たり」という表現が彼の冴えた聴覚を示している。

この泉の音というのは、老いてから後の白居易の音の贅沢の極まりといえるが、それは彼がその人生を通して歌いつづけていたものでもあった。「新楽府」を書いた時期に、すでに「宴周皓大夫光福宅」（巻一四　０７４１）という詩篇において、「何処ぞ風光最も可憐なるや、妓堂の階下　砌台の前、軒車　路を擁《ふさ》ぎ　光　地を照らし、絲管　門に入り　声　天を沸かす、緑蕙香らず桂酒饒《あま》り、紅桜色無く花鈿に譲る、野人敢て他事を求めず、唯だ泉声を借りて酔眠の伴《とも》とせん」とうたう。つまりここで白居易が求めたのは、楽人による素晴らしい音楽よりも、むしろ「泉声」であったというのである。同じ頃作られた閑適詩「禁中寓直夢遊仙遊寺」（巻五　０２０４）にも「覚めて宮漏の声を聞くも、猶お山泉の滴るかと謂《おも》う」とあるように、若き日に宮中で宿直《とのい》する彼が宮漏の音を山泉の滴る音と聞きなしたところには、仙遊寺の山泉に象徴された世界への憧れさえも感じられる。また、江州でも草堂で耳にし、「耳界」を清浄にしてくれたのが山泉の音であったことは先に述べた通りである。さらに前節でみた蘇州の「霊巌寺」に関わる詩「宿霊巌寺上院」（巻二四　２４８９）のなかにも、その静謐なる空間を「葷血屏除して唯だ酒に対し、歌鐘放散して只だ琴を留むるのみ、更に俗物の人眼に当たる無く、但だ泉声の我心を洗う有り」と詠じている。ここでも「泉声」は白居易の心を澄ますものとしてとりあげられていた。そうした音を晩年に自ら作り出して楽しむ白居易は、その音によって彼が江州の草堂や蘇州の霊巌寺で味わった境地を、また再現していたのかもしれない。このようにみてくると、白居易はたしかに音の世界において究極の贅沢をなしえたともいえるのである。

彼の聴覚への執着は、老後の作品においても顕著にあらわれている。たとえば「開成二年夏聞新蝉贈夢得」（巻三六　３５０９）では、「且く喜ぶ未だ耳の聾ならずして、年年此の声を聞くを」といい、自然の音である蝉の声を聞く自分の聴覚がまだ衰えていないことを確信している。そして次の年には「聴歌」（巻三四　３３９１）において、「管妙にして絃清く歌雲に入る、老人眼を合わせ酔うこと醺醺たり、誠に知る当年に聴くに及ばざるも、猶お覚ゆ聞く時は聞かざるに勝るを」として、音楽は以前に聞いたものには及ばないけれど、やはり聞きたい、聞かないわけにはいかない、という老いてなお音を渇望する白居易の姿が看取される。そして、自然の音にせよ、管弦の音にせよ、白居易が晩年までもちつづけたこの音へのこだわり、それは詩篇のなかに音を生き生きと再現するという行為へとつながって、われわれに中唐の音を知る手がかりを伝えてくれるものなのだろう。(18)

（1）堤留吉『白楽天研究』（春秋社、一九六九年）第十二章「創作の方法と特徴」第一節「音楽的要素」参照。
（2）最近では、谷口高志「白居易の詩歌における音楽描写と「通感」」、中木愛「白居易の音楽描写における「音」の要素の盛り込み方」（『白居易研究年報』第七号、勉誠出版、二〇〇六年所収）などがある。
（3）川口久雄校注『和漢朗詠集』（日本古典文学大系73岩波書店、一九六五年）参照。
（4）陳寅恪『元白詩箋証稿』第二章「琵琶引」では、元稹の「琵琶歌」や「何満子歌」や元稹の「新楽府」の「五絃弾」のなかから、白居易の「琵琶引」と類似の詩句をあげて、元詩の影響を論じたのち、白居易の「秦中吟」の「五絃」や「新楽府」の「五絃弾」を引用して「元白新楽府此両篇皆作于元和四年、白氏秦中吟亦是楽天于任諫官即左拾遺時所作、倶在楽天作琵琶引以前、亦可供楽天琵琶引中摹写琵琶音調一節之参考者也」と論じられている。
（5）白居易の作品には顧況の影響をみてとることができることは、本書第Ⅰ部第二章「詩と音楽の出会い」参照。
（6）赤井益久「先行文学と白居易」（『白居易研究講座』第二巻、勉誠社、一九九三年）に白居易が韋応物に私淑していたことがみえる。
（7）入谷仙介「白居易の「琵琶引」――その成立についての一考察」（『白居易研究講座』第二巻、勉誠社、一九九三年）では、白居易「琵琶引」の制作にあたり、杜甫の「観公孫大娘弟子舞剣器行并序」や「江南逢李亀年」などの作品が影響を与えたと論断されている。小論はそれを否定するものではなく、別に音の環境という側面から考察するものである。
（8）洪邁『容斎三筆』巻六「白公夜聞歌者」の条に論じられている。
（9）「柳影繁りて初めて合い、鶯声渋りて漸く稀なり」（「春末夏初閑遊江郭二首」その二　巻一六　0935）などと、猿や鳥の声に親しみを感じている様子が描かれている。また、「早春聞提壺鳥因題鄰家」（巻一六　０９２６）でも、「秋猿の涙を下すを催すを聴くを厭いて、春鳥の壺を提えるを勧むを聞くを喜ぶ」と始まり、自然の音に敏感な耳をもつことが印象づけられる。さらに、泉の音については特に注意深く聞き取っていたらしいことは、草堂の詩篇によっても窺える。

(10)　四部叢刊　四庫全書CD-ROM版の検索では、「耳界」という言葉は、『李北海集』巻四「越州華厳寺鐘銘并序」に「沙門師萌抵浄根保耳界妙有忠為迦維之業堅朴……」とみえる。また『劉禹錫集』巻二十九「贈別約師并序」には、文約の言葉として「貧道昔浮湘川、會柳儀曹謫霊陵、宅于佛寺、幸聯棟而居者有年、由是時人大士得落耳界」とある。

(11)　朱金城『白居易集箋校』巻一六によると、「鐘」につくっているのは宋本・那波本・全唐詩であり、「泉」とするのは清の康熙四十三年に作られた汪立名の『白香山詩集』であり、朱金城は「泉」につくっている。

(12)　元和六年（八一一）は母の喪に服するために下邽に退居した折りの作品「清夜琴興」（巻五　０２１１）においても「是の時心境閑にして、以て素琴を弾くべし、清冷なるは木性に由り、恬淡として人の心に随い、心に和平の気を積み、木は正始の音に応ず……」として琴の調べを木性の音と捉えた作品がある。

(13)　本書第Ⅱ部第一章「詩は人口にあり」参照。

(14)　白居易の「竹枝詞」は歌詞というよりも、「竹枝曲」がどのようなものであり、それが当地にいる白居易の心にいかに響くかを記述した詩作品としての性格が強いことは、本書第Ⅰ部第二章「詩と音楽の出会い」参照。

(15)　本書第Ⅰ部第三章「音空間の再現」参照。

(16)　開成二年（八三七）、白居易が六十六歳の時の作品「宅西有流水牆下構小楼臨玩之時頗有幽趣因命歌酒聊以自娯独吟偶題五絶」（巻三三　３３１８〜３３２２）に、伊水の分流を自宅の庭に引き、そこで蓮をうえ小楼を建てて喜ぶ彼の姿がみえる。そこに家楽の楽人に「霓裳羽衣曲」や「梁州」などの曲を演奏させて聴くことが最上の楽しみであった。また同年の「六十六」（巻二九　２９９９）という作品には「山を看るに高石に倚り、水を引くに深竹を穿つ、潺湲の声有りと雖も、今に至りて聴くも未だ足らず」と潺湲の声に対する執着を表わしている。

(17)　会昌元年（八四一）白居易七十歳の洛陽での作「新小灘」（巻三六　３５６０）にも、「江南の客見れば郷思を生じ、道《い》う厳陵七里灘に似たりと」と、厳陵瀬になぞらえている。

(18)　音にこだわる白居易の詩篇が、日本の和歌世界の聴覚的表現の覚醒にもおおいに影響したことは、三木雅博氏「聴雨考」

（『中古文学』第三十一号、一九八三年五月初出、『平安詩歌の展開と中国文学』和泉書院、一九九九年再録）などの論稿に詳述されている。

第二章　詩と音楽の出会い

詩と音楽、その出会いは唐代の「填詞」[1]においても見逃せないものである。「填詞」とは、曲に合わせて歌詞を付けていくことであり、それは「唱わせる」ことを意図して作られた。中唐の白居易の作品は、五代・宋と開花していく填詞の先駆として位置づけられており、「憶江南」「楊柳枝」などがその代表作である。ここでは、それらの制作を促した要因として、歌詞を「唱わせる」対象である妓女の存在に注目してみたい。特に白居易の填詞制作には、杭州刺史時期の官妓を中心とした妓女が重要な役割を果たしたのではなかろうか。なぜなら、彼の詩文を見る限り、その半ば所有の形をとる官妓等との遊興が、後年の洛陽分司時期の家妓とのそれへと繋がり、自作の「楊柳枝」を家妓に「唱わせる」ことになっていくように思われるからである。本章ではその後半において、杭州刺史時期の彼自身の心情にも触れながら、そこから始まる妓女との関わりが、彼の填詞制作に影響した可能性を探ってみたい。

そもそも現存する白居易の填詞作品は多くはないが、そのほとんどが洛陽分司時期（八二九〜八四二）に制作されている[2]。それらは、「唱われる」ことを念頭において作られたもので、杭州刺史時期（八二二〜八二四）からはじまる遊興の賜物である。しかし、白居易の填詞が妓女に「唱わせる」ことを目的として作られたものとする時、さらに遡る忠州刺史時期（八一九〜八二〇）に作った「竹枝詞」をどう位置づけるかが問題となる。結論から先に述べれば、彼の「竹枝詞」は内容的に見れば、「填詞」というよりも「竹枝の歌」を対象化して叙述した「詩」と考え得る。それを、作成当初から「唱わせる」ことを意図していた劉禹錫の「竹枝詞」と比較すれば、その違いは明白である。ではまず、忠州刺史時期に作られた白居易の「竹枝詞」から検討していきたい。

一 白居易の「竹枝詞」

白居易の「竹枝詞四首」（巻一八 1148〜1151）は、元和十四年（八一九）忠州での作とされている。この作品は、巴地方の民歌である「竹枝の歌」を土台として作られた「填詞」と見なされ、『詞譜』巻一などにも載せられているが、「唱わせること」が意図されているのか否か、まずその作品自体を見てみよう。

①瞿唐峡口水煙低　　瞿唐峡口　水煙低《た》れ
白帝城頭月向西　　白帝城頭　月西に向う
唱到竹枝聲咽處　　唱いて竹枝の声咽ぶ処に到れば
寒猿闇鳥一時啼　　寒猿闇鳥　一時に啼く

②竹枝苦怨怨何人　　竹枝 苦《はなは》だ怨むは何人をか怨む
夜静山空歇又聞　　夜静かに山空しく歇み又た聞こゆ
蠻兒巴女齊聲唱　　蛮児巴女　声を斉しうして唱い
愁殺江樓病使君　　愁殺す江楼の病使君

③巴東船舫上巴西
波面風生雨脚齊
水蓼冷花紅簇簇
江蘺濕葉碧凄凄

巴東の船舫　巴西に上る
波面に風生じ　雨脚斉し
水蓼の冷花　紅として簇簇たり
江蘺の湿葉　碧として凄凄たり

④江畔誰人唱竹枝
前聲斷咽後聲遲
怪來調苦緣詞苦
多是通州司馬詩

江畔誰《だれ》人か竹枝を唱う
前声断えて咽び後声遅る
怪しみ来たる調べの苦しきは詞の苦しきに縁《よ》るかと
多《た》だ是れ通州司馬の詩

この作品は「竹枝」という言葉が四首中三首に使われ、「竹枝の歌」の歌い手、歌声、曲調などを叙述したものであると考えられる。後に考察するが、九首ある作品中に一度も「竹枝」の言葉を見せない劉禹錫の作品とは、やはり異なっている。さて、第一首では、先ず「瞿唐峡」「白帝城」の靄にかすんだ情景を背景として表わし、その静寂さの中に聞こえてくる「竹枝の歌」が、「声咽」の箇所、感情の起伏の頂点に達すると、あたりの猿や鳥たちも、それにあわせたかのように声をあげると詠う。このように「竹枝の歌」が一種独特の雰囲気を持つことを示すのである。続く第二首では、「竹枝」の「怨」なる曲調が、夜の山中に途切れがちに聞こえ、巴人の唱うその歌が刺史である自分を憂鬱にさせると嘆じる。ここでは自分との関わりの中で「竹枝の歌」を描いている。そして、忠州における他の詩作品と同様に、「使君」という言葉で自分自身を形象化しているのである。第三首では「竹枝の歌」の唱われる巴東から巴西に向かう地方の情景が描かれる。風雨の中で、水蓼の花が紅く群がり、江蘺の葉の緑が一面を覆っている。「冷花」「湿葉」の形容が、「蔟蔟」「凄凄」とあわせられて、落ち着かない異様な情景を生み出している。第四首では再び「竹枝の歌」自体が叙述される。この第二句は歌唱方法についての記述であると任半塘氏は述べるが(3)、その詳細については何の説明もない。とすると、幾人も集まって唱うこの歌は、先に唱う者の気持ちが高揚して、歌が途切れ咽ぶようになり、後につづく者の声も、情感がこもって、かえって遅れがちに聞こえるとの解釈も可能に思われる。その曲調が悲痛な響きを持つのは、歌詞自体が苦悩を秘めたものだからだろうか。その歌詞は通州司馬の流謫の身にある元稹のものばかりだと結んでいる。

このように白居易の「竹枝詞」は、四首を通して「竹枝の歌」がいかなるものであり、自分がそれを聴いてどう感じたかを述べている。この点から、曲につけた歌詞というよりも、「竹枝の歌」を叙述した詩と捉えられるのではなかろうか。また、元来中国の詩は、作者の私的な境遇や心情を表白するものであるが、歌唱させて不特定多数の者に聴かせることを意図して作る填詞はというと、例えば白居易の代表作である「憶江南」にせよ「楊柳枝」にせよ、作品中に自分を明示することはない。しかるに、「竹枝詞」の第二首の結句には、「愁殺す江楼の病使君」として自らを対象化して表わし、第四首の結句にも、「多だ是れ通州司馬の詩」として友の元稹をも登場させている。この点からみても、白居易の「竹枝詞」は、填詞というよりは、詩としての性格のより強いものであると言えよう。

白居易より以前にも「竹枝の曲」を叙述した作品がある、それは、白居易の文学母胎の一つである顧況(七二七～八一五)のものである(4)。

竹枝曲　(『全唐詩』巻二六七)

帝子蒼梧不復歸　帝子蒼梧　復た帰らず

洞庭葉下荊雲飛　　洞庭葉下《お》ち　荊雲飛ぶ
巴人夜唱竹枝後　　巴人夜に竹枝を唱うの後
腸斷曉猿聲漸稀　　腸断たれし暁猿　声漸く稀なり

これには、舜が南巡して蒼梧の野に崩じた折、その二妃が後を追って湘水に至り、涙を竹に濺いで斑文ができたという、詩では習用される故事(5)が使われている。「夜」という背景が「竹枝」の曲調の哀切さを際立たせ、巴人の唱う「竹枝の歌」の悲痛な響きが伝わってくるようであり、曲の齎らす情感を対象としているところは、白居易の「竹枝詞」に相い通じている。この点からも、白居易の「竹枝詞」は填詞というよりも、「竹枝の歌」を叙述したこのような顧況の作品の延長線上に位置づけられると思われる。

ではこうして叙述されてきた「竹枝の歌」自体は、どのようなものだったのだろうか。(6)『太平寰宇記』巻一三七には、「其の民俗聚会すれば則ち鼓を撃ち、木牙を踏み、竹枝の歌を唱いて楽しみと為す」とあり、巴地方の民歌として知られていたようである。白居易以前では杜甫(7)や李益(8)なども巴地方の風物として詩中に取り入れている。また代表的な例として、劉商の「秋夜聴厳紳巴童唱竹枝歌」(『全唐詩』巻三〇三)の一部をあげておく。

巴人遠従荊山客　　巴人遠く荊山の客に従い
回首荊山楚雲隔　　首《こうべ》を回《めぐ》らせば荊山楚雲隔つ
思歸夜唱竹枝歌　　帰るを思い夜に竹枝の歌を唱う
庭槐葉落秋風多　　庭槐葉落ち秋風多し
曲中歴歴敍郷土　　曲中歴歴として郷土を叙ぶ
郷思綿綿楚詞苦　　郷思綿綿として楚詞苦し

このように「竹枝の歌」は巴地方と深く結びつき、当地の民に唱われ、その代表的な風物の一つとして捉えられていたのである。

では、白居易自身はほかの詩作品の中で、この「竹枝の歌」をどう表現しているのであろうか。彼の詩作品のうちで、まず最初に「竹枝」の語が見えるのは、元和十年（八一五）江州司馬に左遷され、その途上の作とされる「江楼偶宴贈同座」（巻一五　０８９１）においてである。そこには「江果は盧橘を嘗め、山歌は竹枝を聴く」として、「竹枝」は「盧橘」と並べられ、「山歌」と言われているだけである。他にも忠州に赴任する以前の作品には、「壺漿椒葉の気、歌曲竹枝の声」（「江州赴忠州至江陵已来舟中示舍弟五十韻」巻一七　１１０４）と、ただ地方の風物として型通りにしか表現されていない。やはりその曲調にまでも触れるようになるのは、次にあげるような忠州刺史時期の作品を待たなければならない。

聴竹枝贈李侍御　（巻一八　１１２３）

巴童巫女竹枝歌　　巴童巫女　竹枝の歌
懊悩何人怨咽多　　懊悩して何人か怨咽多き
蹔聴遣君猶悵望　　蹔く聴けば君をして猶お悵望せしめ
長聞教我復如何　　長く聞けば我をして復た如何せん

ここでは、「竹枝の歌」が巴童巫女によって唱われ、その曲調は怨み咽ぶようであり、刺史としてこの地に長く滞在せねばならない自分は、それを聞くとなんとも哀しい気持ちにさせられるという。これは、「竹枝詞」の中の「蛮児巴女声を斉しうして唱い　愁殺す江楼の病使君」という表現にほぼ重なるものである。白居易の「竹枝詞」の性格は、このように忠州刺史赴任後に「竹枝の歌」を叙述した詩作品と内容的に一致する点からも窺えるであろう。

「竹枝の曲」の曲調自体が、それを聴く人に与える印象は、もの悲しいものだったとも想像される。ゆえに白居易は「竹枝詞」においても「竹枝苦だ怨む何人をか怨む」と言ったり、右にあげた詩中にも「懊悩して何人か怨咽多き」と表現したりしているのだろう。けれども、また一方から見ると、白居易自身の忠州での心情を吐露するのに、このような土民の唱う歌は、詩の好材料だったのではなかろうか。彼の「竹枝の歌」の形容の中には、右のように「怨」という語が使われるが、音を「怨」という語と結びつけて表現する時にはどのような心情が込められるのか、以下少し見ていきたい。

まず白居易の作品の中で音について「怨」という語で形容しているもの拾い出してみると、「別れを惜しみ笙歌怨咽多し」（「送舒著作重授省郎赴闕」巻三一　3104）や、「箏怨にして朱絃此れ従り断つ」（「夜宴惜別」巻二八　2867）のように、「別れ」をテーマとしている詩が挙げられる。音に限定しなければ、寵愛を失った宮女を描いた「怨詞」（巻一九　1293）や、慈母との別れの辛さを「爾《なんじ》独り哀怨深し」と表現する「慈烏夜啼」（巻一　0040）などがあるが、この「怨」という語は、松浦友久氏の説によれば、[9]求めるものを手にする可能性がありながら、現実にはそれがかなえられていない時に生じる感情を表わすようである。また、唐詩一般において音を形容する「怨」という語についても、楽器の調べが「怨」という語で表現されることが多いと指摘されている。その例として、劉商の「胡笳曲章」（『楽府詩集』巻五九）の「胡人　文姫を思慕し、乃ち蘆葉を捲いて、為に笳を吹き、哀怨の音を奏す」をあげて、「怨」であって「恨」でないのは、音楽のもつ流動感や対象への浸透力を表わすには、（現状の変更を求めて）相手に何かを「訴えかけている」語感のある「怨」のほうが適切だからとされている。では、この松浦氏の見解を白居易の「竹枝詞」に当てはめてみると、「竹枝の歌」が「（現状の変更を求めて）相手に何かを「訴えかけている」」ように、客観的に白居易の耳に届いたということになるのであろうが、その曲を「怨」としか受け止められないところには、それを聞く側の心情も反映していると思われる。忠州刺史という職を解かれて早く都に戻りたいという彼自身の切実な心情と結びついて、巴地方の民歌を「怨」と表現しているのである。長安にて政治的に安定した地位にあることが、彼にとっては「本来あるべき状態」なのであり、それから無理に離されていることを「訴える」ように作品の中に表わしているとも考えられる。この「竹枝の歌」を「怨」という言葉で形容していくところには、実際の曲調がそうであることに加えて、それを聞いて詩に叙述していく側の心情も関わっているようである。

この忠州の土地柄は、司馬として左遷された江州よりも、彼にとっては耐えられないものだったようだ。「天涯深峡　人無き地」（「東楼酔」巻一八　1143）と表現したり、「炎蒸せられて瘴郷に臥す」（「寄微之」巻一八　1144）と嘆じており、その民については、「巴人猿狖に類し、矍爍として山野に満つ」とまで言うところからも、到底馴染めない異境ででもあるかのように認識していたことが想像される。忠州に順応できないという気持ちや、忠州刺史という職への不満、長安洛陽への郷愁などを込めて表わすには、巴人の唱う「竹枝の歌」は格好のモチーフであったと言えよう。白居易は、「相手に何かを訴えかけている」ような「怨」なる曲調の「竹枝の歌」を題材として、そこに自らの心情を綴っていたのである。このような白居易の「竹枝詞」の性格を更に明確にするために、以下「唱わせる」ことを意図して作られた劉禹錫の「竹枝詞」を見てみたい。

二　劉禹錫の「竹枝詞」

劉白と併称される中唐の代表的詩人である劉禹錫の「竹枝詞」（『劉禹錫集箋証』巻二七）[10]は、その序に「歳正月、余建平に来たり……」とあり、その建平とは今の四川省巫山県の地名であることから、彼が夔州刺史に赴任した長慶二年（八二二）の作品であると推定されている。[11]その作品は宋代には黄庭堅に「劉夢得竹枝九章、詞意高妙なり、元和の間、誠に以て独歩すべし、風俗を道《い》いて俚《いや》しからず、古昔を追いて愧じず」（『山谷全書』巻二五）と評価され、『楽府詩集』巻八一にも、「竹枝新辞九章を作り、里中の児をしてこれを歌わしめ、是れ由り貞元・元和の間に盛んなり」として、これ以後の「竹枝詞」の先駆と位置づけられている。（貞元・元和という時代については、いささか正確さに欠けるようだが。）

さて、それが白居易の作品と異なるのは、次に挙げる序の内容を見れば、すでに明らかである。

> 四方の歌は、音を異にし楽を同じうす。歳正月、余建平に来たり、里中の児　竹枝を聯歌し、短笛を吹き鼓を撃ち以て赴節す。歌う者　袂を揚げ睢舞し、曲多きを以て賢と為す。其の音を聆くに、黄鐘の羽に中《あた》る。卒章　激訐なること呉声の如く、傖儜の分かつ可からずと雖も、而も含思宛転とし、淇濮の艶有り。昔　屈原　沅湘の間に居り、其の民神を迎うるに、詞多く鄙陋なり、乃ち為に九歌を作り、今に到るも荊楚これを鼓舞す。故に余も亦た竹枝詞九篇を作り、善く歌う者をしてこれを颺げしめ、末に附す。これより後巴歈を聆き、変風の焉よりするを知る。

この「余も亦た竹枝詞九篇を作り、善く歌う者をしてこれを颺げしめ……」とある箇所には、これが「唱われる」のを意図して作られたことが示されている。これがまず、白居易の作品には見られない点である。

その他、ここには『楚辞』「九歌」の王逸注にも「其の詞鄙陋なり、因りて為に九歌の曲を作る」とある部分が引かれており、このように屈原に自らを投影している点では、劉禹錫の「楚望賦」（巻一）「望賦」（巻一）「砥石賦」（巻一）などと同一線上にあることは、赤井益久氏の指摘の通りであろう。[12] また齋藤茂氏が、「「競渡曲」や「采菱行」などの、土風を歌う作品の場合にも、その行事や労働の中で歌われる曲が、なにがしかは意識されて作られたのではなかろうか。そうした積み重ねがあって、やがて夔州での「竹枝詞」が、その序に「昔、屈原……」と書かれるように、俚歌の上に立って生まれるのであり」とされるように、[13] 次にあげる劉禹錫の「竹枝詞」は、地方の民歌に取材して楽府作品を創作してきた彼が、その手法を生かして作り上げたものである。

①白帝城頭春草生　　白帝城頭　春草生じ
白鹽山下蜀江清　　白塩山下　蜀江清し
南人上來歌一曲　　南人上り来りて一曲を歌い
北人莫上動鄉情　　北人上りて郷情を動かさるる莫かれ

②山桃紅花滿上頭　　山桃紅花　上頭に満ち
蜀江春水拍山流　　蜀江春水　山流を拍つ
花紅易衰似郎意　　花紅の衰え易きは郎の意に似
水流無限似儂愁　　水流の無限なるは儂が愁に似たり

③江上朱樓新雨晴
瀼西春水縠文生
橋東橋西好楊柳
人來人去唱歌行

江上朱楼　新雨晴れ
瀼西春水　縠文生ず
橋東橋西　好き楊柳
人来て人去り唱歌して行く

④日出三竿春霧消
江頭蜀客駐蘭橈
憑寄狂夫書一紙
住在成都萬里橋

日出づること三竿　春霧消え
江頭の蜀客　蘭橈《こぶね》を駐む
憑りて狂夫に書一紙を寄す
住みて在り成都の万里橋

⑤兩岸山花似雪開
家家春酒滿銀桮
昭君坊中多女伴
永安宮外踏青來

両岸の山花　雪に似て開く
家家の春酒　銀桮に満つ
昭君坊中　女伴多く
永安宮外　踏青に来たり

⑥城西門前灩澦堆
年年波浪不能摧
懊悩人心不如石

城西門前　灩澦堆
年年の波浪も摧く能はず
懊悩す　人心の石に如かざるを

少時東去復西來　　少時東に去り復た西に来たる

⑦瞿唐嘈嘈十二灘　　瞿唐嘈嘈たり十二灘
此中道路古來難　　此の中道路は古来難し
長恨人心不如水　　長く恨む　人心の水に如かざるを
等閑平地起波瀾　　等閑《なおざり》に平地に波瀾起く

⑧巫峡蒼蒼煙雨時　　巫峡蒼蒼たり煙雨の時
清猿啼在最高枝　　清猿啼きて最も高き枝に在り
箇里愁人腸自斷　　箇里《このうち》に愁人腸自ら断つ
由來不是此聲悲　　由来《もとより》是れ此の声の悲しきにあらず

⑨山上層層桃李花　　山上層層たり桃李の花
雲間煙火是人家　　雲間煙火は是れ人家
銀釧金釵來負水　　銀釧金釵来りて水を負い
長刀短笠去燒畬　　長刀短笠去りて畬を焼く

白居易のものとは、七絶の連作という詩型は同じであるが、表現された内容は明らかに異なっており、こちらは作品中に作者自身を直接的に示す言葉もなく、「竹枝」という言葉もまったく現われず、作品全体を通してみても、「竹枝の歌」自体を対象化し、それを叙述しているとはいえない。

ここにみられる表現は、白居易や顧況の作品に共通して見られた哀切な「竹枝の歌」のそれとは異なり、その第一首から第五首までは、それぞれ「春草」「春水」「春水」「春霧」「春酒」と、「春」という語が現われ、作品に明るさと勢いを与えており、第九首の「桃李の花」とともに、全体の色調が統一されている。それに加えて、第一首から第八首まですべてに地名が入れられ、第九首には地方の風物として「焼畬」を入れて、地方民歌のスタイルを襲っているといえよう。

また、第二首の「花紅の衰え易きは郎の意に似、水流の無限なるは儂が愁に似たり」という恋人と自分を「郎」「儂」という語で表わす形は、南朝の呉歌を真似ているようであり、更に第七首では、人の心は平穏なようでも波風が生じ易いと述べ、恋人の心変わりに平静ではいられぬ女性が、そんな思いに取りつかれた自分の心を恨むように表現されている。そうした女性の嘆きは呉歌にも現われるパターンである(14)。第八首もそれを受けて、この断腸の思いは、巫峡に啼く猿の声に促されたのではなく、儘ならぬ恋の為だと詠っている。このように女性の立場から詠われている点も、劉禹錫の「竹枝詞」の特徴であり、呉歌の「子夜歌」などに倣ったものと言えよう。こうした特徴を持つからこそ、妓女に唱わせることを前提として制作されたのではないかとも推測され得るのである。

以上のように作品の内容からも、劉禹錫の「竹枝詞」は白居易のものとは異なり、巴地方の民歌である「竹枝の歌」のメロディを基に、それに新たに歌詞を付したものであろうことを考察してきた。ならば、この新作の歌詞を「唱わせる」対象として劉禹錫の念頭にあったのは、その序にあるように「善く歌う者」つまり妓女ではなかったか。劉禹錫が自作であろう新作の歌詞を、実際に妓女に唱わせて楽しむ様子が描かれている作品があるので、次に見てみたい。

踏歌詞四首　（『劉禹錫集箋証』巻二六）

①春江月出大隄平　春江月出で　大隄平らかなり
隄上女郎連袂行　隄上女郎　袂を連ねて行く
唱盡新詞歡不見　新詞を唱い尽くせど歓見えず
紅霞映樹鷓鴣鳴　紅霞樹に映じて鷓鴣鳴く

②桃蹊柳陌好經過　桃蹊柳陌　経過に好し
鐙下妝成月下歌　鐙下妝成り　月下に歌う
爲是襄王故宮地　是れ襄王故宮の地なるが為に
至今猶自細腰多　今に至るも猶自《な》お細腰多し

③新詞宛轉遞相傳　新詞宛転として遞《たがい》に相い伝う
振袖傾鬟風露前　袖を振い鬟を傾く　風露の前
月落烏啼雲雨散　月落ち烏啼き雲雨散ず
遊童陌上拾花鈿　遊童陌上に花鈿を拾う

④日暮江頭聞竹枝　日暮江頭に竹枝を聞き

南人行樂北人悲　　南人行楽して　北人悲し
自從雪裏唱新曲　　雪の裏《うち》に新曲を唱いて自従《よ》り
直到三春花盡時　　直ちに三春花尽くる時に到る

「竹枝詞」と同様に、この「蹋歌詞」も、民歌のメロディに填詞したものだとする説もある。(15)しかし、この「蹋歌」とは、足で地を踏んで調子をとって唱うことであり、「竹枝の歌」を唱う時のスタイルであると考え得る。劉禹錫自身も他の作品でそれを述べている。朗州での作品とされる「陽山廟観賽神」（巻二四）において「日落ち風生ず廟門の外、幾人か竹歌を連蹋して還る」の「連蹋」とは、肩を並べて蹋歌することなのである。また「蹋歌詞」は「竹枝詞」と同じく夔州での作品とされていることから、この作品の中に「新詞」「新曲」と言われているのは、即ち自作の「竹枝詞」ではないかと思われる。すると、ここで新詞の「竹枝詞」を唱うのは、「隄上女郎　袂を連ねて行く」や「鐙下妝成り　月下に歌う」、「袖を振い鬟を傾く　風露の前」の句が示しているように、化粧をした美しい女性、つまり妓女ということになるのである。

これまでの「竹枝の歌」は、白居易の「竹枝詞」にもあったように、都から左遷された官僚等が巴人の歌声を聞いては哀しみ、郷愁をそそられるものとして叙述されてきたが、劉禹錫は逆に、その曲に合わせて自作の歌詞を完成し、それを妓女等に唱わせて楽しんでいるようなのである。最後の「雪の裏に新曲を唱いて自従り、直ちに三春花尽くる時に到る」という句からは、時の過ぎるのも忘れて歓楽する様が看取される。

このように、劉禹錫が「竹枝詞」を作って妓女に唱わせていたことは、筆記小説の中にも窺うことができる。時代は下るが宋代の『邵氏聞見後録』巻一九には、夔州に、劉禹錫の「竹枝詞」の「含思宛転の灩」を、その当時の趣きを損なわずに唱える営妓がいるという話が載せられている。(16)

同じ四川でも、白居易のいた忠州と劉禹錫のいた夔州とでは、土地柄がかなり違うのであろうか。客観的には測るすべもないが、少なくとも、彼等二人の巴地方に対する主観的認識には違いがあることは確かである。劉禹錫は白居易と違い、その地方の風物に興味を抱いていることが作品から窺える。一例をあげれば、劉禹錫は「畬田行」（巻二七）に「巴人拱手して吟じ、耕耨は心に関わらず」と、土民のユーモラスな様を描いている。それに対して白居易は忠州での作品「即事寄微之」（巻一八　1130）の中で、「畬田渋米」「旱地荒園」と羅列して、ただ好ましからざる風土の中の一情景としているのである。これらを比較するだけで、彼等の巴地方に対する眼差しの違いは明らかである。やはり、任半塘氏が、劉禹錫の「竹枝詞」と杜甫の「夔州歌十絶句」とを比べて、「杜作は懐古に偏り、劉作は民情を重んじる」とされるように[17]、劉禹錫の作品には、夔州の風土や土民に対して彼のもつ暖かい目、関心の高さが表われているのである。これが、同じく巴地方の刺史となりながら、傖儜の分かつ可からざる語、つまり、よく解し得ぬ言葉で、土民によって唱われる「竹枝の歌」を聞いて、そのメロディを基に民歌を真似て自ら歌詞を作り、それを妓女等に唱わせて楽しむ劉禹錫と、「竹枝の歌」を対象化してそれを叙述しながら、その中で自らの不遇を託つ白居易との大きな相違である。

以上みてきたように、劉禹錫と白居易の「竹枝詞」は、制作意図からして異なるものであり、「唱わせる」ことを目的として作られたのは劉禹錫のものである。それゆえに、ただ年代的に白居易のものが先行するからという理由で、白居易の作品が劉禹錫の作品に影響したとする説[18]は更に一考を要するであろう。また、『詞譜』巻一に、「按ずるに劉禹錫集、白居易と竹枝を倡和すること甚だ多し」とあるようなものも、現存する作品中に唱和した「竹枝詞」が見当たらないことや、劉白の唱和が頻繁となるのは時期的にもう少し後である事実[19]からも、否定されるべきものではなかろうか。中唐の填詞に言及する研究書の中には、『詞譜』の案語によってか、劉白の

「竹枝詞」を併称してしまうものもあるようだ[20]。しかし、「唱わせる」ことを意図するか否かの点では、両者は大きく異なるのである。

中唐の填詞作者として劉・白と列挙されるのは、白居易に「憶江南」「楊柳枝」などの作品があるからであろう。それらは、曲に合わせて「唱われる」ことを意図して作られたものであることは、彼自身がその詩作品の中で述べている[21]。その制作を促進した環境的要因として、歌詞を「唱わせる」対象としての妓女のあり方が注目される。長安において「曲江の宴」などで名妓に接するのとは異なり、半ば所有の形をとる妓人との遊興が始まるのは、白居易の詩文を見る限り杭州刺史時期からのようである[22]。以下再び白居易に戻って、杭州刺史時期の彼自身の内面の変化をも考察した上で、その時期の妓女との遊興が、後の填詞制作へと繋がっていく重要な契機となることについて検討していきたい。

三　杭州刺史時期の白居易

確かに「憶江南」を始めとする白居易の填詞作品は、大和三年（八二九）以降の洛陽分司時期に制作されている。けれども、アーサー・ウェイリー氏が「彼の音楽愛が彼の作品にしみわたり始めたのは、この杭州の時期であった[23]」とされるように、彼が個人的に愛好する音楽を詩中に多く叙述するようになるのは、杭州刺史時期からである。李商隠によって書かれた白居易の墓碑銘も、「銭塘上下の民を循り、迎祷祠神し、歌舞を伴侶とす」（『樊南文集』巻八）と杭州刺史時期を語っている。白居易の音楽への関心の深さは、「新楽府」の諸作品や「琵琶引」の音の描写にも窺い知ることができ、晩年に至るまでの洛陽分司時期における樊素などの家妓の所有なども広く知られていたはずである。しかるに、その墓碑銘には、わずかに右にあげた箇所にのみ、歌舞を遊興の伴とした姿が表わされている。これは、同時代の人の目にも、彼の杭州刺史時期の音楽愛好が特筆すべきものに映った一つの証しではなかろうか。

填詞制作と音楽に関わる叙述とは、無論相い等しいものではない。が、自作の歌詞を唱わせ、或いは伴奏させる妓女との交流が頻繁且つ密接であれば、填詞が作られるのもそれだけ容易であろう。現存するものの中に、杭州での填詞作品はないが、「曲詞」という言葉を白居易が初めて使っているのが、杭州での遊興を回想する作品においてであることは、注目されるべきであろう。「寄殷協律」（巻二五　２５６５）の「呉娘暮雨蕭蕭の曲、江南に別れて自り更に聞かず」の句の自注に、「江南呉二娘曲詞に云う「暮雨蕭蕭として郎帰らず」」というのがそれである。「曲詞」とは、中晩唐においては、まだあまりよく使われる言葉ではないようだが、(24)つまりは曲に合わせて歌詞を付す填詞のことである。杭州において、白居易はその「曲詞」なるものに接し、それが江南の印象の中でも一際強く残ったようである。

このように述べてくると、杭州が長安にも匹敵するほど音楽文化の栄えた土地であるように聞こえるかもしれない。だが、実際には、中唐時期には杭州は、揚州、蘇州に比して鄙びたところであり、李泌や白居易の治水事業によって徐々に安定してきた町であった。ならば、白居易が妓人や音楽的遊興について詩に多く表現するのは、実際にそれが活気を呈していたか否かという問題とは別に、彼の詩人としての触角がその方向に多く向けられていたことを示していると言えよう。

では、杭州での白居易の心情はいかなるものであったのか。それを窺うには、官僚としての側面を考慮にいれないわけにはいかない。アーサー・ウェイリー氏は、白居易が杭州刺史の職を自ら要求して、赴任以前からそこで楽しもうという気構えであったとされる。[25] しかし、太田次男氏は「たんに当方で望んだというよりも、中書舎人を出され左遷されたというほうが正確ではなかろうか……」と言われる。[26] 杭州刺史に任命され、着任するまでに作られた詩を見ると、太田氏の説の方が説得力を持つようである。そこには杭州を江州と同様に左遷の地と捉えている跡が窺える。例えば、「初出城留別」（巻八　0336）には、「言う勿れ城東の陌と、便ち是れ江南の路」とあり、この「江南の路」とは、江州における作品「江南謫居十韻」（巻一七　1008）の「江南」とも通じる響きを持ち、やはり遷謫の地のニュアンスがある。また、「馬上作」（巻八　0347）の「毎に覚ゆ宇宙の窄きを、未だ嘗て心体舒やかならず、蹉跎として二十年、頷の下に白鬚生ず、何ぞ言わん左遷し去ると、尚お専城の居を獲たり……」においても、その「左遷」という文字が、白居易の意識を物語っているかのようである。

白居易の心境が変わっていったのは、杭州刺史着任後であると見てよいであろう。

杭州の白居易から寄せられた風景画とそれに添えられた詩に対して、友の張籍が「君の此に向かいて閑吟するの意を見たり、肯えて当時外官と作るを恨まんや」（「答白杭州郡楼登望画図見寄」『全唐詩』巻三八五）と、それを称賛しつつ、白居易が外官となったことにプラスの評価を与えている。張籍はもともと白居易の杭州行きに賛成ではなかっただけに、その張籍のこのような表現は、白居易の杭州刺史としての生活、そして精神の安定をも示唆しているかのようである。この白居易が杭州着任後に得た安定とはいかなるものなのか。次に具体的に杭州刺史時期の作品の中で見ていきたい。

詠懐　（巻八　0359）

昔爲鳳閣郎　　昔鳳閣郎と為り
今爲二千石　　今二千石と為る

自覺不如今　自ら覚ゆ今に如かざると
人言不如昔　人は言う昔に如かざると
昔雖居近密　昔は近密に居ると雖も
終日多憂惕　終日憂惕多く
有詩不敢吟　詩有れども敢えて吟ぜず
有酒不敢喫　酒有れども敢えて喫《の》まず
今雖在疏遠　今疏遠に在りと雖も
竟歳無牽役　竟歳牽役無し
飽食坐終朝　飽食して終朝に坐し
長歌醉通夕　長歌して通夕に酔う
人生百年內　人生百年の内
疾速如過隙　疾速たること隙を過ぐるが如し
先務身安閑　先ず身の安閑に務め
次要心歡適　次に心の歓適を要む
事有得而失　事には得て失うこと有り
物有損而益　物には損して益すること有り
所以見道人　所以に道を見《さと》る人は
觀心不觀跡　心を観て跡を観ず

これは、杭州刺史となって間もない頃に書かれたこともあり、自らの気持ちをたて直そうとしている姿が窺えもするが、ここで彼が言う刺史としての生活が齎らす利点は、あながち強がりのために挙げられたとばかりは言えない。まず一番には、地方長官として金銭的に保証されているということである。白居易は杭州から帰還する際に、下僕でさえも皆なその恩恵に預ったとも書いている。(27) ここでは「二千石」と具体的に詩中に示されているが、金銭的に安定していること、それはもともと寒族出身の白居易にとっては、重要なことではなかったか。その上に時間的にも自由であってはじめて、詩会も酒宴も随意に行えたのであろう。「身」は苦難なる状況にあっても、「心」は常に閑適の境地にあるというのは、杭州刺史時期以前によく使われてきた「閑適」の形であった。けれどもここでは「先ず身の安閑に務め、次に心の歓適を要む」としている。これも金銭的にも時間的にもゆとりを得たからこそ、可能なものであろう。地方長官である刺史は政界の立場としてみれば「左遷」であっても、個人的にみれば長安では到底手に入れられぬ「ゆとり」を得られる職であった。

また、同じく刺史であっても詩中に現われる彼の心のトーンは、先に見てきた忠州時代とは雲泥の差があるようだ。忠州における詩作品には、例えば音楽にせよ風景にせよ、よく「都」が引き合いに出され、(28) その心の中心は「長安」にあった。しかし、杭州においては長安と比較するような描き方はあまり見当たらず、彼が杭州を好んだ様子がありありと伝わってくる作品が多いのである。その理由としては、先ず忠州刺史の場合とは異なり、杭州の風土が肌に合ったということが考えられるが、その他に、青年期に杭州を訪ねた折に、酒宴・詩会を自由に開き、江南文化を満喫していた刺史への憧れを、ついにここで実現し、自らの手中にしたという思いもあったであろう。(29)

そしてこの杭州刺史時期の精神的・物質的安定は、「中隠」の悟りの形で表われてくる。「中隠」と題された詩そのものは、洛陽分司時期の大和三年（八二九）の制作であるが、その考え自体は杭州時期にすでに詩中に表白されている。

郡亭　（巻八　0358）

平旦起視事　　平旦起きて事を視
亭午臥掩關　　亭午臥して関を掩う
除親簿領外　　簿領に親しむを除く外
多在琴書前　　多くは琴書の前に在り
況有虚白亭　　況んや虚白亭有り
坐見海門山　　坐《そぞ》ろに海門山を見るをや
潮來一凭檻　　潮来たれば一たび檻に凭り
賓至一開筵　　賓至れば一たび筵を開く
終朝對雲水　　終朝　雲水に対し
有時聽管絃　　時有りて管絃を聴く
持此聊過日　　此れを持して聊か日を過ごし
非忙亦非閑　　忙にあらず亦た閑にあらず
山林太寂寞　　山林 太《はなは》だ寂寞たり
朝闕空喧煩　　朝闕空しく喧煩たり
唯茲郡閣內　　唯だ茲の郡閤の内のみ

囂静得中間　　囂静　中間を得たり

この「忙」でもなく「閑」でもない最適な時間の流れを得られたのが、杭州刺史という官職においてであり、また「囂」でもなく「静」でもない彼には最適な場所、それが杭州の土地であった。[30] ここにおいて、彼は「真に隠なる者」を知るのである。「翫新庭樹因詠所懐」（巻八　0370）には、「偶たま得《う》　幽閑の境、遂に忘る塵俗の心、始めて知る真に隠なる者、必ずしも山林に在らざるを」として、「山林」でなくとも、この杭州刺史という立場であっても、「隠」の境地に到ることができることを言う。これは次にあげる洛陽で書かれた「中隠」（巻二二　2277）に、そのまま重なっていく。

大隠住朝市　　大隠は朝市に住み
小隠入丘樊　　小隠は丘樊に入る
丘樊太冷落　　丘樊は太だ冷落たり
朝市太囂諠　　朝市は太だ囂諠たり
不如作中隠　　如かず中隠と作り
隠在留守官　　隠れて留守の官に在るには
似出復似處　　出づるに似て復た処るに似たり
非忙亦非閑　　忙にあらず亦た閑にあらず
不勞心與力　　心と力を労せず
又免飢與寒　　又た飢えと寒さを免る
終歳無公事　　終歳　公事無く

随月有俸銭　月に随いて俸銭有り
君若好登臨　君若し登臨を好まば
城南有秋山　城南に秋山有り
君若愛遊蕩　君若し遊蕩を愛さば
城東有春園　城東に春園有り
君若欲一酔　君若し一酔を欲さば
時出赴賓筵　時に出でて賓筵に赴け
（後　略）

ここでいう「大隠」「小隠」は、「小隠は陵藪に隠れ、大隠は朝市に隠る」という句で始まる晋の王康琚の「反招隠詩」にすでにみえ、その句を意識してつくられたものと思われる。そもそも「大隠」とは、「身」を囂しい都長安に置き、煩瑣な政務に携わっていても、「心」は閑適の境地を保つといった、「身」と「心」が対立した状態にあるものである。白居易自身の過去に照らせば、長安で左拾遺に任命される元和初めのあたりがそれに当たるのであろう。当時の作品の中では、「身は世界に住むと雖も、心は虚無と遊ぶ」（「永崇里観居」巻五　0179）などと詠じられている。逆に「小隠」とは、「身」を寂しい「山林」に置き、もちろん官からも遠ざかり、閑適の「心」を得るというものである。「丘樊」も「山林」も、白居易にとっては、「冷落」や「寂寞」という語で形容される好ましからざる地であった。加えて官僚としても冷遇された地位にあり、それでもなお閑適の心を求める時、ここにも「身」と「心」の対立が存在するのである。下邽に退居している時の「此の道を得て自り来《このかた》、身窮まれど心甚だ泰らかなり」（「遣懐」巻六　0230）や、忠州刺史時期の「苟くも此の道を知る者は、身窮まれど心は窮まらず」（「我身」巻一一　0546）などがそれを表わしている。

そして白居易自身が説く「中隠」こそが、彼にとってベストのものであった。なぜなら、そこには「身」と「心」の対立は存在しないからであり、つまり「身」の安閑と「心」の歓適を同時に得られるからである。白居易の「中隠」は、まず官僚としてある程度の充足を得て、更にその上に時間的・金銭的ゆとりを持つ状態でこそ、成り立つものではなかったか。「君若し遊蕩を愛さば、城東に春園有り、君若し一酔を欲さば、時に出でて賓筵に赴け」とは、酒宴・詩会を開くということである。これは陶淵明の隠棲とは趣を異にし、むしろ西晉の石崇や東晉の謝安の、酒宴を催し遊楽を目的とした隠棲に近いようである。

いみじくも、彼は杭州において自らが開いた酒宴について、謝安のそれに比して次のように表現している。

候仙亭同諸客醉作　（巻二〇　1352）

謝安山下空攜妓　謝安は山下に空しく妓を携え
柳惲洲邊只賦詩　柳惲は洲辺に只だ詩を賦す
爭及湖亭今日會　争でか及ばん湖亭今日の会に
嘲花詠水贈蛾眉　嘲花詠水　蛾眉に贈る

かかる宴会に欠かせないのが、「蛾眉」すなわち妓人である。彼が杭州刺史時期の作品中に、妓女との遊興を多く詠むようになったのも、ここに起因するようである。つまり、謝安などの六朝文人の江南での遊興に憧れを懐き、それに類したもの、それを越えるものを求めていこうとする「ゆとり」が現われたのである。

四　杭州の妓女と白居易

では次に、白居易が詩中に表わした、妓女を中心とする杭州の音楽文化との関わりを追ってみたい。この地で開かれた宴会において、彼は妓女に自分の詩を唱わせ、それを日常的な快楽としたようだ。例えば、「席上争いて飛ぶ使君の酒、歌中多く唱う舎人の詩」（「酔戯諸妓」巻二三　2341）などがそれを表わしているが、就中、商玲瓏という妓女には、元稹から贈られた詩も多く唱わせており、元稹の詩にも、「玲瓏をして我詩を唱わしむる休《な》かれ、我詩は多く是れ君に別れし詞」とあるほどであった。[31] この商玲瓏を詩中に詠んだ代表的なものは、次にあげる詩である。

酔歌　（巻一二　0607）

罷胡琴　掩秦瑟　　胡琴を罷め　秦瑟を掩う
玲瓏再拝歌初畢　　玲瓏再拝して歌初めて畢わる
誰道使君不解歌　　誰か道《い》わん　使君歌を解さずと
聽唱黄雞與白日　　黄鶏と白日を唱うを聴け
黄雞催曉丑時鳴　　黄鶏は暁を催し丑時に鳴く
白日催年酉前沒　　白日は年を催し酉前に没す
腰間紅綬繋未穏　　腰間の紅綬繋《つ》けて未だ穏かならざるも
鏡裏朱顔看已失　　鏡裏の朱顔　看《みすみす》已に失えり

玲瓏玲瓏奈老何　　玲瓏玲瓏　老いを奈何せん
使君歌了汝更歌　　使君歌い了《おわ》らば　汝更に歌え

長安の名妓はともかく、一地方の妓人をこのように名をも挙げて詩中に記すことは、白居易・元稹以前にはあまり見られない。杭州の妓人に関していえば、白居易によって詩中に表わされた名前が、宋の王楙の『野客叢書』巻六には、蘇州の妓女と並べて「蘇杭妓名」と題して収録されているほどである。こうして、中唐時期の杭州の妓人の名を後世に残すことになったのも、それだけ白居易が杭州妓女との遊興を愉しんでいたことを物語っている。また、妓人との交流の中で、妓人に代わって詩を作るいわゆる「代贈」の詩（白居易の作品全体で七首残されているが）の三首までが杭州での作であることも、それを傍証するであろう。[32]

このように歌詞を唱わせる対象としての妓女を身近に置くことは、詩人がその妓女に唱わせる為に歌詞を作ることにも容易に結びつくはずである。しかし、残念ながらこの時期に制作された填詞はないし、或いは存在したとしても今には伝わっていない。だがそれは杭州刺史時期の彼と、填詞制作との関わりを否定することにはならないのではないか。後世には白居易の作品と目され、中唐時期の代表的填詞として常に掲げられてきた「長相思」は、現在では擬作とする説もある。[33] 小論では、これが実際に『白氏長慶集』にも収録されていないことから、白居易の作として取り扱うことを避けるが、たとえ擬作であるにせよ、その制作には、妓女の弾く琴の音に歌詞を連想するという以下のような杭州での作品が関与していると思われる。

聴彈湘妃怨　（巻一九　1305）
玉軫朱絃瑟瑟徽　　玉軫朱絃　瑟瑟の徽
呉娃徵調奏湘妃　　呉娃徵調　湘妃を奏す

分明曲裏愁雲雨　分明に曲裏に雲雨を愁う

似道蕭蕭郎不歸　蕭蕭として郎帰らずと道《い》うに似たり

「長相思」にはこの「蕭蕭として郎帰らず」という句が使われており、白居易のこの作品を意識したとも考え得る。このような擬作が生まれるのも、更には後世白居易の作品であるとして疑われなくなったのも、白居易と杭州妓女との遊興が広く知られており、彼がこのような作品を作るのも自然であると捉えられていたからではなかろうか。

妓女と詩人の結びつきが、中唐の填詞制作と関わっていることは、つとに王書奴氏等の述べるところである[34]。とりわけ江南の妓女はそれを促したようである。Marshal Wagner 氏も『THE LOTUS BOAT』[35]の中で「八五〇年以前に詞という形に惹かれていった詩人のほとんどが、花柳界文化の栄えた江南地方に住んだことのあるものだった。この時期の詞というジャンルの発達は、詩人と地方の妓女との社会的、文学的な関わりに起因している」とされている。江南地方において、詩人と妓女との遊興が填詞制作を促したのであれば、白居易の場合もその例に違わず、杭州において影響を受けたのではあるまいか。また都においても、江南から連れ帰られた妓女が、その花柳界に影響を与えていたようである。例えば、『雲渓友議』巻十には、江南から連れて来られた妓女の周徳華の唱う「楊柳枝」が上手いので、長安・洛陽では多くの者がそれに学んだという記載もある。白居易自身も、杭州刺史を辞めた際に、杭州の妓女を洛陽に連れ帰ったらしいことも『南部新書』戊に記されている[36]。やはり、白居易を含む中唐の詩人と江南妓女との結びつきは、詩人の填詞制作を促した一つの要因と見なして、大過はなかろう。

また、彼の填詞の代表作とされる「楊柳枝」は、洛陽分司時期において所有した樊素という妓女が上手く唱ったものであったことは有名であるが、こうした妓人を傍らに置く生活習慣も、実は杭州刺史時期から始まるようである。なかでも、「酔吟先生伝」（巻七〇　2953）にも「若し興発さば、家僮に命じて法部絲竹を調えしめ、霓裳羽衣一曲を合奏せしむ」とあるように、白居易が晩年に至るまで愛好し続けた「霓裳羽衣曲」も、この杭州刺史時期から妓女に教習させて、個人的に鑑賞するようになっていったのである。「霓裳羽衣歌」（巻二一　2202）の中では、そのことが明示されている。

一落人間八九年　一たび人間に落つること八九年
耳冷不曾聞此曲　耳冷として曾て此の曲を聞かず
湓城但聴山魈語　湓城に但だ聴く　山魈の語
巴峡唯聞杜鵑哭　巴峡唯だ聞く　杜鵑の哭するを
移領銭塘第二年　移りて銭塘を領して第二年
始有心情問絲竹　始めて心情の絲竹に問う有り
玲瓏箜篌謝好箏　玲瓏の箜篌　謝好の箏
陳寵觱篥沈平笙　陳寵の觱篥　沈平の笙
清絃脆管纖纖手　清絃脆管　纖纖の手
教得霓裳一曲成　霓裳一曲を教え得て成る

杭州刺史になる以前に滞在していた江州や忠州は、音楽文化の水準も低い土地であったためか、杭州に来て、「始めて心情の絲竹に問う有り」、つまり楽器を演奏させて楽しみたいと思うようになったとある。そこには、先述した杭州での精神的・物質的安定が関わっているであろう。彼が特に好んだ妓女である玲瓏には箜篌を持たせ、謝好には箏を、陳寵には觱篥を、沈平には笙を、それぞれ練習させてついに霓裳の曲を完成した。これは、元和年間に彼が宮中にて聴いたものを、個人的に鑑賞するようにアレンジしたものであろうが、一官僚が「霓裳羽衣曲」の演奏を楽しむのは、当時としては、かなり贅沢なことであった。「一曲霓裳初めて教え成る」（「湖上招客送春汎舟」巻二〇　１４０２）、「曲は愛す霓裳未だ拍せざりし時」（「重題別東楼」巻二三　２３５７）などのように、彼が「霓裳羽衣曲」を、個人的に愛好するものとして詩中に記すようになるのは、やはり杭州刺史時期からなのである。

白居易は、杭州刺史を終えてのち、宝暦元年（八二五）に蘇州刺史に着任する。そこでも、杭州刺史時期と同様に、その個人的な妓女との遊興、彼女等に歌を唱わせ、楽器を奏でさせる様を詩中に繰りひろげている。なかでも、妓女に琵琶を習わせて、それを聴いて楽しむ様子を書いた次のような詩がある。

聽琵琶妓彈略略　（巻二四　２５０５）

腕軟撥頭輕　腕軟らかに撥頭軽し
新教略略成　新たに略略を教えて成る
四絃千遍語　四絃千遍の語
一曲萬重情　一曲万重の情
法向師邊得　法は師辺に向《お》いて得
能從意上生　能は意上従り生ず
莫欺江外手　欺くなかれ江外の手を
別是一家聲　別に是れ一家の声

「江外の手」による演奏は、都のそれのように洗練されたものではないが、そこには情のこもった別の味わいがあるとしている。彼の好んだ「霓裳羽衣曲」も、長安のいわゆる傾城の妓女ではないけれど、蘇州で馴染みの李娟・張態という妓女に舞わせてみようとするのである。先に引いた「霓裳羽衣歌」の後半部分には、これらの妓女の名前が、はっきりと表わされているところからも、彼と彼女達との距離の近さが感じとれる。「夜遊西武寺八韻」（巻二四　2480）にも、「揺曳す双つの紅旆　娉婷たり十の翠娥」とあり、その自注に「容、満、蟬、態等十妓従遊するなり」というのも、その例である。彼は当地では、杭州刺史時期に比して忙しいとはしながらも、その公務の暇に、妓女を傍らに置き、彼女等に楽器や歌を習わせ実演させては愉しんでいた。蘇州刺史退任後は洛陽に分司し、それ以後洛陽を離れることはほとんどなかった。その蘇州から洛陽への帰途に、刺史時期の感慨を述べている。「養う莫かれ痩せし馬駒、教うる莫かれ小さき妓女、後事は目前に在り、信ぜざれば君看取せよ、馬肥ゆれば快く行走し、妓長ずれば歌舞を能くす、三年五歳の間、已に聞く一主を換うるを……」（「有感三首」その二　巻二一　2228）と。刺史であれば、いくら官妓に歌舞を教えても所詮は自分のものではないというのである。この懐いを抱いていたからこそ、彼はこれよりのち、洛陽の履道里にて家妓・楽人を自ら所有し、それが填詞制作とも関わってくるのであるが、そこには、以上見てきたように、杭州刺史時期より始まる官妓との遊興が影響していることは否定できない。

五　洛陽における填詞制作の開花

洛陽に分司して以降、これから杭州刺史として任地に赴く姚合を送る際に作られた詩がある。

送姚杭州赴任因思舊遊二首　その二（巻三一　3198）

渺渺銭塘路幾千　渺渺たる銭塘　路　幾千なるや
想君到後事依然　君到りし後　事依然たるを想う
靜逢竺寺猿偸橘　静かに竺寺に猿の橘を偸むに逢い
閑看蘇家女採蓮　閑かに蘇家の女の蓮を採るを看る
故妓數人憑問訊　故妓数人　憑りて問訊す
新詩兩首倩留傳　新詩両首　留伝せんことを倩う
舍人雖健無多興　舎人健やかなりと雖も興多かる無し
老校當時八九年　老いること当時に校《くら》べ八九年

その自注には、「杭民今に至るも、余を呼びて白舎人と為す」として、杭州を離れて八年九年の歳月を経ても、なお当地の人々が自分のことを慕ってくれると述べており、彼が杭州の土地柄・風物だけではなく、人にも慣れ親しんでいた様子が窺える。とりわけ、顔馴染みの妓女達も多かったのであろう。ここに取り上げられた「蘇家」とは、六朝の名妓蘇小小に因んで名づけられた当地の妓楼のことであろう。杭州刺史時期の作品中に「夢児亭は古くして名は謝と伝え、教妓楼は新たにして姓は蘇と道う」（「余杭形勝」巻二〇　1373）と詠まれている。

だが、このような杭州刺史時期の回顧の対象に止まることなく、白居易は洛陽に分司して後も江南妓女を手元に置いていたようである。大和六年（八三二）に作られた劉禹錫の作品に「白君妓有り、近く洛自り銭塘に帰る」として、杭州の妓女を所有していたことが述べられている。(37) このような江南の妓女は洛陽では些か贅沢な遊興の伴だったのであろう。

「楊柳枝」を上手く唱う妓女樊素を白居易が愛したのも、江南妓女との遊興の延長線上のことと考えられよう。蘇州刺史であった劉禹錫の大和六年（八三二）の作品に次のようにある。

　寄贈小樊（外集巻二）

花面丫頭十三四　　花面の丫頭　十三四
春來綽約向人時　　春来綽約として人に向かう時
終須買取名春草　　終に須く買い取りて春草と名づくべし
處處將行歩歩隨　　処処将に行かんとするに歩歩随う

さらにほぼ同時期に作られた劉禹錫の「憶春草」（外集巻二）という詩の中でも、「春草を憶う、処処多情なり洛陽の道、金谷園中に日を見ること遅く、銅駝陌上に風を迎えること早し、河南大尹頻に出づること難く、只だ池塘十歩を看るを得るのみ……」とあり、劉禹錫が「春草」と名づけた妓女は、「河南大尹」つまり白居易の家妓であった。(38) この「春草」は白居易の詩文中には「樊素」として登場する。特にそれとの別れを切々と描いた開成四年（八三九）の「不能忘情吟并序」（巻七一　3610）には、「妓に樊素なる者有り、年二十余り、綽綽として歌舞の態有り、善く楊枝を唱い、人多く曲名を以てこれに名づく、是れに由りて名は洛下に聞こゆ」とあり、「楊柳枝」が広まるのにこの妓女の果たした役割が大きいことを示唆している。大和八年（八三四）に書かれた「楊柳枝二十韻」（巻三二　3190）は次のように結ばれている。

取來歌裏唱　　取り来たりて歌裏に唱うは
勝向笛中吹　　笛中に吹くに勝る
曲罷那能別　　曲罷みて那んぞ能く別れん

情多不自持　　情多くして自ら持せず
纏頭無別物　　纏頭別物無し
一首斷腸詩　　一首断腸の詩

「纏頭」とは祝儀のことであり、ここでは唱い終えた妓女にまた詩を贈るのである。この作品の自注には「楊柳枝は洛下の新声なり、洛の小妓に善くこれを歌う者有り、詞章音韻、聴いて人を動かす可し、故にこれを賦す」とあるが、ここに言う「楊柳枝」を上手く唱う小妓とは、洛陽の民間の営妓というよりも、彼が私有していた家妓、つまり樊素のことを指していると思われる。彼がこの時期個人的に「楊柳枝」を愛好していたことは、当時浙東観察使を任じていた李紳から、「楊柳枝」の舞衫が贈られたりしていることからも明らかである(39)。また「酔吟先生伝」にも、「若し歓甚だしければ、又た小妓に命じて楊柳枝新詞十数章を歌わしむ」とあり、私邸にてそれを唱わせることを最高の愉しみとしていたことが読み取れる。このように、彼が家妓に唱わせるために作ったものが、その代表的填詞である「楊柳枝詞八首」だったのである。中でも次章にみる江南妓女蘇小小を詠っていくくだりなどは、「唱わせる」対象としての家妓樊素を念頭に置かずしては、作られ得なかったのではなかろうか。

以上のように、白居易の填詞制作を促す要因について考察を加えてきたのは、「唱わせる」ことを前提として、曲に合わせて歌詞を作るという姿勢の現われに注目したかったからである。中唐以前にも、勿論詩は妓人によって唱われていた。例えば、王維の「送元二使安西」(『全書詩』巻一二八)も「渭城曲」として随分流行していたし、事実か否かは別として、王昌齢・高適・王之渙の酒宴の故事もあまりにもよく知られている。だが、それらは、「詩」が先に有り、後で妓人が「曲」を付けて唱ったものである。中唐になって、作成当初から「唱わせる」

ことを目的として、曲に合わせて歌詞を作ること、つまり「填詞」が、劉禹錫・白居易によって行われるようになったのである。それは、制作する段階において「唱わせる」ことが已に想定されているという点で、私的な感情・感慨を存分に表白してもかまわない「詩」の制作とは微妙に違うのではなかろうか。その点から言うと、最初に見た白居易の「竹枝詞」は、従来「填詞」と見なされてきたけれども、実は「竹枝の歌」自体を対象化し、それを叙述して、その中で自らの不遇を嘆じた「詩」作品であり、妓女に「唱わせる」ことを意図して制作された劉禹錫の「竹枝詞」とは性質の異なるものであった。

白居易が「唱わせる」ことを意図して填詞を制作するようになるきっかけは、杭州刺史時期にあるようである。官僚としての充足と物質的なゆとり、そして「中隠」の考えが、詩人としての彼の触角を妓女との遊興へと向けさせ、「曲詞」に触れさせたのではなかろうか。この時期において、歌舞を個人的に鑑賞して愉しむ生活、とりわけ、詩を「唱わせる」対象としての妓女を、半ば私有するように身近におくことができたのを契機として、それ以降、洛陽分司時期には、「唱わせる」ことを意図して填詞を作るに到るのである。このように、白居易の填詞制作においても、江南における妓女との遊興から得た影響は大きいと言えよう。

洛陽分司時期においては、江南妓女を所有するだけではなく、江南から持ち帰った蓮や太湖石などを用いて、その私邸に庭園を造っていくところに、彼の江南への思慕の情が看取される。この庭園において、自ら有する楽隊に伴奏をさせ、妓女に唱わせていたのが、先述した彼の填詞の代表作「楊柳枝」であった。そしてこの作品には、杭州・蘇州の美しい情景が詠みこまれているのである。これは「憶江南」とともに、彼の填詞作品自体が、その江南への想いと深く結びついて作られたことを示唆している。それについては、次章で論じてみたい。

（1）「填詞」という言葉については、村上哲見『宋詞研究』（一九七六年、創文社）に、「宋代では……ほとんどもっぱら『詞を作る』の意のようで、『填詞』の二字を連語の名詞として『詞』と同義に用いるのは、ややのちになってからのようである。」（五七頁）とあるが、小論では、歌詞として作られ、後世「詞」として取り上げられるものを指して使用する。

（2）白居易の作品の制作時期は、以下すべて、花房英樹『白氏文集の批判的研究』（朋友書店、一九七四年再版）、及び朱金城『白居易集箋校』（上海古籍出版社、一九八八年）による。

（3）任半塘『唐声詩』（上海古籍出版社、一九八二年）下編、三八二頁、三八四頁

（4）白居易と顧況の関わりについては、『旧唐書』巻一六六白居易伝に、「年十五時、袖文一篇投著作郎呉人顧況」とある。しかし傅璇琮氏が「顧況考」（『唐代詩人叢考』中華書局、一九八〇年　所収）で、それが事実ではないことを考証され、最近では、川合康三氏が「長安に出てきた白居易」（『集刊東洋学』第五十四号、一九八五年）の中で従来の研究を整理され、その可能性のないことを論証されている。

（5）張華『博物志』（范寧校証『博物志校証』明文書局）「史補」に、「堯之二女舜之二妃曰湘夫人、舜崩二妃啼以涕揮竹、竹尽斑」とあり、任昉『述異記』に、「湘水去岸三十里許、有相思宮望帝台、昔舜南巡而葬於蒼梧之野、堯之二女、娥皇女英追之不及、相与慟哭、涙下沾竹、竹文上為之斑斑然」と見える。

（6）「竹枝の歌」については、小川昭一「劉禹錫について」（『全唐詩雑記』彙文堂書店、一九六九年）や、李蒲「竹枝詞断想及其他」、季知慧「探『竹枝』之源」（共に『民間文学論壇』一九八九年六期所収）に詳しい。

（7）「猿鳥千崖窄、江湖万里開、竹枝歌未好、画舸莫遅回」（「奉寄李十五秘書文嶷二首」その一、『杜詩詳註』巻一五）

（8）「無奈孤舟夕、山歌聞竹枝」（「送人南帰」『全唐詩』巻二八三）

（9）松浦友久「詩語としての「怨」と「恨」」（『詩語の諸相』研文出版、一九八一年所収）

（10）劉禹錫の作品の引用は以下、瞿蛻園箋証『劉禹錫集箋証』（上海古籍出版社、一九八九年）によるが、『劉禹錫集箋証』の「校勘」を参照して、語を改めた箇所もある。

（11）劉禹錫「竹枝詞」の制作年代に関しては、汴孝萱『劉禹錫年譜』（中華書局、一九六三年）、瞿蛻園箋証『劉禹錫集箋証』、羅聯添『唐代詩文六家年譜』「劉夢得年譜」（学海出版社、一九八六年）ともに長慶二年（八二二）説を取っているので、それらに従う。以後、劉禹錫の作品の制作年代については上掲の書に従う。

(12) 赤井益久「劉禹錫の謫遷と文学」（『国学院大学文学会報』三三、一九八八年一月）
(13) 齋藤茂「劉禹錫の楽府詩について」（『中国詩文論叢』第七集、一九八八年六月）
(14) 例えば、『楽府詩集』巻四四「子夜歌四十二首」その一八には、「常慮有貳意、歓今果不斉、枯魚就濁水、長与清流乖」などがそれに該当する。
(15) 林家英「踏歌行四首」（『劉禹錫詩文賞析集』巴蜀書社、一九八九年所収）
(16) 「夔州営妓為喩迪孺扣銅盤、歌劉尚書竹枝詞九解、尚有当時含思宛転之豔、他妓者皆不能也、迪孺云「……妓家夔州、其先必事劉尚書者、故独能伝当時之声也」」
(17) 任半塘『唐声詩』（上海古籍出版社、一九八二年）下編、三八九頁。
(18) 花房英樹「白氏文集校訂余録」（『京都府立大学学術報告　人文』十八号、一九六六年）
(19) 劉白の詩の贈答が頻繁になるのは、宝暦二年（八二六）白居易が蘇州刺史を、劉禹錫が和州刺史を罷めて後である。なお、花房氏の「劉白唱和集の復原」（『白氏文集の批判的研究』三四〇～三五五頁）や、前川幸雄氏「劉白唱和詩の脚韻の研究」（『福井工業高等専門学校研究紀要　人文・社会科学』第一六号、一九八二年）においても、「竹枝詞」は唱和作品には入れられていない。
(20) 例えば、施議対『詞与音楽関係研究』（中国社会科学出版社、一九八五年）等。
(21) 「憶江南」（巻三四　３３６６～３３６８）の自注には「此の曲亦た謝秋娘と名づく」とあり、また劉禹錫がそれに和して「憶江南の曲拍に依りて句を為す」とするところからも、曲に歌詞を付していったことが確かめられる。「楊柳枝二十韻」（巻三二　３１９０）や、「酔吟先生伝」（巻七〇　２９５３）からは、妓女に新作の「楊柳枝」を唱わせていることが看取される。
(22) 他に、元和五年（八一〇）に作られた「和夢遊春詩一首百韻　并序」（巻一四　０８０３）には、妓女の時世粧が述べられたり、「和元九与呂二同宿話旧感贈」（巻一四　０７７２）では、当時の歌舞の名倡「秋娘」の名が見え、「……其詩乃是十五年前初及第時、贈長安妓人阿軟絶句……」（巻一五　０８５３）には「阿軟」について言及されている。しかし、元和十年（八一五）以前の長安における作品には、白居易自身が所有する妓女についての記述はない。
(23) アーサー・ウェイリー著、花房英樹訳『白楽天』（みすず書房、一九五九年）三二四頁。
(24) 管見によれば、他には孫棨『北里志』の「顔令賓」の条に、「聴爽にして能く曲子詞を為し……」と見えるくらいである。

(25) 前掲書参照。

(26) 太田次男『白楽天』（集英社、一九八三年）

(27) 「三年請祿俸、頗有余衣食、乃至僮僕間、皆無凍餒色」（「自余杭帰宿淮口作」巻八　０３７６）

(28) 例えば、「楚袖蕭條舞、巴絃趣数弾、笙歌随分有、莫作帝郷看」（「留北客」巻一八　１１３２）と、都に比して管絃・舞の文化的レベルの低いことを嘆じたり、「巴水」（巻一八　１１６１）では、「城下巴江水、春来似麹塵、軟砂如渭曲、斜岸憶天津」と、巴水を詠じるというより、渭水・天津橋という長安・洛陽の風景が眼前に重なってくる様が描かれている等。

(29) 「呉郡詩石記」（巻六八　２９１６）には、白居易は十四・五歳の時に杭州・蘇州を訪れたことがあり、当時の杭州刺史房孺復、蘇州刺史韋応物に憧れを抱いたことが記されている。

(30) 杭州刺史時期の白居易の心の変化など詳しくは、芳村弘道「杭州刺史時代の白居易」（『学林』第二三号　一九九五年、『唐代の詩人と文献研究』朋友書店、二〇〇七年再録）参照。

(31) 「重贈」（冀勤点校『元稹集』巻二二、中華書局、一九八二年）

(32) 「代売薪女贈諸妓」（巻二〇　１３８２）、「代謝好答崔員外」（巻一九　１３０１）、「湖上酔中代諸妓寄厳郎中」（巻二〇　１３９７）

(33) 施蟄存「白居易詞弁」（『詞學』第六輯　華東師範大学出版社、一九八八年七月）

(34) 王書奴編『中国娼妓史』（上海三聯書店　近代名籍重刊）

(35) COLUMBIA UNIVERSITY PRESS　一九八四年

(36) 白楽天任杭州刺史、携妓還洛、後却遣回銭唐、故劉禹錫有詩答曰「其那銭唐蘇小小、憶君涙染石榴裙」

(37) 「楽天寄憶旧遊因作報白君以答」（『劉禹錫集箋証』外集巻二）

(38) 橘英範「白居易と樊素」（『広島大学文学部紀要』第五四巻、一九九四年）に樊素の素性について述べられている。

(39) 「劉蘇州寄醸酒糯米李浙東寄楊柳枝舞衫偶因嘗酒試衫輒成長句寄謝之」（巻三一　３２２３）

第三章　音空間の再現

白居易は晩唐・五代・宋と開花していく詞の先駆的作者として位置づけられている。その作品は数量的には微々たるものであったにしても、曲に合わせて作詞したことがはっきりしている作品の出現は、やはり注目すべき事柄である。その填詞作品[1]を探究することは、それ以降展開する詞の本質の一端を追うことにもなるであろう。本章では、白居易が私的に妓女・楽人を所有し、その遊興の様を詩に描いていく洛陽分司時期を中心に、前章で述べた江南で味わった情趣を、音空間を、いかに再現していったか、またそこで作られた代表的填詞作品である「楊柳枝」について考察したい。

一　江南趣味の園林と音楽

白居易が洛陽に太子賓客分司として着任したのは、大和三年（八二九）である。それ以後の詩文には、履道里の園林で自ら楽しんだ音楽が様々に描かれている。その情緒に富んだ遊興の様は、例えば次のように詠われている。

伊水分來不自由　　伊水分かれ来たりて自由ならず

無人解愛爲誰流
家家拋向牆根底
唯我栽蓮越小樓

水色波文何所似
麴塵羅帯一條斜
莫言羅帶春無主
自置樓來屬白家

日灩水光搖素壁
風飄樹影拂朱欄
皆言此處宜絃管
試奏霓裳一曲看

霓裳奏罷唱梁州
紅袖斜翻翠黛愁
應是遙聞勝近聽
行人欲過盡迴頭

人の解《よ》く愛づる無くば誰が為にか流る
家家牆根の底に抛つ
唯だ我の蓮を栽え小楼を越えしむるのみ

水色波文　何の似る所ぞ
麹塵羅帯　一条斜めなり
言う莫かれ　羅帯春に主無しと
楼を置きて自り来《このかた》　白家に属す

日は水光に灩《ただよ》い素壁に揺れ
風は樹影を飄し朱欄を拂う
皆な言う此の処絃管に宜しと
試みに霓裳一曲を奏して看ん

霓裳奏して罷み　梁州を唱う
紅袖斜めに翻り　翠黛愁う
応に是れ遥かに聞くは近くに聴くに勝るべし
行人過《よぎ》らんと欲して尽く頭《こうべ》を迴らす

獨醉還須得歌舞　独り酔うに還た須く歌舞を得べし
自娯何必要親賓　自ら娯しむに何ぞ必ずしも親賓を要《もと》めんや
當時一部清商樂　当時　一部の清商楽
亦不長將樂外人　亦た長く将《もち》いて外人を楽しませざらんや

これは、開成二年（八三七）に作られた「宅西に流水有り、牆下に小楼を構え、臨玩の時頗る幽趣有り、因りて歌酒を命じ聊か以て自ら娯しみ、独酔独吟し、偶たま五絶を題す」（巻三三　３３１８〜３３２２）という長い題の詩である。ここでいう「宅」とは、履道里の邸宅のことである。ここは、白居易が杭州刺史を辞めて洛陽に戻った長慶四年（八二四）に、当時すでに洛陽にて晩年を送ることを決めていたのか、故散騎常侍楊憑の宅を買い取ったものである。杭州からは、天竺石と華亭鶴二羽を持ち帰ったが、それを安置するためにも、水の豊かな宅を求めたという（「洛下卜居」巻八　０３７８）。牛僧孺の帰仁園、李徳裕の平泉荘、裴度の集賢園や緑野堂など、この時期には有名な園林が洛陽に点在していたらしいが、白居易はこのような園林の形態の完成者のように言われている。[2] この園林の特徴とも思われるのが、十七畝のうち五、六畝を占めるという水の割合の多さである。ここでも、伊水の分水を庭に引き、そこに蓮を植え、小楼を建てるとあるが、彼の園林の中で、池の果たす役割も大きい。「池上篇　并序」（巻六九　２９２８）に「池風の春、池月の秋、水香しく蓮開くの旦、露清く鶴唳くの夕べに至る毎に、楊石を拂い、陳酒を挙げ、崔琴を援き、……又た楽童に命じて中島亭に登らしめ、霓裳散序を合奏せしむ……」として、自邸の園林の池を描く様は、「汀風の春、渓月の秋、花繁り鳥啼くの旦、蓮開き水香るの夕べに至る毎に、賓友集まり、歌吹作《おこ》り、舟棹徐ろに動き、觴詠半ば酣なり」と、江南の風情を想起して叙述する「白蘋洲五亭記」（巻七一　３６０４）の筆致と酷似している。江南は水の都であり、園林の中の池や川はその情緒を連想させるのに不可欠なものではなかったか。

………

樹合陰交戸　樹は合して　陰は戸に交わり
池分水夾階　池は分かれて　水は階を夾む
就中今夜好　就中今夜好からん
風月似江淮　風月江淮に似たり

「詠閑」（巻二七　2729）

西渓風生竹森森　西渓は風生じ　竹森森たり
南潭萍開水沈沈　南潭は萍開き　水沈沈たり
叢翠萬竿湘岸色　叢翠万竿　湘岸の色
空碧一泊松江心　空碧一泊　松江の心

「池上作」（巻三〇　3035）

滄浪峡水子陵灘　滄浪たる峡水　子陵灘
路遠江深欲去難　路遠く江深く去《ゆ》かんと欲すれども難し
何似家池通小院　何ぞ似《し》かん家池の小院に通り
臥房階下插魚棹　房に臥して階下に魚棹を挿すに

「家園三絶」その一（巻三三　3245）

このように表現された洛陽の自邸の池は、江南の河や湖を髣髴させる、そのミニチュアとも言い得るものであった。これより以前、例えば忠州において、その眼前に広がる風景を長安や洛陽のそれに重ねるよう描いた詩もある（「巴水」巻一八　1161）。だが、それとの差異は、ここに表現された風景は、彼自らが求めて得たものであり、種々配置せられた風物も、彼がわざわざ江南から持ち帰ったものであるということだ。太湖石、白蓮、折腰菱、青板舫などを配置し、それによって江南の風情を意図的に再現したのである。

白蓮池汎舟　（巻二七　2733）

白藕新花照水開　白藕の新花　水を照らして開き
紅窗小舫信風迴　紅窗の小舫　風に信《まか》せて迴る
誰教一片江南興　誰か一片の江南の興をして
逐我殷懃萬里來　我を逐いて殷懃に万里来たらしむ

さて、音楽とは一見関わりのないような園林について述べてきたのは、この園林において演奏される音楽もまた、その情緒に適うものであろうと思うからである。

「酔吟先生伝」（巻七〇　2953）には、その庭園において、家僮に「霓裳羽衣曲」を奏でさせ、家妓に「楊柳枝」を唱わせる様が記されているが、この家僮や家妓は、いつ、どこで集められたのであろうか。先に引いた「池上篇　并序」には、「刑部侍郎を罷めし時、粟千斛、書一車有り、臧獲の筦磬絃歌を習いし者に洎びては百を指して以て帰る」とあり、それが長安より連れ帰られたものであることが示されている。百人にも及ぶ楽人達を集められたのは、やはり都長安なればこそであろう。白居易はそれらを自らの好みに合うように作り上げた。

彼の詩友である劉禹錫の「和楽天南園試小楽」（『劉禹錫集箋証』外集巻一）は、白居易が大和三年（八二九）に作った「南園試小楽」（巻二六　2650）に和したものであるが、そこに、「丹筆を抛ち三川に去らんと欲し、先ず清商一部を教えて成る、花木手づから栽うるは偏に興有り、歌詞自ら作るは別に情を生ず」というように、白居易は三川、つまり洛陽に分司することを決めて、先ず自作の歌詞を唱わせ伴奏させる為の小楽隊を作った。その楽隊は、彼の好みの「清商」、つまり華夏正声の伝統的古曲を習得させせられたようだ。では、彼をしてそのような遊興に向かわせたのは何だったのか。

楽人が集められた大和元年（八二七）、二年（八二八）は、江南から帰還して間もない時でもあり、当然のことながら、江南を追憶する作品がいくつかある。例えば「寄答周協律」（巻二五　2612）には、「暗に想う楼台万余里、歌吹を聞かずして一周年」とか、また「寄殷協律」（巻二五　2565）には、「呉娘暮雨蕭蕭の曲、江南に別れてより更に聞かず」というように、江南で聞いた音楽の不在を嘆くものが見える。確かに彼の江南の描写の中には、必ずといってよいほど、音が表現されている。「笙歌委曲にして声耳に延び、金翠動揺し光身を照らす」（「九日思杭州旧遊寄周判官及諸客」巻二三　2380）、「笙歌一曲　郡の西楼」（「城上夜宴」巻二四　2469）等、「笙歌」という言葉も散見する。李商隠による白居易の墓碑銘にも、杭州において「歌舞を伴侶とす」とあり、また、彼自身も「移りて銭塘を領して第二年、始めて心情の絲竹に問う有り」（「霓裳羽衣歌」巻二一　2202）と言うように、杭州刺史に始まる江南の体験が、彼の目をこのような音楽文化に向けたのであろう。

「境は吟詠を牽きて真に詩国、興は笙歌に入りて好き酔郷」（「見殷堯藩侍御憶江南詩三十首詩中多叙蘇杭余嘗典二郡因継和之」）（巻二六　2638）とは、殷堯藩の三十首の詩に一首で和したものである。しかし、そこには彼が体験した江南の良さが凝縮されているといってよい。彼の脳裏に蘇る江南は、山水風月の自然と、妓女楽人の奏でる音楽であったのだ。彼は洛陽の私邸の中に、池や持ち帰った品々によって江南を視覚的に再現したとするならば、長安で整えた楽人たちの奏でる音楽によって、聴覚的にもその情緒を作り出したのである。

　では、そこで奏でられたのは、具体的にはどんな曲だったのだろうか。最初に引用した詩中にも、また他の詩文の中にも繰り返し現われるのは「霓裳羽衣曲」である。これも、「霓裳羽衣歌」の作品中に自ら述べるように、杭州刺史時期に、「玲瓏の箜篌　謝好の箏、陳寵の觱篥　沈平の笙」と、官妓たちに西湖の畔で演奏させたのが、そもそも彼が晩年に至るまで、この曲を愛するようになった発端である。杭州でこの曲を奏でさせては楽しんだ様は、「一曲霓裳初めて教え成る」（「湖上招客送春汎舟」巻二〇　1402）、「曲は愛す霓裳未だ拍せざりし時」（「重題別東楼」巻二三　2357）などの詩句からも窺える。前章で述べたように、彼が、個人的に楽人・妓女に楽器を教習させて楽しむ様を詩文に表わすようになるのは、杭州刺史時期からであり、その遊興の味を覚えたのも、またこの時期であるようだ。

　また最初に引用した詩にみえる「梁州」（涼州）(3)という曲も、洛陽で家妓に唱わせていたようであるが、この曲が妓女に唱わせて楽しむ曲として白居易の詩に最初に現われるのは、蘇州刺史時期（八二五〜八二六）に書かれた「題霊巖寺」（巻二一　2205）においてである。

娃宮屧廊尋已傾　　娃宮の屧廊　尋ぬれば已に傾き
硯池香徑又欲平　　硯池の香径　又た平らかならんと欲す
二三月時但草緑　　二三月時　但だ草緑にして
幾百年來空月明　　幾百年来《このかた》　月明を空しうす
使君雖老頗多思　　使君老ゆと雖も頗る思い多く
攜觴領妓處處行　　觴を携え妓を領《ひき》いて処処に行く
今愁古恨入絲竹　　今愁古恨　絲竹に入り

一曲涼州無限情　　一曲涼州　無限の情
直自當時到今日　　直ちに当時より今日に到りて
中間歌吹更無聲　　中間の歌吹　更に声無し

この「涼州」という曲は、西涼に纏わる曲で、天宝時期に作られたものであるが、ここでは、この曲が、どんな言われを持つかということなど問題にされていないようである。ただ絲竹の伴奏で妓女が唱うこの曲が、娃宮や硯池が華やかなりし昔と、白居易のいる今とを繋ぐものとして使われている。音の作り上げる空間の中に、過去と現在とが重なり、その長い空白の時間が一瞬にして埋められるかのように表現されている。そして、最初に引用した詩に描かれたように、洛陽の私邸でこの曲を唱わせる時には、江南で遊んだ時のことが思い出されたはずである。長い時間的隔たりも、遠い空間的距離も、瞬間的に超越できるという音の持つ効果を、白居易は詩中に存分に表現している。このような曲を、履道里の私邸で妓女楽人に唱わせ奏でさせて楽しむなかに、彼は江南での風流を再現していたのではなかろうか。

二　新翻の「楊柳枝」

先にも引いた「酔吟先生伝」は、開成三年（八三八）に書かれた、自伝ともいえる作品であるが、そこに、履道里での遊興の様が、「若し興発さば、霓裳羽衣一曲を合奏せしめ、若し歓甚だしければ、又た小妓に命じて楊柳枝新詞十数章を歌わしむ」と述べられている。いままでみてきた「霓裳羽衣曲」などの演奏よりも、更に彼の興をそそったのが、小妓に唱わせた「楊柳枝」であった。

これが唱われた様子を知るには、大和八年（八三四）に書かれた「楊柳枝二十韻」（巻三二　3190）が貴重な資料となる。その歌い手は、自注に「洛の小妓に善くこれを歌う者有り、詞章音韻、聴いて人を動かすべし」とある妓女で、この妓女の様は詩中に「繡履嬌び行くこと緩かに、花筵笑いて上ること遅し、身は軽くして迴雪に委ね、羅は薄くして凝脂透す」と表現されている。ここには具体的に妓女の誰のことだと述べられてはいないが、樊素・羅敷・紅綃・紫綃・都子・小蛮など洛陽分司時期の詩中にその名が挙げられる妓女のうちでも、特に樊素のことを指しているようだ。開成四年（八三九）に書かれた「不能忘情吟　并序」（巻七一　3610）に「妓に樊素なる者有り、年二十余、綽綽として歌舞の態有り、善く楊枝を唱う、人多く曲名を以てこれに名づく、是れに由りて名は洛下に聞こゆ」と書かれている。

その遊びはまるで南朝の貴族の遊興、たとえば石崇の金谷園の詩会を思わせるものであったようだ。彼とともに、「楊柳枝」に歌詞をつけて遊んだ仲間もいたらしい。それらのことは「楊柳枝二十韻」に、「笙引きて簧頻に煖め、箏催して柱数しば移る、楽童怨調を翻し、才子妍詞を与う」という表現からも窺える。このようにして、「楊柳枝」の曲にあわせて作られたのが、新翻の「楊柳枝」であった。

村上哲見氏は「詞源流考」で、「「楊柳枝」は『教坊記』にみえていて、盛唐のころからの曲であることがわかるが、白居易の「楊柳枝二十韻」詩の自注に「洛下の新声なり」といい、七絶の「楊柳枝」には「古歌旧曲君聴くを休め、聴取せよ新たに翻せる楊柳枝」とあるなどをみれば、彼のころに改編されて、まず洛陽ではやったものらしい(4)」とされる。「改編」ということは、原曲が下敷きになっているだろうと想像される。もともと「折楊柳」という、折柳から連想される別れの悲しみを主題とした曲が存在したが、白居易の「楊柳枝詞八首」も、その最後の部分で柳絲のちぎられるのを、断腸とかけて詠っており、「折楊柳」をなにがしか意識していることは間違いない。ただ、中唐の新曲のように考えられてきたのは、「楊柳枝二十韻」の自注に「洛下の新声」なる言葉があるからである。だが、これには典故があるのではなかろうか。『玉台新詠』の編者である徐陵に、「折楊柳」と題された以下のような詩がある。

嫋嫋河堤樹　　嫋嫋たり河堤の樹
依依魏主營　　依依たり魏主の営
江陵有舊曲　　江陵に旧曲有り
洛下作新聲　　洛下に新声を作す
………　　………

白居易が「洛下の新声」と注したのは、この詩を意識したのかもしれない。もちろん曲自体が、変わらずに伝承され得るはずはなく、白居易が聴いたのも、長安から連れ帰った楽人たちにより奏された音楽である。しかし、詩人としての彼は、「折楊柳」を土台としていたはずである。その上で、彼が「新翻」として強調した「新しさ」とは何であろうか。まず、そこには自らが歌詞を付けたという自負が窺える。「楊柳枝二十韻」の最初には「小妓　桃葉を携え、新歌　柳枝を踏む」とある、この「新歌」とは、曲調としての「新」のほかに、歌詞としての「新」という意味にも解せる。曲としての「新」を強調したいのであれば、なにも手垢のついた「楊柳枝」を選ぶ必要はないだろう。では、以下「新しい」と彼が言う「楊柳枝詞八首」（巻三一　3138〜3145）について見ていきたい。

①六幺水調家家唱　　六幺水調　家家唱い
白雪梅花處處吹　　白雪梅花　処処に吹く

古歌舊曲君休聴　　古歌旧曲君聴く休《な》かれ
聴取新翻楊柳枝　　聴取せよ新翻の楊柳枝

この部分は「楊柳枝詞八首」の前奏とも言える。冒頭にでてくる「六幺」「水調」「白雪」「梅花」は、当時流行した古歌旧曲の代表ということになるのだろう。それらが唱われる中で、さて、これから唱う「新翻」の「楊柳枝」を聞きなさいと始まるのである。また、これは、劉禹錫の「楊柳枝詞」の、「君に請う前朝の曲を奏する莫かれ、新翻の楊柳枝を唱うを聴け」と呼応しており、彼らの唱和のあとが窺える。

②陶令門前四五樹　　陶令の門前　四五の樹
亞夫營裏百千條　　亜夫の営裏　百千の条
何似東都正二月　　何んぞ似ん東都正に二月
黄金枝映洛陽橋　　黄金の枝の洛陽橋に映ずるに

第一句は、五柳先生と称した陶淵明の柳のことをいい、第二句は漢の武将周亜夫が、軍隊を細柳に駐屯したという柳のことをいう。それら半ば伝説的な柳は、やはり今のこの美しく輝く洛陽の柳にはかなわない。「柳」という言葉で連想される故事から、現実の眼前の風景へと場面を移していく。そこに第一首の「古歌舊曲君聴く休かれ」というフレーズが重なってくる。彼が唱おうとしているのは、「今」なのである。

③依依嫋嫋復青青　　依依嫋嫋　復た青青
勾引清風無限情　　清風を勾引す　無限の情(5)
白雪花繁空撲地　　白雪花繁く空しく地を撲ち
緑絲條弱不勝鶯　　緑絲条弱として鶯に勝えず

これは、「楊柳枝二十韻」の、妓女の唱うさまを捉えた次のような表現と重ねると味わい深いようだ。

………　………

便想人如樹　便ち想う人の樹の如しと
先將髮比絲　先ず髪を将《も》って絲に比す
風條搖兩帶　風条は両帯を揺らし
烟葉帖雙眉　烟葉は双眉に帖る
口動櫻桃破　口動けば桜桃破れ
鬟低翡翠垂　鬟低《た》るれば翡翠垂る
枝柔腰嫋娜　枝柔かく腰嫋娜たり
荑嫩手葳蕤　荑嫩かく手葳蕤たり

………　………

柳のたおやかさが妓女の姿態のしなやかさと呼応しており、髪が柳の絲に、腰の嫋娜なさまは枝に、「荑指」という言葉は、なよやかな小さい指をいうところから、芽吹いたばかりの柳のあり様に、それぞれ比されている。この視点で、「楊柳枝詞」を見ると、「依依嫋嫋」、この言葉は枝のたおやかに揺れるさまと同時に、妓女のしなやかな姿態を言うとしたら、「青青」も、あたり一面緑に染める柳の美しい様とともに、美女の黒髪を形容する言葉ともなる。「清風」を引き寄せるように揺れて、無限の情に満ちているというのも、柳の形容だけとは思えない。柳の動きに比せられた妓女の動作が、人の心の柔らかな部分を揺さぶるようである。続く三句、四句では、嫋嫋たる枝の鶯の重さにも耐えられない繊細な様子を、その一瞬の動きを捉えて映し出している。このように、填詞の内容がビジュアルであるのは、以後発展する詞に表現される風景が、具体性に欠け、ただ心情の表われにすぎないのとは異なり、中唐の作品が、その歌舞との密接な関わりのなかから生まれたことの証しであるようだ。

④紅板紅橋青酒旗　　紅板紅橋　青き酒旗
館娃宮暖日斜時　　館娃宮暖かにして　日斜めなる時
可憐雨歇東風定　　憐れむ可し　雨歇み東風定まり
萬樹千條各自垂　　万樹千条各おの自ら垂るるを

続く第四首は、柳に焦点をあてながらも、その背景が一転して、江南へと移っていく。「紅板紅橋」とは、蘇州独特の朱塗りの橋のことをいう。「青き酒旗」とは酒屋の目印代わりの青い布を指している。そんな蘇州の風景の中で、場面は「館娃宮」に絞られる。これは、呉王が西施のために建てた宮殿があったところである。本章でも先に引いておいた「題霊巌寺」の中で、妓女に「涼州」の曲を唱わせ、その古《いにしえ》を偲んだというように、白居易自らが遊んだ地でもある。「万樹千条」として、柳の繁るさまをいうのも、彼自身が「老いて来《このかた》処処に遊行偏くも、蘇州の柳の最も多きに似ず」（「蘇州柳」巻二四　2464）と述べているごとく、江南を自ら体験した白居易なればこその表現ではないかと思われる。また今これが唱われている履道里の園林が、江南の風情を特に移したところであることを想起するとき、洛陽から江南に背景がスライドされて詠われていることが更に意味深く感じられる。

⑤蘇州楊柳任君誇　　蘇州の楊柳　君の誇るに任す
更有銭塘勝館娃　　更に銭塘の館娃に勝る有り

若解多情尋小小　　若し多情を解さば小小を尋ねん
　綠楊深處是蘇家　　緑楊深き処　是れ蘇の家

蘇州もいいが、杭州は更によい。彼が好むのは、やはり杭州である。「最も憶うは是れ杭州」という「憶江南」のフレーズが思い出される。そこでは、「山寺月中に桂子を尋ね、郡亭の枕上に潮頭を看る」と、その「尋ね」、「看る」という動詞によって、自ら体験したものだということを強調するかのように表現している。この自らが実際に辿った杭州において、「柳」から連想するのは、杭州刺史時期の作品「杭州春望」（巻二〇　1364）で「濤声夜入る伍員の廟、柳色春藏る蘇小の家」と詠む妓女の蘇小小であった。蘇小小とは、南斉時代の妓女の名である。けれども白居易の作品には、「教妓楼新たにして姓は蘇と道う」（「余杭形勝」巻二〇　1373）、「就中蘇小感恩多し」（「聞歌妓唱嚴郎中詩因以絶句寄之」巻二三　2347）のように、白居易の知る杭州の妓女を指して使われてもいるのである。ゆえに、彼が詩に使う「蘇小小」という言葉は、古の蘇小小を指すと同時に今の杭州に生きる妓女をも表わしており、それが、洛陽で家妓の唱うこの歌の中に再現されているのである。

⑥蘇家小女舊知名　　蘇家の小女　旧より知名
　楊柳風前別有情　　楊柳風前　別に情有り
　剝條盤作銀環樣　　条を剥ぎ盤げて作す　銀環の様
　卷葉吹爲玉笛聲　　葉を巻きて吹きて為す　玉笛の声

ここには、「風」と「柳」の織り成す動きの中に、蘇小小が表現されている。特に三句、四句は、風が起こす瞬間的な動きから、蘇小小の舞姿を連想させる。「銀環の様」は、妓女のつける飾りから舞を髣髴させ、「玉笛の声」は、笛一つから舞に合わせて奏でられる音楽を想像させていく巧みな比喩であり、加えて「銀」・「玉」という語が、柳の輝きから、幻想的な空間を作り上げていく。ここにも眼前に踊りつつ唱う妓人の姿が見え隠れするのである。

⑦葉含濃露如啼眼　葉は濃露を含みて　啼眼の如し
枝嫋輕風似舞腰　枝は軽風に嫋みて　舞腰に似たり
小樹不禁攀折苦　小樹は攀折の苦しみに禁《た》えず
乞君留取兩三條　君に乞う両三條を留取せよ

第一句の「葉は濃露を含みて啼眼の如し」は、当時すでに作られていた李賀の「蘇小小墓」（『全唐詩』巻三九〇）の第一句「幽蘭の露　啼眼の如し」を意識したものであろうか。李賀は続いて「草は茵の如く、松は蓋の如し、風は裳と為り、水は珮と為る」と比喩表現を用いている。白居易も同じく比喩を用いているが、「枝は軽風に嫋みて舞腰に似たり」として、蘇小小の舞姿を柳の動きと重ね生動的に表わしている。蘇小小といえば、李賀などが下敷きにしたのは、『玉台新詠』巻十に見える次の詩であろう。

錢塘蘇小歌
妾乘油壁車　妾は油壁の車に乗り
郎騎青驄馬　郎は青驄の馬に騎る
何處結同心　何処にか同心を結ばん
西陵松柏下　西陵　松柏の下

この詩には、柳の一字もみえない。柳と女性、それは使い古された比喩ではあるが、中唐になって現われた「蘇小小」を詠んだ権徳輿の「蘇小小墓」（『全唐詩』巻三二六）にせよ、張祜の「蘇小小歌三首」（同上巻五一一）

にせよ、李賀の「蘇小小墓」にせよ、その詩中には現われない。わずかに張祜の「題蘇小小墓」（同上巻五一〇）に「眉は恨めしげに、柳は長《とこしえ》に深し」と「柳眉」を使って綺人の姿を描くようである。だがそれも、「墓」と題されているからか、「漠漠たり窮塵の地、蕭蕭たり古樹の林」に始まり、それが今はなき過去のものであることが、はっきりと示されている。蘇小小を題材として取り上げるのは、「中・晩唐期の詩人たちの南朝民歌に対する関心の中から生まれたものであって……」(6)と鈴木修次氏も言われるように、当時の文学界の傾向であった。白居易が、「楊柳枝詞八首」の中で、蘇小小を描いていくのも、勿論そのような風潮にもよるのであろう。

しかし、彼の描写は、権徳輿・張祜・李賀の「墓」「過去」がはっきりと示されているものとは異なり、過去と今との境界を取り払って、蘇小小を動きの中で捉え、「生」の空間の中に再現している。それは、「今」と通じるものであり、現在と交錯したものなのである。そのことは、第一首の「古歌旧曲君聴く休かれ　聴取せよ新翻の楊柳枝」という歌い出しから通じており、また、故事の柳より、眼前に見える柳の美しさを謳歌する姿勢から一貫しているのである。

そして三句、四句では「折楊柳」のことに言及し、最後の一首、断腸の詩へと収束に向かっていく。

⑧人言柳葉似愁眉　　人は言う柳葉の愁眉に似たりと
更有愁腸似柳絲　　更に愁腸の柳絲に似たる有り
柳絲挽斷斷牽腸　　柳絲挽き断つは牽腸《おもい》を断つ
彼此應無續得期　　彼此応に続《つ》ぎ得る期無かるべし

「楊柳枝二十韻」の中に、「楽童怨調を翻し、才子妍詞を与う……曲罷みて那んぞ能く別れん、情多くして自ら持せず、纏頭別物無し、一首断腸の詩」とあり、「楊柳枝」を唱った妓女に、またその祝儀として歌詞を贈ることが示されている。「折楊柳」が基本のモチーフであるので、締め括りには、やはり「折楊柳」の別れの悲哀を含ませているのであろう。

以上のように、洛陽・蘇州・杭州の柳を描く「楊柳枝詞」を見てきたが、その一番の山場は、五首、六首、七首とつづく蘇小小の描写である。題材としては、中唐の文学の傾向によって、六朝民歌にある蘇小小を使ってはいるが、それを柳の動きと重ねて「生」の空間に描き出している点が注目される。その姿態は、今の杭州の妓女に、そしてこれを唱っている樊素へと重なっていくのだ。洛陽分司後の白居易がその「新翻の楊柳枝」の中で描いたのは、彼が自ら触れた「生」の空間としての江南であり、それが彼の強調する「新しさ」ではなかろうか。白居易が、このように「楊柳枝」の新たな境地を開拓したからこそ、それ以前の「楊柳枝」には、あまり描かれることのなかった江南が、これ以降、例えば温庭筠・牛嶠などの「楊柳枝」の中にも現われることになるのではなかろうか。晩唐・五代の詞の中で「楊柳枝」と題されたものの占める割合が非常に大きいことからも、白居易が填詞の開拓者として位置づけられてきた意味が再確認されるようである。

同様のことが、曲に合わせて作られた「憶江南詞」（巻三四　３３６６〜３３６８）においても、看取され得る。この作品が今もなお、人々に訴える力を持つのは、その限られた短いフレーズの中に、「風景旧曾て諳んず」と、彼の自ら体験した江南を、その江南への憶いを吐露しているからなのである。それが、江南を縷縷表現した詩よりも、強いインパクトを持っているのは、そこに「生」の空間が凝縮されているからではあるまいか。

日出江花紅勝火　　日出で江花紅きこと火に勝る
春來江水綠如藍　　春来　江水緑なること藍の如し　　（その一）

太陽が昇るという「陽」のイメージと、「春」という季節が感じさせる生命の息吹、水辺の燃えるような真紅の花と、藍のように深い緑の川のコントラストが、その明るい色彩とともに、自然の生命力にあふれた江南地方を描き出している。第二首の「山寺の月中に桂子を尋ね、郡亭の枕上に潮頭を看る」には、自然が提供してくれる風景の面白さが、第三首の「呉酒一盃　春竹葉、呉娃双舞　酔芙蓉」には、人間の作り出す快楽の極致が表現されている。それはそこから去って後もなお詩人の詩興をそそる地であった。このように、彼が洛陽で制作した填詞には、今に通じる生き生きとした「江南」が構築されていったのである。

これらの填詞作品は、江南滞在中においてではなく、洛陽分司時期、それも江南を離れて或いは七、八年の歳月を経て作られたものであり、江南に対するイメージを作品のなかに再構築するには、かえって、それだけの時間的隔たりが必要であったともいえる。その制作には、江南を詩の題材として彼と共有した詩友の存在が大きく関わっているようであり、なかでも劉禹錫には白居易との唱和の作品が多く残されている。劉禹錫は大和五年（八三一）から大和八年（八三四）まで、刺史として蘇州に滞在しており、その間に白居易との詩の贈答が頻繁であったことは、やりとりした詩篇を記した「呉洛寄和巻」の成立を見ても明らかである。劉禹錫が蘇州刺史となったことで、江南を題材とする詩に対する白居易の感興は更に高まったことであろう。大和六年（八三二）に書かれた白居易の「憶旧遊」（巻二一　2246）の最後は次のような言葉で締め括られている。

　　頼得劉郎解吟詠　　頼いに劉郎の解《よ》く吟詠するを得て
　江山氣色合歸來　　江山の気色合に帰り来たるべし

劉禹錫のほかにも、大和八年（八三四）に、白居易に楊柳枝用の舞衫を贈った李紳がいる。李紳は、その前年の大和七年に越州刺史となり、浙東観察使に充てられている。彼も大和九年に、太子賓客分司として洛陽に戻り、開成元年（八三六）には、河南尹となっており、江南を自ら体験し、そして洛陽で白居易等との詩会に遊んだと思われる。彼らは、館娃宮、東山、西湖、杭州の天竺・霊隠寺などを詩の題材として用いた。白居易の詩が喧伝された為に、それまであまり詩の題材とされなかった西湖の美が天下に知れわたったといわれるが、晩唐において、詩題として江南の風物が脚光をあびるようになるのも、中唐の彼らによるところが大きいのかもしれない。いままであまり取り上げられなかった江南の風物に、新たに息吹を与えたのは中唐の彼らだったのだから。

白居易・劉禹錫による填詞の制作は、詩の世界において新鮮さを求める動きの一端であるとしてこれまで論じられてきた。小論はこれになんら反論を加えるものではないが、それらが、洛陽履道里の江南趣味の園林において、まるで南朝貴族の遊興に擬したかのように、お抱え楽団の伴奏で家妓が唱ったことを考え合わせると、この填詞こそは、音楽と詩による一種の江南の再現ではないかとも思われるのである。そこに描き出されたのは、中唐人によって新たにイメージされた江南であり、彼らによって新鮮な生命の息吹を与えられたからこそ、続く時代の詩人達をも魅了していき、これ以降江南を題材とする填詞が多く出現し得たのではあるまいか。白居易の主要な填詞作品の内容をみるとき、その題材として用いられた江南のもつ重みは看過できないと感じるのである。

（1）「填詞」という言葉については、村上哲見『宋詞研究』（創文社、一九七六年）に、「宋代では……ほとんどもっぱら『詞を作る』の意のようで、『填詞』の二字を連語の名詞として『詞』と同義に用いるのは、ややのちになってからのようである。」（五七頁）とあるが、小論では、歌詞として作られ、後世「詞」として取り上げられるものを指して使用する。

（2）村上嘉実「唐代貴族の庭園」（『東方学』第十一輯、一九五五年）、杉村勇造『中国の庭―造園と建築の伝統』（求龍堂、一九六六年）、侯迺慧『詩情与幽境――唐代文人的園林生活』（東大図書公司、一九九一年）参照。

（3）地名としては、「梁州」は今の陝西省に、「涼州」は甘粛省にある。だが、曲名としては、宋の王灼の『碧鶏漫志』巻三にも「梁州」と「涼州」とが、同一のものとして説明されており、洪邁『容斎随筆』巻一四にも、「今楽府の伝うる所の大曲、皆な唐より出づ……涼州今転じて梁州と為す、唐人已に多く誤用す」と言う。

（4） 村上哲見『宋詞研究』八四頁。

（5） 那波本では「無恨の情」とあるが、ここでは朱金城『白居易集箋校』（上海古籍出版社、一九八八年）の「無限の情」に従う。

（6） 鈴木修次「唐代における魏晋六朝詩の風潮」（『日本中国学会報』第三十七集）

第四章　伝統の音を楽しむ

中国の伝統的楽器、その代表格である「琴《きん》」は、七絃で琴柱がなく、日本で現在「琴《こと》」といっているものとは異なる。(1)それは、古くから日本へも伝わり、『源氏物語』にもその描写が見える。(2)近世では江戸時代に、明末の詩僧東皐心越によって将来され、(3)漢学の大家荻生徂徠も自ら奏楽し、「琴学大意抄」や「幽蘭譜抄」などをものしている。(4)この「琴」は、中国の伝統的楽器の一つとしてだけではなく、「琴棋書画」と並称されて、中国知識人の雅遊を代表するものでもあった。(5)例えば六朝北斉の顔之推『顔氏家訓』雑藝篇には、琴について次のように言うところから、その普及、定着のほどが知られる。

礼に曰く「君子故《ゆえ》無くして琴瑟を徹《さ》らず」と。古来名士の多く愛好せる所なり。梁初におよんで衣冠の子孫、琴を知らざる者を闕くる所有りと号す。

その歴史は古く、唐代中期に編纂された杜佑の『通典』巻一四四によると、まずその製作については、『世本』に云う「神農の造りし所なり」。『琴操』に曰く「伏義の琴を作りて、身を修め、性を理めて、其の天真に反《かえ》す所以《ゆえん》なり」という記載を並べて、中国の伝説上の帝王と結びつけている。それに続いて『通典』に引用された『白虎通』の「琴は禁なり、邪を禁止し、以て人心を正《ただ》すなり」などから、琴は漢代の学術によって、儒家思想にとって意義ある楽器として、その礼楽観を体現する表象《シンボル》として、位置づけられてきたことが示されており、中国文人の精神的な部分に深く通じるものであるようだ。

それゆえに、有名な鍾子期と伯牙の「知音」をはじめとして、琴と文人にまつわる故事は、古来より多く語られてきた。儒学の創始者とも言われる孔子をはじめ、漢代一流の文化人である司馬相如や、竹林の七賢の嵇康・阮籍、田園詩人と称される陶淵明の傍らに常に置かれ弄された楽器、それが琴であった。

本章では、特に唐代中期の白居易の琴について論及する。なぜなら、唐代は「文字譜」から「減字譜」へと移行する時期にあたり(6)、少数の限られた文人により奏でられていたものが、もっと広い層へと普及し、董庭蘭をはじめとして、弾琴を職業とする著名な琴師・楽工が輩出し、琴がさらに定着していったからである。琴の普及の様は、琴に関する書物の増大にも窺える。唐初に編まれた『隋書』「経籍志」の「楽」の部分にも、琴に関わる書物は多いが、それに比して、『新唐書』「藝文志」および『宋史』「藝文志」に残る唐代の琴譜の類は、質量ともに注目に値する。その唐代において、琴について考察する際に参考となるのは、日本にも残る開元琴などの考古学的資料(7)を別にすれば、同時代人の手になる詩文である。なかでも、白居易の作品は量的に群を抜いており(8)、また、その内容的にも彼の個性が結実した秀作もみえる。以下、白居易自身の詩の分類に従って(9)、その「諷諭詩」と「閑適詩」を取り上げ、それぞれの詩の世界において、「琴」がいかに叙述されているかをまず検討し、その後「諷諭」「閑適」等の分類がされていない杭州刺史時期以後、洛陽分司時期に及ぶ彼の後半生の作品においても考察を加えてゆきたい。

一　儒家的枠組みのなかの琴

元和初年（八〇六）から十年（八一五）までにその大部分が書かれた「諷諭詩」は、若き時期の白居易の、政治に参画しようとする意気込みの見える作品でもあり、その表現からは、「琴」が儒家の伝統的概念によっていかに把握されていたかが窺える。

廢琴　（巻一　0009）

絲桐合爲琴　　絲と桐と合して琴を為《つく》り
中有太古聲　　中に太古の声有り
古聲淡無味　　古声淡にして味わい無く
不稱今人情　　今人の情に称《かな》わず
玉徽光彩滅　　玉徽に光彩滅《た》えて
朱絃塵土生　　朱絃に塵土生ず
廢棄來已久　　廃棄せられて来《このかた》 已に久しきも
遺音尚泠泠　　遺音尚お泠泠たり
不辭爲君彈　　辞せず君が為めに弾ずるを
縱彈人不聽　　縦《たと》え弾ずるも人聴かず
何物使之然　　何物かこれをして然らしめたる

羌笛與秦箏　羌笛と秦箏と

ここには「古」と「今」の対比が明確な形で提示されており、「琴」は「古声」に、「羌笛」と「秦箏」とは「今人の情に称う」ものとして列せられている。実際には、琴も「減字譜」の出現などにより普及し、有名な琴師も多く数えあげられる唐代において、琴に対してこのように叙述するのは、現実の琴に対する描写というよりも、観念としての「古楽」への懐古の表出といえるであろう。これはまさに儒家的思考によるものといえよう(10)。

白居易の「諷諭詩」の「新楽府五十首」中にも、同じく「古楽崇拝」的な観点から展開されている「五絃弾」（巻三　0141）という作品がある。そこでは巷に流行する趙璧という楽人の琵琶の音に、心を奪われんばかりの人に向かって、以下のように「古楽」の素晴らしさが披瀝されている。

吾聞正始之音不如是　吾れ聞く　正始の音は是《か》くの如くならず
正始之音其若何　正始の音は其れ若何《いかん》
朱絃疏越清廟歌　朱絃　疎越　清廟の歌
一彈一唱再三歎　一弾　一唱　再三歎ず
曲淡節稀聲不多　曲は淡く　節は稀に　声多からず
融融曳曳召元氣　融融曳曳　元気を召く
聽之不覺心平和　これを聴けば覚えず心平和なり
人情重今多賤古　人情は今を重んじ多く古を賤しむ
古瑟有絃人不撫　古瑟は絃有るも　人撫せず
更從趙璧藝成來　更に趙璧の藝成りて従《よ》り来《このかた》

二十五絃不如五　　　　二十五絃は五に如かず

「琴瑟相い和す」という語からも知られるように、「瑟」は「琴」とならんで「古楽」の象徴的な楽器であり、その絃は二十五本で、馬王堆などからも出土している。ここにいう「正始の音」の「正始」とは、『詩経』大序にいう「周南、召南、正始の道、王化の基」のそれであり、孔穎達の疏には「周南・召南二十五篇の詩、皆な是れ其の初始の大道を正し、王業風化の基本なり。高は下を以て基となし、遠は近を以て始となす。文王は其の家を正し而して後、其の国に及ぶ。是れ、其の始めを正すなり」と説明されるものである。ゆえに「正始の音」とは、古の「王業風化」に資する音楽の謂いであろう。その「正始の音」は、「一弾　一唱　再三歎ず、曲は淡く節は稀に　声多からず」といった、音楽的には抑揚に乏しく、魅力を欠くものであったが、「元気を召き」「覚えず心平和なる」状態にいたらせるという、精神に及ぼす素晴らしき感化力を具えたものだという。これは『礼記』「楽記」にみえる「故に楽行われて倫清く、耳目聡明にして、血気和平、移風易俗して、天下皆な寧《やす》らかなり」の精神に符合するものである。

こうした音楽観は白居易独自のものというより、「儒家的教養をもった人臣の立場としては、当今流行の五絃を鄭声と見なし、この鄭声の風靡を非難せずにはいられなかったのである」と藤田貴枝子氏によってもつとに指摘されている。(11) 元和五年（八一〇）に書かれた「秦中吟十首」の中「五絃」（巻二　0082）という作品も、「五絃弾」同様、趙璧の五絃琵琶の音色に「形神　主無きが若き」坐客に対して、「嗟嗟《ああ》俗人の耳、今を好んで古を好まず、緑窗の琴、日日塵土を生ずるゆえんなり」として、「今」と「古」に「五絃琵琶」と「琴」とを対応させている。

「琴」を、このような対比の中に当てはめて描くのは、もちろん白居易だけに限らない。例えば白居易以前には劉長卿の次の詩が有名である。

聴弾琴　（『全唐詩』巻一四七）

泠泠七絲上　泠泠たり　七絲の上
静聴松風寒　静聴して　松風寒し
古調雖自愛　古調自ら愛すと雖も
今人多不弾　今人多く弾ぜず

ここでいう「古調」も、「古声」と同じく、流行にのる「新声」に対して用いられているのであろう。「今人多く弾ぜず」と締め括って、「古調」「古声」に対する憧れ、「今人」「俗人」[12]には踏み込めない世界を構築している。琴の歴史的発展からみれば、琴の技術、琴曲自体も、古のものとは違い、「新声」を追求する面もあったのだが、観念の世界、詩の世界に現われる「琴」は、「古調」「古声」という語が相応しいものであった。

しかしながら、この「古声」にプラスの、「新声」にマイナスの評価を与える音楽観とは、一見、相容れないように見える別の考えかたを、白居易は元和元年（八〇六）にすでに「策林」（巻六五　２０８１）の「復楽古器古曲」中に展開している。

是の故に和平の代、桑間・濮上の音を聞くと雖も、人情淫せざるなり、傷つかざるなり。乱亡の代、咸・護・韶・武の音を聞くと雖も、人情和せざるなり、楽しまざるなり。故に臣以為《おもへら》く、鄭衛の声を銷《け》し、正始の音を復するは、其の政を善くし、其の情を和するに在りて、其の器を改め、其の曲を易《か》うるに在らざるなりと。

表面的に見れば、「正始の音」の復興には楽器や楽曲は問題にはならないとするこの説は、先の「古楽器」を重んじる見解とは、齟齬をきたすものである。この論理は、「極端な音楽復古派に対する警告(13)」であると見なされることもあるようだが、やはり時の政治の改善を提示したものであることに留意すべきであろう。これも白居易の独創的見解というよりは、儒家的理念の一つの表われであり、同様のものは、例えば『貞観政要』巻七にみえる唐の太宗の以下の言にも窺える。

夫れ、音声の豈に能く人をして感ぜしむるや。歓ぶ者これを聞けば則ち悦び、哀しむ者これを聴けば則ち悲しむ。悲悦は人心に在りて、楽に由るにあらず。

これも、その淵源は、『論語』「陽貨篇」の「子曰く、礼と云い礼と云う、玉帛を云はんや。楽と云い楽と云う、鐘鼓を云はんや」という、玉や帛、鐘や鼓といった目に見える形を「礼」「楽」というのではなく、精神的な作用にこそ注視すべきであるとする儒家の伝統的思考に沿ったものである。ゆえに一見矛盾したように見えた白居易の説も、実は儒家的礼楽観における二つの側面を抽出したにすぎないのである。「策林」は、校書郎をやめて華陽観にこもり、制科の準備をしていた時期の作品であり、「諷諭詩」も、江州司馬に左遷される元和十年（八一五）以前に作られており、「文章は合《まさ》に時の為に著わすべく、歌詩は合に事の為に作るべし(14)」という精神に貫かれたものであったといえよう。白居易は「諷諭詩」や「策林」では、以上のように儒家的な枠組みに沿った形で、音楽を題材《モチーフ》としており、その中でとりあげられた「琴」は、その意味では正統的に描かれているのである。

では、白居易が江州司馬への左遷を受ける以前、つまり政治的使命を強く抱いていた時期の作品は概して以上のようであるかといえば、決してそうではない。彼が「諷諭詩」と併行してつくった「閑適詩」の中には、「琴」はどのように表現されているのであろうか。次にこれについて考察してみたい。

二 閑適詩にみえる琴

白居易「閑適詩」については、さまざまな論考が提出されているが[15]、その中でも、川合康三氏は「諷諭詩」との関わりから以下のように述べられている[16]。

元和の初め、新進官僚として華やかなスタートを切った当初から、白居易は諷諭詩と併行して閑適詩も作っている。「与元九書」で述べている、達＝兼済＝諷諭詩、窮＝独善＝閑適詩という図式は、そのまま実作と一致するものではない。「窮」とはいいながらも、必ずしも官を拒絶された状況のみに限られず、「或退公独処、或移病閑居」とあるように、公的な場所から退いた個人的生活全体が、閑適詩を生む背景になっているのである。

ゆえに、そこに表われた「琴」も、公的な場から退いた彼の個人的生活の一端を詠じるために用いられているのである。翰林学士となった元和二年（八〇七）に書かれた次の作品はその代表とも言える。

聽彈古淥水　（巻五　0189）

聞君古淥水　君が古淥水を聞き

使我心和平　　我が心をして和平ならしむ
欲識慢流意　　慢流の意を識らんと欲して
爲聽疏汎聲　　為に疏汎の声を聴く
西窗竹陰下　　西窗竹陰の下
竟日有餘清　　竟日　余清有り

「淥水」は白居易の「琴茶」（巻二五　2518）の詩中にも見える当時の有名な「琴曲」である。それに「古」という文字を冠している点は、「諷諭詩」と一脈通じるところがあるようだが、「古琴」に「塵土生ず」と言い、「廃棄せられて」久しいことを嘆く「諷諭詩」の琴に対して、ここには実際に演奏されている「琴」と、「我心」との密接な繋がりがズームアップされている。「西窗竹陰の下、竟日　余清有り」という結びの句からはのびやかな余情と、「琴」と「我」との静寂たる閑適の世界の広がりが看取される。翌年元和三年（八〇八）に書かれた「松斎自題」（巻五　0190）においても、「況んや此の松斎の下、一琴と数帙の書、書は甚だ解するを求めず、琴は聊か以て自ら娯しむ」と、「閑適」の境地を形作るのに不可欠な素材として「琴」が「書」と並べられており、これは白居易の「閑適」の境地を描く詩篇には以後しばしば使われる。「我が心をして和平ならしむ」琴は、長安の喧騒の中にいる彼に「静」なる空間をもたらすものであった。

元和五年（八一〇）に書かれた「秋居書懐」（巻五　0198）では、その「琴」や「書」さえも弾かず、読まずという境地が表現されているが、彼が心の拠り所とした「洪州禅」に言う無為無事の閑人を宣揚し、意識上の「無心」、実践上の「無事」へと向かう状態を詠っていると解釈するものもある。(17)

有琴慵不弄　　琴有れども　慵《ものう》ければ弄《ろう》せず

有書閑不讀　書有れども　閑なれば読まず
盡日方寸中　尽日　方寸の中
澹然無所欲　澹然として欲する所なし

この一首が果たして「禅」と彼との関わりをどれだけ表現しているかは置くとしても、自らの「心」のあり方を表現する時に、「琴」が用いられることは多い。

とりわけ、母陳氏を亡くし、下邽に退居した元和六年（八一一）～元和八年（八一三）の間に書かれた次の作品は、彼の琴に対する観念的な思いが凝縮したものといってもよい。

清夜琴興　（巻五　0211）
月出鳥栖盡　月出で　鳥栖《すみか》に尽き
寂然坐空林　寂然として　空林に坐す
是時心境閑　是の時　心境閑にして
可以彈素琴　以て素琴を弾ずべし
清冷由木性　清冷たるは木性に由り
恬淡隨人心　恬淡たるは人心に随う
心積和平氣　心に和平の気を積み
木應正始音　木は正始の音に応ず
響餘羣動息　響余りて　群動息《や》み
曲罷秋夜深　曲罷みて　秋夜深し

正聲感元化　　正声　元化に感じ
天地清沈沈　　天地清くして沈沈たり

「心に和平の気を積み、木は正始の音に応ず」とは、儒家的礼楽観の現われた「諷諭詩」にみえる理想の音楽と同じ筆致である。だが、これは「諷諭詩」のそれのように、琴の効能を客観的に述べたてたものではない。「月出で　鳥栖に尽き、寂然として　空林に坐す」という始まりで、静寂なる場を作りだし、「是の時　心境閑にして、以て素琴を弾ずべし」と続けて、白居易の個人的な心の動きを照射している。「清冷」なる音色は、琴自体の特性からくるものであるが、それがまた「恬淡」としているという。この「恬淡」とは『荘子』「刻意篇」に以下のようにみえるものである。

故に曰く、「夫れ恬惔寂寞、虚無無為は、此れ、天地の平らにして道徳の質なり」と。休《やす》らげば則ち平易、平易なれば則ち恬惔なり。平易恬惔なれば則ち憂患入る能わず、邪気襲《い》る能わず。故に其の徳全くして神虧けず。

ここにいう「無欲でこだわりのない心静かな境地」が「恬淡[18]」と言われるものである。先の詩では、琴の「恬淡」なるのは、人心つまり白居易の心に沿っているというのである。これは琴の「淡にして味わい無き」音色と、心の「恬淡」なる様を融合させたものとも考えられ、音色の表現としては、甚だ抽象的なる観を免れないが、そこにこそ、白居易が「閑適詩」のなかで「琴」を用いて描きだしたい世界がある。

三　陶淵明の無絃琴と白居易

このように、琴が彼の個人的な閑適の境地を詩中に演出するものとなったのは、白居易においては、阮籍・嵆康にも増して、陶淵明の「琴」を意識するためであった。陶淵明と琴は、『晋書』巻九四の伝に次のように記されている。

性は音を解せず、而れども素琴一張を蓄え、絃徽具わらず、朋酒の会の毎に、則ち撫して、これに和して曰く「但だ琴中の趣を識るに何ぞ絃上の声を労せんや」と。

伝にこのように見えるだけではなく、陶淵明の詩中にも「琴」は散見する。「交わりを息めて閑業に遊び、臥起に書琴を弄ぶ」（「和郭主簿」その一）、「清琴　牀に横たえ、濁酒　壺に半ばなり」（「時運」）、「弱齢より事外に寄せ、懐いを委ぬるは琴と書に在り」（「始作鎮軍参軍経曲阿作」）、「少《わか》くして琴書を学び、偶たま閑静を愛す」（「与子儼等疏」）など、琴は書とともに、隠棲の象徴の如くに、淵明の詩文に現われている。いみじくも淵明自身が言うように、琴は楽器として弾かずとも、その「琴中の趣」がよいのである。それゆえに淵明の詩中には、琴の奏法・技巧・音色についての細かな記述はないに等しい。「素琴」という言葉は、『礼記』などの経書にも見えるが、詩語として定着するには、淵明の「素琴」もなにがしか影響したと思われる。淵明の「素琴」とは、「無絃琴」のことである。梁の蕭統の「陶淵明伝」では「淵は音律を解せず、而れども無絃琴一張を蓄う」とあり、『晋書』の「陶淵明伝」の「素琴」とこの「無絃琴」とは、ここでは置換可能なものであった。白居易の詩篇はもとより、唐代の詩文によく現われる「素琴」は、例えば『漢語大詞典』には「不加装飾的琴」の謂いであるとあり、白居易の詩中にも、「黄巻」「黄犬」「明鏡」[19]などと対にされ、ただ「黄」や「明」と同様に色や状態を表わす形容語と見なされるかもしれない。ただその背後には、陶淵明と琴とのかかる関わりがそっと隠されているのである。白居易が「素琴」の語を使う際には、暗に陶淵明を慕う心象が表われているとも言えそうである。陶淵明の提示した閑適の世界を土台にして、白居易自らの世界が構築されていったとも考え得る。

さらに和田英信氏も「白居易が文学において『淡』ということばを用いる際、そこで具体的に意識していたものも、陶淵明であった[20]」と言われるように、「素琴」や「恬淡」という言葉の見える「清夜琴興」の詩にも、陶淵明的境地が標榜されていたのではなかろうか。白居易の陶淵明の文学への傾斜は、同じく下邽において「效陶潜体詩十六首并序」（巻五　0212～0228）が作られたことによっても明らかである。そこでも白居易は、

欣然有所遇　　欣然として遇する所有り
夜深猶獨坐　　夜深くして猶お独り坐す
又得琴上趣　　又た琴上の趣を得
按絃有餘暇　　絃を按じて　余暇有り　（0215）

と「琴上の趣」を叙することを決して忘れないのである。

白居易の琴の描写は、「淡にして味わい無し」という表現と結びついて、自作の詩に対する評価とも重ねられ、彼の文学観においても、看過できないものであるようだ。和田氏は「平淡」という文学的概念の受容を追って、「「平淡」の意義を明確に意識して自己の文学活動のなかで実践し、また体系的に理論付けたのは、中唐の白居

易であった」と結論づけておられる。そこに引かれているのは、下邽時につくられた「自吟拙什因有所懐」（巻六　０２５６）の「詩成るも淡にして味わい無く、多く衆人の嗤けりを被むる」という表現である。琴の音色を表わす「淡にして味わい無し」という表現を、ここで自らの文学を言うのに用いたのは、「世上一般の文学のありかたと自分のそれとの食い違いをうたう」ためであったと和田氏は述べている。さらに、この結びつきについては、これが陶淵明への傾斜が表われた下邽での作品であることも鑑みると、陶淵明と琴、そして琴と「淡にして味わい無し」という観念が連鎖的に結びついて、自らの文学に陶淵明の影を投射しているとも言えるかもしれない。

四　心の静寂と琴

白居易はこれ以後も、「琴音」と「心」の関係を繰り返し詩中に展開している。江州司馬に左遷された折りも次のような詩を著わしている。

夜琴　（巻七　０３２９）

蜀桐木性實　蜀桐　木性実なり
楚絲音韻清　楚絲　音韻清し
調慢彈且緩　調べは慢にして弾くこと且《しばら》く緩やか
夜深十數聲　夜深くして　十数声
入耳淡無味　耳に入れば　淡にして味わい無きも

愜心潛有情　心に愜《かな》いて　潛かに情有り
自弄還自罷　自ら弄し還た自ら罷む
亦不要人聽　亦た人の聴くを要《もと》めず

最後の「自ら弄し還た自ら罷む」というのは自分だけの自由な境地を表現し、「亦た人の聴くを要めず」というのは、深く自らの世界に沈潜していくことを示しているようである。そこに広がっているのは、白居易だけの、彼独自の心の世界なのである。

「閑適詩」として分類されてはいないが、閑適の雰囲気を十二分に備えた次の詩がある。張育英著『禅と芸術』の「禅と音楽」(21)の章にも引用されて「江夜景象の清澄さが詩人の心に超脱を齎し、世俗の念を無くさせ、清淡なる琴の音が時空の境界を取り払って、奥妙なる芸術の境地へと詩人を引き入れる」と書かれている。

船夜援琴　（巻二四　2413）

鳥棲魚不動　鳥棲《やす》み　魚動かず
月照夜江深　月照り　夜江深し
身外都無事　身外　都《すべ》て事無く
舟中只有琴　舟中　只だ琴有り
七絃爲益友　七絃　益友と為し
兩耳是知音　両耳是れ知音
心靜即聲淡　心静かなれば即ち声淡し
其間無古今　其の間　古今無し

これは洛陽から蘇州刺史として赴任する時の、白居易五四歳の作品である。「鳥棲み　魚動かず」という「静」なる空間に、「身外都て事無く、舟中　只だ琴有り」として、船中の「琴」に視線が凝集していくのである。ここでも、芸術としての音楽を楽しむというよりは、純粋に「琴」が作りだす詩的空間やそのリリシズムが追求されているようであり、その空間の中に表現されるのは、彼の心的世界であった。白居易が琴を使って描く世界は、精神的なものであったことは、「心に和平の気を積む」（「清夜琴興」巻五　0211）、「我が心をして和平ならしむ」（「聴弾古淥水」巻五　0189）、「猶お心の和平を得」（「寄崔少監」巻二一　2237）と繰り返される琴の精神的効用の叙述からも看取される。

以上のような傾向を持つ琴音の描写は、その他の楽器のそれと比べることによって、一層その特徴が浮き彫りにされよう。唐詩の中でも、とりわけ音楽的美が存分に表現されていると言われる白居易の「琵琶引」（巻一二　0603）の琵琶の音は、心に和平をもたらすものではなく、「我が此の言に感じて、良《や》や久《しばら》く立ち、坐に却《かえ》り絃を促せば　絃転《いよいよ》急なり、凄凄として向前の声に似ず、満座　重ねて聞き皆な涙を掩う」の叙述にもあるように、彼の心情に訴えて涙を誘うものとして表わされている。また李賀の「李憑箜篌引」も、「崑山　玉砕けて鳳凰叫び、芙蓉　露泣いて　香蘭笑う、十二門前　冷光を融かし、二十三糸　紫皇を動かす」などの句が、箜篌の演奏が激しいインパクトを与えることを示唆している。

同じく音の芸術的魅力を連ねたものとして「琵琶引」「李憑箜篌引」と併称される韓愈の「聴穎師弾琴」（『韓昌黎集』巻五）は、琴の描写ではあるが、その後半部で以下のように言う。

自聞穎師琴　　穎師の琴を聞き自《よ》り
起坐在一旁　　起坐して一旁に在り

推手遽止之　手を推して遽かに之を止《とど》む
湿衣涙滂滂　衣を湿《ぬら》して涙滂滂たり
穎乎爾誠能　穎や　爾《なんじ》誠に能くす
無以冰炭置我腸　冰炭を以て　我腸に置く無かれ

その見事な演奏を聴いて涙がとまらず、感情に緊張、起伏をもたらす「穎師の琴」、それは心に「和平」を生む白居易の琴とは、相い反するものとも言える。ちなみに、この詩は、宋の欧陽修をして「此詩は最も奇麗なれども、然れども琴を聴くに非らず、乃ち琵琶を聴く(22)」と言わしめているほどである。つまり、琴の音の素晴らしさに涙を流すというのは韓愈独特の表現であり、唐宋を通じて一般的に「琴」はそのようには描写されなかったということであろう。当時の士大夫と「琴」との関わりを考える点で、やはり白居易のものが注目される理由の一つがここにある。

白居易の描く琴は、その場に自然と溶け込み、決して強く自己主張しようとしないし、心に波風をたてることもない。そのことは、琴が「木性」の音として表わされることにもよる。「蜀桐　木性実なり、楚絲　音韻清し」(「夜琴」)、「清冷たるは木性に由り、恬淡たるは人心に随う」「心に和平の気を積み、木は正始の音に応ず」(「清夜琴興」)、こうした表現は、「琵琶引」の「大絃嘈嘈として急雨の如く、小絃切切として私語の如し、嘈嘈切切錯雑して弾き、大珠小珠　玉盤に落つ、……銀瓶乍《たちま》ち破れて水漿迸り、鉄騎突出して刀槍鳴る」と、読む者に金属性の音色を想像させる琵琶の音の修飾とは対照的である。

琵琶が人為の精を尽くした美を体現しているのに対して、琴は人の手を加えぬ自然のものであるかのようで、白居易には風に松葉がそよぐ自然の音を「寒山　颯颯たる雨、秋琴　冷冷たる絃」(「松声」　巻五　0194)として、琴音で比喩している。このような点が、白居易の琴の詩が禅的であるとして取り上げられる一つの要因かもしれない。

以上のように閑適詩のなかで白居易が描く琴は、決して人為的な音の芸術性を高らかに謳ったものではなく、そこには極めて精神的な、音と心の世界が構築されていたのである。ここでは白居易自身が琴を修得していたか否かは、まったく問題にならないと言ってもよい。おそらく白居易が自ら琴を日課として練習するようになったのは、主として晩年に至る洛陽分司時期においてであろうと思われる。その時期の詩中には、「閑適詩」において見てきたのとは、また別の白居易と琴の世界が描き出されている。

五　白居易の琴の楽しみ

前章でみたように白居易は江南より帰ってのち、長安で百人にも及ぶ楽人を集めて、晩年における洛陽での分司生活に備えたのであるが、その時の詩に見える「頼《さいわ》い琴を弾く女有り、時時一声を聴く」(「自問」巻二八　2822)という叙述からも、或いはその楽人の中に琴を弾く者がいたとも想像される。彼の琴の叙述は、抽象的で精神的な世界をつくるものから、もう少し具体的に「楽しみ」を追求する手段へと広がっていくようである。杭州刺史時期以降、白居易が「三楽」という琴曲を何度も詩中に詠み込むところにも、「楽しみ」を求める彼の姿が浮かんでくる。「三楽」というのは、人として生まれること、男であること、そして長寿を得ることの三つで、春秋戦国時代の栄啓期によって言われたものである。それが琴曲となったらしいが、白居易は杭州刺史時期に、「浄名居士　経三巻、栄啓先生　琴一張」(「東院」巻二〇　1332)として、琴と「三楽」の繋がりを記している。彼の詩中には、「三楽」の他にも、「別鶴操」や「烏夜啼」[23]という悲曲も現われはするが、白居易は特にこの「三楽」という曲を、これ以後繰り返し詩に詠じるのである。「張翰一杯の酒、栄期三楽の歌」（「偶作」巻二七　2746）、「酒性温やかに毒無く、琴声淡にして悲しまず、栄公三楽の外、仍お小男児を弄ぶ」（「晩起」巻二八　2864）、「琴を抱く栄啓の楽」（「洛陽有愚叟」巻三〇　3005）、「石上の一素琴、樹下の双草履、此れ是れ栄先生、坐禅三楽の処」（「池上幽境」巻三六　3516）などがそれにあたる。なるほど「三楽」も、その音楽の芸術性が特に注目されたのではなく、彼の晩年に至る洛陽分司時期を中心とした心のあり方の一端を示しているとも考え得る。この「三楽」の演奏を特に好んだことは、杭州刺史より帰還した長慶四年（八二四）の洛陽での次の詩に見える。

好聽琴　（巻二三　2369）

本性好絲桐　本性　絲桐を好み
塵機聞即空　塵機　聞かば即ち空し
一聲來耳裏　一声　耳裏に来たれば
萬事離心中　万事　心中より離る
清暢堪銷疾　清暢にして疾を銷くに堪う
恬和好養蒙　恬和にして蒙を養うに好し
尤宜聽三樂　尤も宜く三楽を聴くべし
安慰白頭翁　白頭翁を安慰す

ここには、閑適詩に見た心の安息を琴の音に求める彼の姿がある。だが、その音楽としての芸術性はまったく眼中になかったかというと、そうでもないらしい。杭州刺史を辞して洛陽に帰還する際に「舟中李山人訪宿」（巻八　0377）に現われる「李山人」は、「道門の子」と詩中に書かれている。隠棲の身である道士は琴を得意としたのか、もてなすのに「夜酒と秋琴」とある。当時「山人」と呼ばれた者が、琴曲を文人以上に、いや殆ど専門家のように奏したことは、唐詩に散見する。(24)この「李山人」も、「三楽」を弾じた様子は、翌年の宝暦元年（八二五）に彼が蘇州刺史を任じた折りの詩に次のように書かれている。

郡中夜聽李山人彈三樂　（巻二四　2431）

風琴秋拂匣　風琴　秋に匣を拂い
月戸夜開關　月戸　夜に関を開く
榮啓先生樂　栄啓先生が楽《たのしみ》
姑蘇太守閑　姑蘇太守の閑
傳聲千古後　声を伝えし　千古の後
得意一時間　意を得たる　一時の間
却怪鍾期耳　却って怪しむ　鍾期の耳の
唯聽水與山　唯だ水と山とを聴きしのみかと

この詩では、「李山人」の弾く琴が、あの鍾子期の聴いた「高山流水」の名曲を遙に凌ぐ素晴らしいものであると絶賛している。ここには彼が琴を純粋に音楽として欣賞する姿も垣間見られるのではなかろうか。元来、自分一人の心の世界に沈潜するための道具であるはずの琴が、逆に自分で弾くより他人の演奏を聞くほうがいいと詠う詩も現われる。

聽幽蘭　（巻二六　2692）

琴中古曲是幽蘭　　琴中の古曲是れ幽蘭
爲我慇懃更弄看　　我が為に慇懃として更に弄して看る
欲得身心倶静好　　身心の倶に静好を得んと欲すれば
自彈不及聽人彈　　自ら弾くは　人の弾くを聴くに及ばず

琴の有名な古曲「幽蘭」は、ここに現われるだけであるが、先の詩の「三楽」ともあわせてみると、以前の詩とは違って、具体的に曲名が現われ、抽象的な心の世界の描写にとどまらず、琴の名曲を「聴く」という「楽しみ」がそこに看取されるのである。

琴のもう一つの「楽しみ」、それは彼自身が曲を修得して弾くというところにもあった。

彈秋思　（巻二七　2809）

信意閑彈秋思時　　意に信せて閑に秋思を弾く時
調清聲直韻疏遲　　調清く　声直にして　韻疏遅なり
近來漸喜無人聽　　近来《ちかごろ》　漸く喜ぶ　人の聴く無きも
琴格高低心自知　　琴格の高低　心自ずから知るを

自分の琴はあまりうまいとはいえない。でもちかごろは人に聞いてもらわなくとも、格調の高低が自分でもわかるようになってきたと喜んでいるのである。具体的に「秋思」という曲を練習することによって、琴を弾くという「楽しみ」の世界へと彼は誘われていく。この「秋思」という曲は、彼が日課のように練習していたものであった。大和四年（八三〇）の「朝課」（巻二二　2293）の詩篇からそれが窺える。

小亭中何有　　小亭中に何か有る
素琴對黄巻　　素琴　黄巻に対す
蕊珠諷數篇　　蕊珠　諷んじること数篇
秋思彈一遍　　秋思　弾じること一遍
従容朝課畢　　従容として朝課畢《お》わり
方與客相見　　方《まさ》に客と相い見《まみ》ゆ

「蕊珠」という道教の経典を諷んじることと、「秋思」の曲を弾くことが彼の朝の日課であった。このように琴を練習する彼は、その自らの姿を次のように言う。

不如陶省事　　陶の省事に如かず
猶抱有絃琴　　猶お　有絃琴を抱く　（「履道春居」巻二五　２５６３）

陶淵明のように、「無絃琴」によって、徹底した閑適の世界を作りだすところには、まだ到達できない。しかし、白居易は陶淵明の「無絃琴」の世界を目指していたのではなく、「有絃琴」によって、陶淵明にはない独自の「楽しみ」をすでに見つけていたのである。琴を詩中に閑適の世界を作り上げる道具としてだけでなく、下手ながらも、自ら練習し弾じていくものとして描いているのである。

この「秋思」という曲は、いかなる曲であったのか。彼個人として、どうしてこの曲を修得するようになったのかを知る唯一の手掛かりは、「池上篇」（巻六九　２９２８）に見える次の句である。

博陵の崔晦叔が与えし琴、韻甚だ清く
蜀客の姜発が授けし秋思、声甚だ淡し

これは大和三年（八二九）、五八歳の時に書かれたもので、ここに言う「崔晦叔」は、崔玄亮のことである。彼は白居易に琴薦を贈ったりもしていることは、白居易が蘇州刺史の宝暦元年（八二五）の詩篇にも見える[25]。そして、蜀客の「姜発」なるものが、「秋思」の曲を授けたのも、それに遠からぬ時期かとも思われる。しかし、残念ながらこの「姜発」については、彼の詩文からそれ以上のことを知ることはできない。ただ、先の「李山人」の「三楽」の曲といい、ここでの「姜発」の「秋思」といい、音楽芸術としての琴は、当時においては、白居易のような一流文化人がもともと修得していたのではなく、「山人」や「蜀客」と言われる人との交流の中で得られたものであったことは注目されるべきであろう。

白居易の弾いた「秋思」には、いかなる琴歌がついていたのか、あるいはついていなかったのか、わからないが、当時有名であったのは、今も『楽府詩集』巻五九琴曲歌辞にみることができる李白や司空曙の作品であろう。ちなみに李白のものをあげてみる。

秋思　その一

春陽如昨日　　春陽昨日の如く
碧樹鳴黄鸝　　碧樹に黄鸝鳴く
蕪然蕙草暮　　蕪然たる蕙草の暮れ
颯爾涼風吹　　颯爾として涼風吹く
天秋木葉落　　天秋にして木葉落ち
月冷莎雞悲　　月冷にして莎鶏悲しむ
坐愁羣芳歇　　坐《そぞろ》に愁う　群芳歇み

白露凋華滋　　白露　華を凋まして滋きを

詩人である白居易が、その曲を好み、弾じる際には、こうした先行作品が意識されていたことは十分考え得る。「秋思」とは、その題名のみからも、明らかに「悲」・「哀」・「愁」などの言葉と結びつきそうなものである。しかしながら、白居易が詩に「秋思」の曲を詠む時には、「静」・「清」は感じられても、悲哀を含む憂愁は影をみせない。彼の作品の中には、自らが修得した唯一の琴曲として、嬉しげに顔を覗かせるのである。

楊家南亭　（巻二六　2620）

小亭門向月斜開　小亭の門　月に向いて斜めに開き
滿地涼風滿地苔　地に満つ涼風　地に満つ苔
此院好彈秋思處　此の院　秋思を弾ずるに好き処にして
終須一夜抱琴來　終に須からく一夜琴を抱きて来たるべし

和嘗新酒　（巻二二　2271）

………　………
殆欲忘形骸　殆ど形骸を忘れんと欲して
詎知屬天地　詎《なん》ぞ知らん天地に属するを
酲餘和未散　酲余和して未だ散ぜず
起坐澹無事　起坐澹にして事無し
擧臂一欠伸　臂を挙げて一たび欠伸《あくび》し

引琴彈秋思　琴を引きて秋思を弾く

冬日早起閑詠　（巻二九　2971）

………　………

晨起對爐香　晨に起きて炉香に対し
道經尋兩卷　道経両巻を尋ぬ
晩坐拂琴塵　晩に坐して琴塵を拂い
秋思彈一遍　秋思一遍を弾く
此外更無事　此の外に更に事無く
開樽時自勸　樽を開きて時に自ら勧む
何必東風來　何ぞ必ずしも東風の来たらんや
一盃春上面　一盃にして　春は面に上る

ここに詠じられた「秋思」は「愁」や「悲」とはまったく関わりなく、そこには、悠然として酒を飲むとともに琴曲を弾いて楽しむ白居易の姿が見える。「秋思」の曲は彼の隠棲の一つの象徴とも言えるもののようであり、当時の文宗皇帝の宮廷音楽の代名詞とも言える「雲韶楽」と対比して、次のようにも詠われている。

閑居靜侶偶相招　閑居の静侶　偶《たま》たま相い招き
小飲初酣琴欲調　小飲初めて酣にして　琴　調えんと欲す
我正風前弄秋思　我れ正に風前に秋思を弄し

君應天上聽雲韶　　君応に天上に雲韶を聴くべし
時和始見陶鈞力　　時和して始めて見る陶鈞の力
物遂方知盛聖朝　　物遂げて方に知る盛聖の朝
雙鳳棲梧魚在藻　　双鳳は梧に棲み　魚は藻に在り
飛沈隨分各逍遙　　飛び沈み　分に随いて各おの逍遙す

これは「夢得相い過《よぎ》り、琴を援き酒を命じて、因りて秋思を弾じ、偶たま懐う所を詠じ、兼ねて継之・待價二相府に寄す」(巻三四　3381)という長い題の詩である。継之・待價というのは時の宰相であり、政治の中枢に位置するもので、彼らは天子の側で「雲韶楽」を聴いているが、白居易はそれとは離れて自ら「秋思」を弾いている。そこには、もはや「宮廷音楽」によって象徴される政治の世界に対する恋着はなく、それとはまったく別の世界に自らがあることが詠われている。それでいて白居易はその生活を大いにエンジョイしているのである。その姿がもっともはっきりと表現されているのは晩年近くに作られた「酔吟先生伝」(巻七〇　2953)においてであろう。そこでは彼の音楽的遊興が次のように集約的に表われている。

酒既に酣にして、乃ち自ら琴を援き、宮声を操り、秋思一遍を弄す。若し興発さば、家僮に命じて法部絲竹を調えしめ、霓裳羽衣一曲を合奏せしむ。若し歓甚だしければ、又た小妓に命じて楊柳枝新詞十数章を歌わしむ。情を放ちて自ら娯しみ、酩酊して後已《や》む。

この作品は明らかに陶淵明の「五柳先生伝」を意識して作られているのだが、陶淵明のそれには、このような楽しみは書かれていない。これは白居易独自のものであり、自ら弾く「秋思」――楽隊に弾かせる「霓裳羽衣曲」――家妓に唱わせる「楊柳枝詞」と、その遊興が段階的に書かれているところに、心に平安をもたらし、「静」なる空間を作りだす閑適の道具としての「琴」であるだけでなく、「琴」が彼の個人的な「快楽」を表現する一つの手段となっていることが窺えよう。

琴を自ら弾じ、自ら欣賞するという楽しみは、洛陽分司時期に著わされた詩篇のうちに大きく開花する。琴曲の中でも「三楽」がたびたび言及され、自らは「秋思」の一曲をマスターしただけではあったにせよ、その詩中に叙せられた琴の奏楽は、いかにも楽しげで、暢やかであり、洛陽分司時期の遊興の一つとして、詩・酒と並列され、欠くべからざるものとして位置されていたことが看取される。

琴がこのように表現されたのは、「諷諭詩」にみられた儒家的理念をバックにしたものとは異なり、また「閑適詩」に表われた、心に和平をもたらし、精神的で、あるいは禅的ともいわれる「静」の空間や、幾分非日常的世界を現出するものとも同質ではない。それは彼の内面において、儒家的礼楽観を述べたてる気力も、「恬淡」なる境地を琴声に求める気迫も失せてしまったからであるというよりも、彼がその時点で、特に詩の中に構築したい世界を他にも持っていたからこそ、「琴」もそのモチーフの一つとして、選ばれ使われていったのではないだろうか。

その世界とは、「快活」と言葉に象徴される以下のようなものである。

快　活　（巻二六　2684）

可惜鶯啼落花處　　惜しむべし　鶯啼き花落つる処に

一壺濁酒送殘春　　一壺の濁酒　残春を送るを

可憐月好風涼夜　　憐れむべし　月好く風涼しき夜に
一部清商伴老身　　一部の清商　老身に伴うを
飽食安眠銷日月　　飽食安眠して　日月を銷《つ》くし
閑談冷笑接交親　　閑談冷笑して　交親に接す
誰知将相王侯外　　誰か知らん　将相王侯の外
別有優游快活人　　別に優游快活の人の有らんことを

『全唐詩索引』（上海古籍出版社、一九九〇年）を見る限り、他にこの詩題を使っている者はなく、彼が特に取り上げたものと思われる。白居易はその詩中にも「快活なること我の如き者、人間《じんかん》に能く幾多の人有るかを知らず」（「想帰田園」巻二五　２５１７）、「慵饞にして還た自ら哂い、快活にして亦た誰か知らん」（「晩起」巻二八　２８６４）、「未だ必ずしも方寸の間に、吾の如き快活を得ず」（「偶作二首」その一　巻二二　２２８３）などと自らが「快活」であることを言うが、この「快活」の詩によれば、酒と音楽、そして飽食と安眠、友との談笑、それらが「快活」つまり「快楽」をつくりだすのである。大和六年（八三二）につくられたこの作品は、しかし、当時の彼の人生をそのままに忠実に言い表わしたものではない。川合康三氏は、その間の白居易の文学と実人生について次のように述べておられる。[26]

> 大和五年、愛児阿崔が三歳で死んだ。文学者としては稀な恵まれた人生を送った白居易にとって唯一の不幸は「後無き」ことであり、五十八歳に至ってやっと授かった男児の死がいかに大きな痛恨を与えたか、想像にあまりある。……この数年に集中した、彼にとって最も身近な人たちを相継いで失った悲痛は、かなしみ

の文学の系譜に加わる資格を十分に与える不幸な体験であったに違いないが、にもかかわらずそれらを除外すれば「苦詞一字も無く、憂歎一声も無し」と白居易は言う。ここで我々は、白居易の愉楽の文学が、与えられた実人生をそのまま写し出した世界ではなく、作者によって経験の中から選び採られ、創り上げられたものであることを知る。……

これはまさに白居易の洛陽分司時期を中心とした文学のあり方をいいあてたものと言える。ゆえに、実際の生活においても、この時期、「三楽」を聞き、「秋思」を弾くという楽しみを見つけだしたのではあろうが、詩人としての白居易を考える際に、より重要なのは、もともと心に「和平」をもたらす琴声の描写が、この時期になって、「三楽」欣賞の楽しみ、「秋思」演奏の愉楽へと、更に具体的にその筆が向かっていったということである。彼がこの時期、筆を尽くしてその快楽を描こうとしたことは、次の「再授賓客分司」（巻二九　２９６１）の詩句からも窺える。

賓友得従容　　賓友は従容たるを得《え》
琴觴恣怡悦　　琴觴は怡悦を恣にす
乘籃城外去　　籃に乗りて城外に去《ゆ》き
繫馬花前歇　　馬を繫ぎて花前に歇《やす》む
六遊金谷春　　六たび遊ぶ　金谷の春
五看龍門雪　　五たび看る　龍門の雪
吾若默無語　　吾れ若し默して語ること無ければ

安知吾快活　安くんぞ知らん　吾が快活なるを

白居易は晩年にいたる洛陽分司時期において、このようにして自らの「快活」な状況を詩に詠いつづけたのである。そしてこの時期に頻りに持ち出される「琴」は、詩中に「快活」なる文様を織り成すための絲でもあった。

（1）「琴」については、林謙三『東アジア楽器考』（カワイ楽譜、一九七三年）「古琴瑣説」、三谷陽子『東アジア琴箏の研究』（全音楽譜出版社、一九八〇年）、許健編『琴史初編』（人民音楽出版社、一九八二年）等参照。

（2）山田孝雄『源氏物語の音楽』（宝文館、一九三四年）中川正美『源氏物語と音楽』（和泉書院、二〇〇七年）参照。

（3）東皐心越については、杉浦英治『望郷の詩僧　東皐心越』（三樹書房、一九八九年）参照。

（4）荻生徂徠と琴については、吉川良和「物部茂卿琴学初探」（『東洋文化研究所紀要』第九二冊）、同「物部茂卿撰次〈烏絲欄指法巻子〉研究」（同　第九四冊）、山寺美紀子「荻生徂徠の『碣石調幽蘭第五』解読研究」（『東洋音楽研究』第七〇号、二〇〇五年）、同「琴の最古の楽譜『碣石調幽蘭第五』をめぐる解読と復元――主として荻生徂徠による研究について」（『楽《がく》は楽《らく》なりⅡ』中京大学文化科学研究所、二〇〇七年所収）参照。

（5）青木正児「琴棊書画」（『青木正児全集』巻七所収）、蜂屋邦夫「琴書の楽しみ」（『中国の思惟』法蔵館、一九八五年所収）など参照。

（6）琴の楽譜の変遷については、張世淋『中国音楽史論述考』（友聯出版社、一九七五年）、薛宗明『中国音楽史　楽譜篇』（台湾商務印書館、一九八三年）等参照。

（7）法隆寺旧蔵の漆琴（一称雷琴、又称開元琴）、正倉院蔵の金銀平文琴等。

（8）白居易の琴を詠んだ詩の多さは、吉田聡美「全唐詩における音楽描写――琴」（『筑波中国文化論叢』四、一九八四年）において、指摘されている。

（9）白居易の詩の分類に関しては、成田静香「白居易の詩の分類と変遷」（『白居易研究講座』第一巻　勉誠社、一九九三年所収）等参照。
(10) 吉川幸次郎「支那における古代尊重の思想」（『吉川幸次郎全集』第二巻所収）にも、先王の音楽を尊重する態度が挙げられている。
(11) 藤田貴枝子「白詩『五絃弾』考——諷諭詩における白居易の音楽観」（『日本文学論究』（国学院大学）三三、一九七三年）
(12) 当時は「俗人」を普通人、一般人の意味で用いてもいたことについては、吉川幸次郎「「俗」の歴史」（『吉川幸次郎全集』第二巻所収）参照。
(13) 呉釗・劉東升『中国音楽史略』（人民音楽出版社、一九八五年）一二六頁
(14) 「与元九書」（巻四五　1486）
(15) 西村富美子「白居易の閑適詩について——下邽退居時」（『古田教授退官記念中国文学語学論集』一九八五年）、下定雅弘「白居易の閑適詩——その理論と変容」（『鹿児島大学法文学部紀要人文学科論集』第二五号、一九八七年）等。
(16) 川合康三「白居易閑適詩攷」（『未名』九号、一九九一年）
(17) 孫昌武著・副島一郎訳「白居易と仏教・禅と浄土」（前掲『白居易研究講座』第一巻所収）
(18) 朱起鳳『字通』（上海古籍出版社、一九八二年）に、「恬淡」「恬惔」「恬澹」「恬憺」について「淡澹音義同、惔憺淡三字、並同音通用」とあり、ここでは「恬淡」と「恬惔」とを同義とみなす。
(19) 「素琴対黄巻」（「朝課」巻二二　2293）、「顧索素琴応不暇、憶牽黄犬定難追」（「九年十一月二十一日感事而作」巻三二　3228）、「明鏡懶開長在匣、素琴欲弄半無絃」（「贈蘇錬師」巻二〇　1363）。
(20) 和田英信「平淡について——唐詩と宋詩に関わる幾つかのこと」（『信州大学教養部紀要』第二六号、一九九二年）
(21) 浙江人民出版社、一九九二年
(22) 『漁隠叢話』前集巻一六
(23) 「別鶴操」については、『楽府詩集』巻五八琴曲歌辞に引く崔豹の『古今注』に、結婚して五年になるが子供ができず、それゆえ離縁されることとなった妻が、嘆き悲しみ、牧子も悲壮な気持ちで琴を弾いたという商陵の牧子の故事が記載されている。「烏夜啼」についても、『楽府詩集』巻四七清商曲辞に記載があり、南朝宋の臨川王義慶の作であり、「夜夜望郎来、籠窗窗不開」という歌辞が付されていたようだ。『琴史初編』では、これは一種の舞曲でもあり、その伴奏の中に琴が入っていたので、

琴曲として残っているとしている。

（24）山人と音楽の演奏については、一九九三年七月の第九回京都大学中国文学会において金文京氏の「山人について」の報告でもふれられていたが、唐詩の中では、孟浩然「宴栄山人池亭」（『全唐詩』巻一六〇）、皎然「奉和裴使君清春夜南堂聴陳山人弾白雪」（『全唐詩』巻八一五）、戎昱「聴杜山人弾胡笳」（『全唐詩』巻二七〇）、岑參「秋夕聴羅山人弾三峡流泉」（『全唐詩』巻一九八）、常建「張山人弾琴」（『全唐詩』巻一四四）などがある。

（25）「崔湖州贈紅石琴薦煥如錦文無以答之以詩酬謝」（巻二一　２１９９）

（26）川合康三前掲論文（注16）

第Ⅱ部　伝承される詩と音楽

第一章　詩は人口に在り

白居易の生きた中唐は、宋代に現われる大きな社会変化の兆しが感じられる時代であり、文学にもそれが投影されていた。白詩の広範な伝播も、詩文の受容層の拡大という一つの変化に起因するところがあるだろう。盛唐の李白や杜甫の詩篇にも、白詩の如く生前に海外に及ぶほどの流行は見られず[1]、白居易は自身が私淑していた韋応物の詩篇について、「与元九書」（巻四五　1486）で次のように述べている。

> 微之、夫れ耳を貴び目を賎め、古を栄《ほ》め今を陋《せ》むるは、人の大情なり。僕　遠く古旧に徴する能はず、近歳韋蘇州歌行の如きは、才麗の外、頗る興諷に近し。其の五言詩は又た高雅閑澹にして、自ら一家の体を成す。今の筆を秉る者誰か能く之に及ばん。然るに蘇州在りし時に当り、人も亦た未だ甚だしくは愛重せず、必ず身後を待ちて、然して人之を貴ぶ。

韋蘇州つまり韋応物のような当世の著名な詩人の詩篇すら、その死後に貴ばれ、愛されるようになるというのである。しかし、それに続いて彼自身の詩篇については、「今、僕の詩、人の愛する所の者は、悉く「雑律詩」と「長恨歌」已下に過ぎざるのみ。時の重んずる所は、僕の軽んずる所なり」と自分の思いとは違うとしながらも、確かにその広範な伝播を認め、別の箇所では「其の余の詩句、亦た往往にして人口の中に在り」とその流行のさまを表現している。自作の流行について言及するのは、白居易の特徴とも捉えられるが、詩は「人口に在り」という、彼がしばしば用いる表現についてまず検討してみたい。

一　中唐における詩の伝播

詩は「人口に在り」という表現を、白居易の詩文のなかに探せば、まず元和二年（八〇七）鄭昕のために書かれた墓誌銘にみえる。

> 公は尤も五言詩を善くし、王昌齢、王之渙、崔国輔の輩と聯唱迭和し、名は一時を動かす。今に逮ぶも著楽詞の、人口に播くは一にあらず。晩に思旧遊詩百篇を賦して、亦た代に伝わる。
>
> 「故滁州刺史贈刑部尚書栄陽鄭公墓誌銘并序」（巻四二　１４６６）

ここにいう鄭昕は『全唐詩』巻二七二に五言律詩一首のみ見える詩人であり、その生前の活躍のほどはわからない。しかし「著楽詞」という言葉[2]や、王昌齢・王之渙[3]との「聯唱迭和」という表現から、鄭昕の作品が音楽にのせて唱われるほど広く受容されていたことが窺える。この表現にはおおいなる賛辞が込められていることは、これが「墓誌銘」に記されているところより看取されよう。

ほかにも長慶元年（八二一）に長安にて主客郎中、知制誥であった際に書いた「授王建祕書郎制」（『文苑英華』

巻四〇〇）に、王建の詩文について、「故に其の著わす所の章句は、往往にして人口の中に在り。之を流輩に求むれども、亦た得ること易《やす》からず」と使われている。王建は、七言絶句の連作「宮詞」の作者としても有名で、それはまさに長慶元年前後に作られ(4)長安中に流行したというから、ここで「人口に在り」と言われているものにも「宮詞」が含まれると考えられる。「宮詞」の巻での流行を鑑みると、やはり「人口に在り」とは士大夫知識人の枠を越えて詩篇がひろがることを指すと言えよう。

白居易は詩が「人口に在る」ことを高く評価し、詩文への賛辞と捉えていた。白居易が友の崔玄亮のために大和九年（八三五）に書いた墓誌銘「唐故虢州刺史贈礼部尚書崔公墓誌銘并序」（巻七〇　２９４０）にも、「前後文集凡そ若干巻、尤も五言七言詩に工みにして、警策の篇、多く人口に在り」と記し、五言詩や七言詩が流行したと述べている。また、親友の元稹の作品については「人口」という表現は使わないまでも、「歌詩唱和する者九百章、人間に播く」（「祭微之文」巻六九　２９３４）、「六宮両都八方自り南蛮東夷国に至るも、皆な之を写伝し、一章一句出づる毎に、脛無くして走ること、珠玉より疾し」（「河南元公墓誌銘并序」巻七〇　２９３９）と絶賛している。勿論、自作についても繰り返し用い、例えば大和八年（八三四）に作った「序洛詩」（巻七〇　２９４２）でも、「予　不佞にして文を喜び詩を嗜み、幼き自り老ゆるに及び、著わせし詩数千首、以《おもへ》らく其れ多き矣、故に章句は人口に在り、姓字は詩流に落つ」と総括的に述懐している。こうして詩は「人口に在り」という表現を見てきたが、それは詩が「伝写」ではなく「朗唱」を主として楽しむ層にまで広く伝播することを示している。そして白居易は、それを詩文の重要な価値基準の一つとして明確に打ち出したのである。白居易の詩文以外に目をやれば、蘇絳が会昌四年（八四四）に作った賈島の「唐故司倉参軍賈公墓銘」（『全唐文』巻七六三）に「妙の尤なる者は、思いを五言に属《つづ》り、孤絶の句、記されて人口に在り」といい、『旧唐書』巻一七三李紳伝にも「能く歌詩を為《つく》り、郷賦の年、諷誦多く人口に在り」とあるものの、中唐以前では管見のおよぶところ詩は「人口に在り」という言い方はあまり多くみられないようである。[5] それほど中唐の白居易の生きた時代を中心に、それ以前と以後とは隔たりがあるとも言えよう。では白居易及びその友人の元稹は自らの詩篇の伝播をどのように捉えていたのか次にみていきたい。

二　元白詩の流伝

彼らは自身の詩篇が外国へも流伝したことを後に自ら記述している。[6] また「長恨歌」などは早くから多くの享受者を持ち、元稹の艶詩も都で流行した。しかし、彼らが自作の詩篇の流伝に最初に言及するのは、自らが長安から遠く左遷された時であった。白居易の絶句の遠地への流伝を最初に指摘したのは、元和十年（八一五）通州に到着した元稹である。

見樂天詩　元稹　（『元稹集』巻二〇）

通州到日日平西　通州に到れるの日　日西に平らかに
江館無人虎印泥　江館人無く　虎　泥を印す
忽向破檐残漏處　忽として破檐残漏の処に向い
見君詩在柱心題　君の詩の柱心に在りて題せらるるを見る

元稹が元和十年に左遷された通州は、彼自身が「通の地、叢穢卑褊、烝瘴隠鬱、焰なるは虫蛇の為にして、備うるに辛螫有り」（「虫豸詩七首」序　同上巻四）とそのおどろおどろしい様を言い、また「黄泉便ち是れ通州郡、漸く深泥に入り漸く州に到る」（「酬楽天雨後見憶」同上巻二〇）とこの世とは思われない最果ての地のように描写しているほどの僻地である。[7] それにもかかわらず、友の詩が誰かの手によって柱に題詩されていた。その驚きと友の詩を目にした嬉しさ懐しさのために元稹は白居易にこの詩篇を贈ったのである。これに対し白居易は長安ですぐに長題[8]の返詩を作り、「偶たま笑歌を助け阿軟を嘲る、知るべし伝誦せられて通州に到るを、昔　紅袖の佳人をして唱わしめ、今　青衫の司馬をして愁えしむ……」と詠じている。十五年まえ妓女に唱わせた詩が、名も知らぬ第三者によって通州にまで伝誦されているのを知り、あらためて詩のもつ力を感じたのであった。

白居易自身が自分の詩篇のひろがりについて特に意識したのは、元稹が通州へいったのと同年に彼自身も江州に左遷され、その折りに都から遠ざかるにもかかわらず、自分の詩が唱われ、題詩されているのを発見した時ではなかろうか。もちろんそれ以前にも彼の詩篇は大いに流行していたが、彼はここで初めてそれを得意気[9]に、「与元九書」に以下のごとく縷々述べているのである。

① 日者《さきごろ》、又た親友の間に、礼・吏部挙選人、多く僕の私試賦判を以て、伝えて準的と為し、其の余の詩句、亦た往往にして人口の中に在りと説くを聞く。僕恧然自愧として、之を信ぜざるなり。

② 再び長安に來たるに及び、又た聞く軍使の高霞寓なる者有りて、倡妓を娉せんと欲し、妓大いに誇りて曰く、我れ白学士の長恨歌を誦し得たり、豈に他妓と同じならん哉と。

③ 又た足下の書に云う、通州に到りし日、江館の柱間に、僕の詩を題せし者有るを見る、復た何人ならん哉。

④ 又た昨《さき》に漢南を過ぐるの日、適《たま》たま主人の衆楽を集め、他賓を娯しましむるに遇う。諸妓は僕の来たるを見、指さして相い顧て曰く、此れ是れ秦中吟・長恨歌の主なりと。

⑤ 長安自り江西に抵る三四千里、凡そ郷校・仏寺・逆旅・行舟の中、往往にして僕の詩を題せし者有り。士

庶・僧徒・孀婦・処女の口、毎毎《しばしば》僕の詩を詠ずる者有り、此れ誠に雕虫の戯にして、多と為すに足らざれども、然れども今時俗の重んずる所は、正に此に在る耳。

いま便宜的に番号を付したが、ここには自からの作品のひろがりが段階的に表現されているようである。まず、①の部分では、「私試賦判」が科挙試験の手本とされ、他の詩篇もひろまるが、自分は信じようとはしなかったとしている。しかし、②では、再び長安に戻り（元和十年母の喪を終えて長安に帰還したときのこと）、長安の倡妓が「長恨歌」を諳んじられるのを誇るのに出会う。制作してから十年、「長恨歌」が相当の勢いで都で流行していたことをいう。次に③では、元和十年、通州に左遷された元稹が、そこで白居易の詩が江館の柱に題されているのを発見する。それは、都だけでなく、遠地への白詩の伝播を暗示する。そして、④では、同じく元和十年自らも左遷され、江州に向かう途上、漢南（漢水の南）にて、妓女が自分を「長恨歌」「秦中吟」の作者と指摘することを言う。ここで自らも、その広範な伝播を再度確認することになる。これが最後には、⑤の江西に向かう「郷校・仏寺・逆旅・行舟の中、往往にして僕の詩を題せし者有り」「士庶・僧徒・孀婦・処女の口、毎毎《しばしば》僕の詩を詠ずる者有り」、人の行くところに白詩ありといった、空間的に無限のひろがりを示すフレーズとなって結ばれる。これは自作の詩篇が、世に開かれたものであることの重要な確認ではなかろうか。時俗の好みは自己の意図に反するとしながらも、これだけの文字を費やしたところから見て、自からの詩が「人口に在る」こと、地方への伝播に大きな価値を見いだしたのは明らかである。また詩の生命力をも実感したのではなかろうか(10)。そこから詩の伝播を楽しむ気持ちが生まれるのも不思議ではない。地方での彼らの詩の流行には、そんな詩人の心理が反映しているようである。

三　詩篇の地方への伝播

中唐になって、人の往來が活発化し、刺史として地方に赴任する文人官僚も増え、[11]また藩鎮節度使の使府につく文人も目立つようになった。[12]そうした文人を中核として地方においても詩を享受する階層が確実に成長していたのである。通州の元稹と江州の白居易の詩篇も、そうした土壌のなかでひろがっていった。白居易はそれについて次のようにいう。

題詩屛風絶句（巻一七　1046）

相憶采君詩作障　　相い憶い　君の詩を采りて障を作す
自書自勘不辭勞　　自ら書き自ら勘《なお》し　労を辞せず
障成定被人争寫　　障成れば定めて人に争いて写されん
従此南中紙価高　　此れ従り南中　紙価高し

目の前で詩が写しとられていくさまは、かの洛陽の紙価をつり上げたという左思の「三都賦」の故事を想起させるが、あの時に競って写したのは「豪貴の家」のものであり、ここでは江州の田舎の人々というところに文学的土壌のひろがりが感じられる。通州の元稹は閬州の開元寺の壁に白居易の詩を書いた、これもまた当地の人々によって写され詠じられたことであろう。[13]『韻語陽秋』巻三[14]にもいうように、「元白」と并称されるのは、このように互いに慕って相手の作品を大切にしたからかもしれない。白居易の「江楼夜吟元九律詩成三十韻」（巻一七

1009）には、「昨夜　江楼の上、君の数十篇を吟ず」と始まり、元稹の詩の素晴らしさを詳述していくなかに、「交わり流る　遷客の涙、停住す　賈人の船、闇に歌姫に乞われ、潜に思婦の伝うるを聞く、斜行　粉壁に題し、短巻　紅牋に写す」とあって、白居易が吟詠する元稹の詩篇に感動し、それを朗誦し、伝えていく人々の姿も描かれている。あるいは、アーサー・ウェイリー氏も言うように、「元白」は人々の頭には一人の詩人のように思いこまれていたかもしれない。[15] その詩篇の伝播の裏には、それを意図したとは言えないまでも、楽しむ彼らの姿が見える。白居易にとって元稹の詩篇がひろまるのも我が詩と同等に楽しいことではなかったか。

その究極の姿が、元和一四年（八一九）に江州から忠州へ移った白居易が作った「竹枝詞」に見える。そこでは、元稹が通州司馬時期（八一五～八一八）に作った詩が、いま忠州の白居易のまえで「竹枝曲」のメロディにのせて唱われているというのである。

竹枝詞四首　その四　（巻一八　1151）

江畔誰人唱竹枝　　江畔誰人か竹枝を唱う
前聲斷咽後聲遲　　前声断えて咽び後声遅る
怪來調苦緣詞苦　　怪しみ来たる調の苦しきは詞の苦しきに縁るかと
多是通州司馬詩　　多《た》だ是れ通州司馬の詩

「竹枝の曲」は巴地方の民謡で、白居易は他の部分で「蛮児巴女声を斉しうして唱う」とも詠じている。そしてこの最後の句で、それにのせて唱われるほどの元稹の詩の伝播を効果的に表現している。[16] これこそ詩は「人口に在り」のひとつの典型なのである。そして僻地でのこれほどの流行が、「元和体」のひろがりにも繋がっているのではないか。

そもそも、「元和体」とは、「詩の正統性を踏みはずして、非常な勢いで増殖していく社会的言説[17]」と言われるように、士大夫層の枠をも越える勢いで広く伝播したものである。そして、次の元稹の言うところによれば、それはまず地方で流行したものであった。『旧唐書』元稹伝にみえる元和一四年、元稹が膳部員外郎になった際、時の宰相令狐楚にあてた手紙に次のように記されている。

江湖間に新進小生多く、天下の文に宗主有るを知らず、妄りに相い放效し、而して又た従いて之を失い、遂に支離褊浅の辞に至る、皆な目して元和詩体と為す……爾れ自り江湖間に詩を為《つく》る者、復た相い放效するも、力或いは足らざれば、則ち語言顛倒し、首尾重複し、韻同じく意等しく、前篇と異ならざるに至るも、亦た目して元和詩体と為す。

確かに地方での白居易・元稹の詩篇のひろがりが「元和体」を導いたと元稹は言うのである。それより五年後、長慶四年（八二四）十二月、元稹によってものされた「白氏長慶集序」にも「是の後、各おの江・通を佐《おさ》め、復た相い酬寄す。巴蜀江楚の間より長安中の少年に洎《およ》び、遞いに相い倣傚し、競いて新詞を作り、自から謂いて元和詩と為す」という。これによると、やはり元和体は「巴蜀江楚間」から「長安中少年」へ、つまり地方から都へと流れてきたようである。この現象の裏には、地方で題壁詩を書き、屏風に詩篇を書きつけ、詩を妓女に唱わせ、その流行を楽しむ詩人の姿がみえるのである。

四　江南地方における詩の流伝

彼らの詩の伝播は、地方において際立っていた。とりわけ安史の乱以後独自の文化的発展を遂げ、彼ら自身も長く滞在した江南地方においてより顕著だったのではなかろうか。[18] 大和三年（八二九）に作られた「劉白唱和集解」（巻六九　2930）でも、「予頃《さき》に元微之と唱和すること頗る多きを以て、或いは人口に在り、常《かつ》て微之に戯れて云う……然れども江南士女の才子を語る者、多く「元白」と云う、子《なんじ》を以ての故に、僕をして呉・越の間に独歩するを得ざらしむ、亦た不幸なり」として当時を回想し、呉・越の地で彼らは「元白」として名声が高かったことを示している。

なかでも越の地は、文化的にも発達し、多くの詩人を輩出しており、[19] 付言するとそこはまたわが国の伝教大師最澄が経典を求めた地でもある。[20] そして元稹はこの地に越州刺史・浙東観察使として、長慶三年（八二三）〜大和三年（八二九）にかけて滞在した。長慶四年に書いた「酬楽天余思不尽加為六韻之作」（『元稹集』巻二二）には、その自注に「後輩好みて偽りて予が詩を作り、諸処に伝流す、会稽に到りし自《よ》り已に人の「宮詞」百篇及び「雑詩」両巻を写す有りて、皆な是れ予が撰せし所と云うも、手づから勘験するに及び、一篇として是《ぜ》なる者無し」というように、会稽においては、偽作の「宮詞」百篇が現われるほどであった。同じく長慶四年の末に書かれた「白氏長慶集序」（同上巻五一）にも　やはり、その時に目にした彼らの詩の流行のさまが述べてある。そこではまず、「繕写模勒に至りては、市井に衒売され、之を持ちて以て酒茗に交うる者あり、処処皆是《か》くのごとし」とあり、この部分の自注に、「揚・越間多く書を作し楽天及び予の雑詩を模勒し、市肆のうちに売るなり」と、揚・越の地方でその写しが売買されるほどの人気となっていることをいう。また続いて、「其の甚だしき者、名姓を盗窃し、自售を苟求し、雑乱間厠するに至る有りて、奈何ともする可き無し」と、偽作が横行することを嘆いているようだが、これも有名詩人のステイタスを表わしていよう。次に、村の子供たちまでも彼らの詩篇を知っていたことを記している。「予　平水市のうちに、村校の諸童競いて詩を習うを見、召して之に問う、皆な対《こた》えて曰く、「先生我に楽天・微之の詩を教う」固より亦た予の微之為《た》るを知らざるなり」と。ここでいう、平水市とは、自注で「鏡湖の傍の草市名」というように、会稽山の近くの村のことである。また、子供と同じく文化の周縁に位置する外国人も、この越の地で彼らの作品を求めていた。「又た鶏林の賈人　市に求むること頗る切にして、自ら云う、「本国の宰相毎《つね》に百金を以て一篇に換う。其の甚だしく偽る者は、宰相輒ち能く之を弁別す」と。篇章自り已来、未だ是くの如く流伝の広き者有らず」。これは最澄が越で仏典その他の書を求めたこととも呼応する。日本に白居易・元稹の詩が多く伝わったのも、留学僧などが通る経路がこうした江南地方にあったこととも関わっているのかもしれない[21]。

また、越州・杭州で、白居易・元稹の唱和の応酬がさかんであったことも当地での詩の流行を考える上で看過すべきではない。長慶三年（八二三）杭州で作られた白居易「酔封詩筒寄微之」（巻二三　２３２３）には、「為に向かう両州郵吏道、辞する莫かれ来去して詩筒を逓《か》はすを」とあるが、この「詩筒」は、郵便のように詩篇をかわすためのもので、『唐音癸籤』巻二九によると「詩筒は元・白より始まる。白は杭州に官たり、元は越州に官たり。詩を和する毎《ごと》に、筒中に入れて之を逓《か》はす」と、杭・越の白居易、元稹によって始められたものとする。杭州を去る長慶四年の白居易の詩にも「此れ従り津人応に事を省くべし、寂寥として復た詩筒を逓はすことなし」（「除官赴闕偶贈微之」巻二三　２３５１）とあり、ここで詩筒は彼らのためにあったといっても過言ではない。

彼らの交わした詩篇は当地の人々の吟詠するところとなった。白居易は杭州で官妓商玲瓏に自らの詩や元稹の詩を唱わせた。それに対して、元稹は「玲瓏をして我詞を唱わしむるなかれ、我が詞は都《すべ》て是れ君に寄せる詩」という。(22)妓女の吟詠する詩は広く伝播したに違いない。三年刺史として任についた杭州を去るにあたり白居易は「更に一事として風俗を移す無し、唯だ州民を化して詠詩を解さしむるのみ」（「留題郡斎」巻二三　2352）と詠じた。また、「三年為刺史二首」其の一（巻八　0373）に、「三年刺史と為り、政の人口に在る無し、唯だ郡城の中に、題詩する十余首」とあるように、人口に在ったのは彼の政治ではなく、題詩された彼の詩篇であったことを示している。元稹も「代杭民作使君一朝去二首」（『元稹集』巻八）その一に「使君一朝去りて、遺愛は民口に在り」と異口同音に白居易杭州滞在期における詩篇の流行について語っている。

元稹は長く越州にいたので、白居易が杭州刺史を終えて蘇州刺史になった際にも呉・越間での詩の応酬が続けられた。そのときのことを白居易は「未だ寄せて微之に与え去るを容《い》れざるに、已に人に伝えられ越州に到らしめらる」（「写新詩寄微之偶題巻後」）（巻二四　2506）と言っている。彼らの詩のやりとりは半ば公開されたもののようであった。それがさらに江南における元白詩の流行を促したと考えられる。白居易自身、蘇州滞在時の詩篇の流行を「呉郡詩石記」（巻六八　2916）で、「酣歌狂什亦た往往にして人口の中に在り」と述べており、そののち劉禹錫が大和六年（八三二）に蘇州刺史として赴任し、白居易の詩篇がまだ人口に膾炙していることを「酒酣にして牋を襞《さ》き　逸韻を飛ばす、今に至るも伝わりて人人の口に在り」（「楽天寄憶旧遊因作報白君以答」『劉禹錫集箋証』外集巻二）と、白詩が彼を離れた後も、朗誦され続けるさまを詠じている。

詩は「人口に在り」という現象は、詩篇の受容層の拡大、とりわけ文字を通してよりも、詩を朗誦して楽しむ階層への広がりを意味している。確かに、白居易の作品が中唐の諸詩篇のなかでも際立った流行をみせたのは、彼の作風によるところが大きい。しかし、「与元九書」にみえるように、人口に在る自作の詩篇の生命力をあらためて確認し、その流行を自らも楽しむ姿勢をもったことが、「元和体」の拡がりを初めとしてその後の詩のさらなる広範な伝播を導いたのではなかろうか。とりわけ彼らの詩篇が流行したのは、白居易・元稹が刺史として滞在し、唱和の応酬が頻繁であった杭州・越州・蘇州を中心とした江南地方であった。それゆえに、江南を経由した遣唐使によって、元白の詩篇は我が国に多くもたらされたとも推測されよう。また、彼らは「人口に在る」ことを大いに楽しんだが、逆に「人口に在る」ことの怖さをも十分に認識していた。それゆえに、自己の作品のアイデンティティを守ることも考えていたにちがいない。彼らが地方での唱和詩を「三州唱和集」一巻（元稹〔越〕・白居易〔杭〕・崔玄亮〔湖〕）などの形でその都度編纂したのは、「人口に在る」あいまいなままにするのを潔しとしない、自己の作品に対する厳格な姿勢の現われとも考え得るのである。それについては次章で論じてみたい。

（1）李白・杜甫の詩篇の生前の流行の程は、松浦友久『李白伝記論』（研文出版、一九九四年）、許総『杜甫の新研究』（研文出版、一九九六年）などに詳しい。
（2）「著楽詞」は音楽にそって作詞するという意味（王昆吾『唐代酒令藝術』知識出版社、一九九五年）にとられている。
（3）中唐の薛用弱『集異記』に、王昌齢・王之煥等の詩篇は、宴会の席で梨園の伶官に唱われるほど広く受容されていたことがみえる。
（4）拙論「中唐宮詞攷」（『天理大学学報』第一八〇輯、一九九六年）参照。
（5）中唐以前の例は、任華「寄李白」（『全唐詩』巻二百六十一）に、「新詩伝在宮人口、佳句不離明主心」とみえるが、仇兆鼇

(『杜詩詳注』付録「諸家詠杜」)は、この作に対しては疑義を唱えている。
(6)元稹「白氏長慶集序」に「又鶏林賈人求市頗切、自云、本国宰相毎以百金換一篇。……」とあり、白居易「白氏長慶集後序」にも「其日本、新羅諸国及両京人家伝写、不在此記」という。
(7)陳尚君「唐詩人占籍考」『唐代文学叢考』(中国科学出版社、一九九七年所収)によると通州出身の詩人は一人もなく、それによっても文化レベルが量れよう。
(8)「微之到通州日授館未安見塵壁間、有数行字読之、即僕旧詩、其落句云渌水紅蓮一朵開、千花百草無顔色、然不知題者何人也、微之吟歎不足因綴一章兼録僕詩、本同寄省其詩乃是十五年前、初及第時、贈長安妓人阿軟絶句緬思往事杳若夢中懐旧感今因酬長句」(巻一五 0853)
(9)興膳宏「白居易の文学観」(『白居易研究講座』巻一、一九九三年所収)でも、この部分に関して「否定的な論旨にもかかわらず、どこか得々とした口吻が感じられてならない」と言われている。
(10)白居易「華厳経社石記」(巻六八 2915)に、「吾れ聞く、一願の力、一偈の功、終に壊滅せず、況んや十二部経の常に千人の口より出づるをや」と人口に唱えられる仏典の力を確認している記載もあるが、詩篇も人の口にのぼるところに、その生命力を感じたとはいえまいか。
(11)劉詩平「唐代前後期内外官地位的変化」(『唐研究』巻二、北京大学出版社、一九九六年)参照。
(12)戴偉華『唐代使府与文学研究』(広西師範大学出版社、一九九八年)参照。
(13)「君写我詩盈寺壁、我題君句満屏風」(白居易「答微之」巻一七 1048)
(14)元白斉名有自来矣。元微之写白詩於閬州西寺。白楽天写元詩百篇、合為屏風。更相傾慕如此。
(15)『The Life and Times of PO CHU-I』p. 161「Po and Yuan were identified in peoples minds as though they were one person.」
(16)白居易の「竹枝詞」が、歌詞としてよりも、自己の状況を叙述した詩的要素を多く含むものであることについては、本書第I部第二章に詳述した。
(17)西上勝「『元和体』詩考(上)」(『言語文化研究』第七巻1・2号、一九八八年)参照。
(18)鄭学檬「唐江南地区文化特色初論」(『唐文化研究』上海人民出版社、一九九四年)参照。
(19)前掲「唐詩人占籍考」および、蒋寅「江南地方官詩人創作論」(『大暦詩人研究』上編、一九九五年)ならびに、鄭学檬

「唐代江南文士群体初探」（上）（『唐代的歴史与社会』武漢大学出版社、一九九七年）により中唐の江南地方の詩人の様態が把握できる。

(20) 円珍『比叡山延暦寺元初祖師行業記』に「廿一年（八〇五）四月、請得公験、至越府龍興寺・抄得真言天台教文一百一十五巻、前後都得三百五十五巻矣」とあり、貞元二十一年五月十三日付『日本国求法僧最澄目録』（「越州録」）とみえる。

(21) 日本に伝来した白居易の文集には留学僧恵蕚が蘇州南禅院で、会昌四年（八四四）に書写したものなどがあるが、江南地方は遣唐使、留学僧のルートであったことと、日本への白詩の伝播に関しては他に稿をたてて考究すべきであろう。

(22) 『唐語林』巻二「白居易、長慶二年以中書舎人為杭州刺史、替厳員外休復。休復有時名、居易喜為之代。時呉興守銭徽、呉郡守李穣皆文学士、悉生平旧友、日以詩酒寄興。官妓高玲瓏、謝好好巧於応対、善歌舞。後元稹鎮会稽、参其酬唱、毎以筒竹、盛詩来往」とみえる。

第二章　詩集の編纂

唐代、玄宗皇帝在世期に、宮廷に多くの蔵書が集められたことは、周知のとおりである。『唐会要』巻三五経籍によれば、開元当時にはおよそ八万九千巻あった。だが、安史の乱で散逸してしまい、再び五万巻なりとも書籍がそろうのは、それから一世紀を経た文宗皇帝の時である。この宮中蔵書の管理を掌っていた「集賢院」は、唐初の弘文館や崇文館のように優れた学士を擁し、開元初期に存在した「麗正院」をその母体とし、開元十三年に「集賢院」と称するようになったものである。宰相張説をそのトップとした「集賢院」は、秘書省などそれに類した機関からは独立性をもつようになり、(1)皇帝の諮問機関としても機能し、「大衍暦」、「開元礼」、「六典」、「初学記」などの編纂にも従事した。(2)しかし、天宝末以降は再びこのように中核に位置することはなくなったといわれている。(3)

だが、これ以後、集賢院はまったく機能しなくなったわけではなく、(4)その仕事には多くの文人官僚が携わっており、中唐の代表的詩人である劉禹錫や白居易、柳宗元、李益などが大なり小なり関わっていた。ここで唐代中期以降の集賢院の働きを考えてみることは、中唐詩人たちの書物との繋がりをみていく上で重要なことではあるまいか。

白居易を例にあげれば、「読張籍古楽府」（巻一　０００２）で采詩の官の不在を嘆き、時に采詩の官無く、委棄せらるること泥塵の如し。恐らくは君百歳の後、滅没して人に聞かれず。願はくは中秘書に蔵して、百代に湮淪せざらんことを。願はくは内楽府に播《し》きて、時に至尊に聞こゆるを得んことを。

というが、ここにみえる詩人の作品を宮中の書庫に残す作業に携わる機関の一つが、集賢院なのである。(5)もちろん、他に修史機関である史館や秘書省などもそれを行っており、その間はかなり流動的であったようである。白居易は、自らの寿命より遥に長い生命力を詩作品に見いだしていたが、(6)その当時においては宮中の書庫に保存されるということが、詩文の生命力を永遠に持続させるひとつの手段として認識されていたと思われる。こうした他人の手によって書写され、編集され、残されるという文集のあり方が一般的であった時代において、次には、それに飽き足らず、自らの手で自らの作品の序を書き、編集していくという行為が現われてくる。本章では、このことを考える前に、まずその前提となる唐代中期以降の宮中蔵書のあり方を明らかにしていきたい。

一　安史の乱後の書籍収集

安史の乱により宮廷の蔵書が失われたことは、『旧唐書』巻四六経籍志に、「禄山の乱に、両都は覆没し、乾元の旧籍は、亡散し殆ど尽く」(7)とあるが、建中四年（七八三）に記されたとされる徐浩の「古迹記」（『法書要録』巻三）からはさらに具体的な状況が看取される。

潼関守を失うに及び、内庫の法書皆な散失す。……侍御史集賢直学士の史惟則は使を晉州に奉じ、所在に推事し、博く書画を訪ね、爵賞を懸けてこれを待つ。時に趙城の倉督の公貨を隠没すること極めて多く、推案するに承伏し、遂に云う「好書有り、贖罪を請わんと欲す」と。惟則索めて看るに、遂に扇書「告誓」等四巻、并びに二王の真迹四巻を出だす。その得る処を問うに、云う「禄山の下将過りて太原に向かうに、倉督の家に停まること三月余日、某乙の祇供すること意に称い、懐悦の心あり、乃ち此書を留めて相い贈る」と。惟則将《もち》て闕下に至るに、粛宗　絹百匹を賜わり、擢んでられて本県尉を受く。

ここにみえるのは、貴重な書蹟についての記述であるが、その他の宮中蔵書も多くは反乱軍により奪われ、散逸を余儀なくされた。そして粛宗の時には、その失われた書物の回収作業が進められていったのである。その全滅ともいえるほどの宮廷蔵書の散逸状況は、玄宗在世時に集賢殿学士をつとめたこともある于休烈の言葉（『旧唐書』巻一四九于休烈伝）にも見ることができる。

国史一百六巻、開元実録四十七巻、起居注并びに余書三千六百八十二巻、並びに興慶宮の史館に在り。京城の賊に陥れられし後、皆な焚焼せらる。且つ国史、実録、聖朝大典は、修撰すること多時なれど、今、並びに本《テキスト》無し。伏して望む、御史台に下して史館の所由を推勘せしめ、府県をして招訪せしめんことを。人の別に国史、実録を収め得て、官司に送る如きもの有らば、重く購賞を加えんことを。是くの若く史官の収め得るは、仍りてその罪を赦さん。一部を得れば官資を超授し、一巻を得れば絹十匹を賞さん。

国家の重要文書までが失われた事実は、唐王朝の急激な衰退をも感じさせる。書物の回収作業は遅々として進まず、皇帝が代わってもしばらく続けられた。代宗の広徳二年（七六四）にも、宰相であり集賢殿大学士でもあった元載が次のように奏上している。「集賢院の図書、寇盗を経し自《よ》り、墜失頗る多し。請うらくは贖書の令を開き、一巻を得るに一千銭を賞さんことを」（『冊府元亀』巻五〇帝王部　崇儒術二）。玄宗の善政を象徴するもののひとつである集賢院の蔵書、その多くが失われるという状況が、当時の官僚たちの危機感をあおり、その復旧作業は一種焦燥感をともなうものであったかもしれない。元載はまたこの年に、集賢院において歴代書志を撰するように上奏し、元載の意見に従って詔が出されている（『冊府元亀』巻五五六国史部　採撰）。しかし、そのためには集賢院に人材を集めなければならず、同じく広徳二年「選集賢学士勅」がだされた。(8) 開元期より宮廷のブレーン集団を有し、蔵書管理も充実していた集賢院だっただけに、その復元は安史の乱後の泰平回復のバロメーターでもあったようだが、一朝一夕になし遂げ得るものではなかったのである。

集賢院においては、旧書の収集のほか、新たな書物の収集もなされた。例えば、顔真卿が湖州の刺史であった時に、当地の文士たちと作った『韻海鏡源』三百六十巻は、代宗の大暦の末、集賢院及び秘閣に納められたという。(9) また、『詩式』の著者として有名な皎然の文集も、徳宗の貞元八年（七九二）に集賢殿御書院の命によって集められたということが、于邮の「釈皎然杼山集序」にみえる。(10) このような作業をつづけながら、安史の乱から三十年以上の歳月を経た徳宗の貞元年間の集賢院において、「貞元御府群書新録」という藝文新志がつくられた。これは当時の秘書官六員までをも集賢院に配して校刊や旧書の整理などを行わせて作ったものであった。(11) これを作ることを奏上した陳京が当時秘書少監であったことや、秘書省と集賢院との作業の上での結びつきなどからも、開元期には突出した機能を備えていた集賢院が、再びその独立性を失っていることが窺える。では、中唐において、集賢院と秘書省や史館の働きが類似したものとなっていたことについて考えてみたい。

二　集賢院と秘書省、史館

宮廷の蔵書を司る集賢院と秘書省の役割は截然とは分けにくいものであった[12]。特に秘書省に属する校書郎や正字などの職務は集賢院のそれと類似し、所属する人員の互換が可能であり、かなり流動的であった。『唐会要』巻六四では、貞元八年（七九二）のこととして、集賢院に校書四員と正字両員を置き、秘書省のものをその分減らし、また元和二年（八〇七）それらを再び秘書省にもどしたりしていたとある。

後に文宗にその作品を愛されたという詩人盧綸も、大暦九年（七七四）の頃に集賢学士となり、また秘書省校書郎ともなった[13]。中唐文人の代表格でもある柳宗元は貞元十三年（七九七）に集賢殿書院正字となるまえは、秘書省校書郎であったし、白居易も元和二年の一時期集賢校理となっているが、そのまえにやはり秘書省校書郎であった。その詩が一世を風靡したといわれる李益も、元和の始めには憲宗によって秘書少監、集賢殿学士とされるというように、秘書省と集賢院は密接につながり、また、どちらも当時の文人官僚の名誉職としてあったことは否めない[14]。しかし、実際に書物に接する機会を得られたとすれば、文人官僚にとって青年期に多くの書物に触れられる重要な養成機関であるとともに、個人の著作がどのように保存されていくのか、また、歴史というものがいかに記録されていくのかを認識する場所でもあったとも考え得る[15]。

徳宗時期に諫官として実直にその任を果たしながら、結局罪を着せられ左遷された陽城は、若年期に集賢院の書写吏となって六年間書物にひたり知識を吸収した。そのことは、韓愈の『順宗実録』巻四にみえる[16]。これは若い官吏が、知識を得る場という意味で、集賢院が重要であったことを示す例であろう。

また、集賢院はその職務上、史館[17]とも関わりがあった。例えば、集賢院に所属し後に史館にても功績をあげた蔣乂について、『旧唐書』巻一四九の伝によれば、外祖父は史官の呉兢であり、父である蔣将明は集賢殿学士であり、父は集賢院在職中に、安史の乱のため蔵書が散逸して仕事ができず、息子の蔣乂を集賢院に入れて、これを整えさせようとしたとある。その期待に違わず息子の蔣乂は書物を編纂し、二万余巻を得たという。そのあと貞元九年には、右拾遺になり、史館修撰に充てられている。徳宗の時、あまたの集賢殿学士のなかで、徳宗の神策軍建置の由来についての質問にすらすらと答えられたのは蔣乂だけで、時の宰相高郢などは「集賢有人矣」といったとある。彼は史官として『大唐宰輔録』七十巻、『淩煙閣功臣』、『秦府十八学士』、『史臣等伝』四十巻を著わしているが、集賢院時代の書籍の収集、整理作業がその基礎となっていることは否めない。

そのほか、『徳宗実録』の監修に携わった裴垍も、元和四年（八〇九）に集賢院大学士となって[18]、国史を監修したとある（『旧唐書』巻一四八裴垍伝）。その際に、裴垍は集賢院と史館について次のような事柄を奏上した[19]。

> 集賢御書院、請うらくは『六典』に準じ、登朝官の五品已上を「学士」と為し、六品已下を「直学士」と為し、登朝の官にあらざる自《よ》りは、品秩を問わず、並びに「校理」と為し、其の余の名目は一切勒停せられんことを。史館、請うらくは登朝官の館に入る者、並びに「修撰」と為し、登朝の官にあらざるは、並びに「直史館」と為されんことを。仍りて永く常式と為されよ。

これによれば、集賢院と史館に対してまったく同様な指示がなされており、しかも、『唐会要』巻六四「史館雑録下」によると、同年正月、「集賢写御書一十人を減じ、史館に付して収管せしむ」とあり、集賢院と史館の人員も流動的で、相互補完的であったことが見える。つまりは、集賢院自身が秘書省や史館とは異なる独立性を持ちえなくなっていることを示している。

だが、あたかも集賢院の秘書省に対する優越性を示すがごとき資料として多く引用されるのが、次にみる韓愈の「送鄭十校理　并序」（『韓昌黎集』巻二一）という詩である。これは、元和五年（八一〇）に書かれている。

秘書は御府なり。天子猶お以為《おもえ》らく外にして且つ遠く、朝夕視るを得ずと。始めて更めて書を集賢殿に聚め、別に校讎官を置き、学士と曰い、校理と曰い、常に寵せし丞相を以て大学士と為す。其の他の学士も、皆な達官なり。校理は則ち天下の名ありて文学を能くする者を用う。苟くも選に在らば、其の秩次を計らず、惟だ之を用いる所とす。是れに由りて集賢の書は盛積し、秘書の有する所を尽くすとも、其の半ばに処ること能はず。書は日に益ます多く、官は日に益ます重し。（元和）四年、鄭生涵　始めて長安の尉を以て選ばれて校理と為る。人皆な曰く、是れ宰相の子、能く恭倹にして教訓を守り、古義を好み、文辞に施す者なりと。

中唐の集賢院の書物が秘書省のものより多く、その職も重要であったということを、この一文によって断定するのは難しい[20]。ここにいう、時の宰相鄭余慶の子の鄭涵も、やはり集賢院修撰に充てられるまえに、秘書省校書郎に任じられていた。確かに、これは当時の文人官僚の出世コースだったと思われる[21]。ここでは、それを褒めたたえるために、ことさらに集賢院の重要性が強調されているが、書きはじめの部分には、開元期の集賢院のことが述べられており、特に中唐の集賢院の様子に限定できないことがわかる。

韓愈を含めて中唐の文人官僚たちは、宮廷の蔵書機能を掌る集賢院、秘書省の役割についても熟知し、あるものは自らそれに携わっていた。彼らが当時の宮廷の蔵書機能をどう評価していたのか、文集が後世に残されるひとつの形として、人の行いが歴史という箱のなかに納められるひとつのあり方として、集賢院の機能がどう認識されていたのか、以下、中唐詩人の詩篇のなかにその一端をみてみたい。

三　中唐詩人と集賢院

集賢殿裏圖書滿　　集賢殿裏に図書満ち
點勘頭邊御印同　　頭辺を点勘して御印同じ
直跡進來依字數　　直跡進め来たるも字数に依り
別收鎖在玉函中　　別に収め鎖《とざ》して玉函の中に在り

右は、中唐の詩人王建の「宮詞」百首（『全唐詩』巻三〇二）のうちの一首である。これは王建が秘書丞の時、長慶年間（八二一～八二四）にものされた作品であると推定できる。[22] 集賢院に聚められたあまたの書物、その整理を行う労苦と、最初だけ校勘して御印を押し、納められた直筆の類も、ただ字数によって判断するなど、その書籍の多さに対応しきれない様子が伝わってくる。王建「宮詞」の特徴は、宮廷の細部を具体的に叙述してみせるところにあり、また巷に大いに流行したことで、宮中の様子が歌われ披露されていくのである。宮中の蔵書についての言及があるのはこの一首だけであるが、集賢院といえば宮中蔵書の管理という図式が当時の人びとの常識であったことが窺える。

安史の乱で散逸した書物を集めるのに尽力した粛宗、代宗期以後、特に、書物の保管に力を入れたのは文宗期である。[23]『旧唐書』巻四六経籍志に次のようにいう。

禄山の乱に、両都は覆没し、乾元の旧籍は、亡散し殆ど尽く。粛宗、代宗は儒術を崇重し、屢しば詔して購募す。文宗の時、鄭覃禁中に侍講し、経籍の道喪わるるを以て、屢しば以て言を為す。詔して秘閣をして遺文を捜訪せしめ、日び添写せしむ。開成の初め、四部書は五万六千四百七十六巻に至る。

文宗の大和三年三月には、「集賢院奏す、応に宣索の書及び新たに添写せし経籍を較勘するに、秘書・春坊崇文の較正に請いて其一十八員を権抽し番次を作して院に就け同《とも》に較勘せしむべし」（『冊府元亀』巻六〇八　学校部刊校[24]）とあり、経籍を校勘するために、秘書省や左春坊に属する崇文館の役人が集賢院にて仕事をしたことがみえる。こうして書籍の整理収集という集賢院の役割がクローズアップされるなかで、大和二年（八二八）に集賢院の学士となったもののなかに劉禹錫がいた。

『新唐書』の劉禹錫伝に「宰相裴度、集賢殿大学士を兼ぬ、雅《もと》より禹錫を知り、薦めて禮部郎中、集賢直学士と為す」とあるように、裴度の推薦により、その任に就いたのであった。劉禹錫が、大和六年（八三二）に次の官職である蘇州刺史となった時に、集賢院での四年間を総括して書いた「蘇州謝上表」（『劉禹錫集箋証』巻一五）には次のようにみえる。

集賢院に在りて四たび星霜を換え、新書二千余巻を供進す。儒臣の分、甘んじて典墳に老ゆるに、優詔忽ち臨みて、又た之に符竹を委ぬ。分憂は誠に重く、恋闕は滋いよ深し。石室の書は、空しく筆札に留められ、金闔の籍は、已に姓名を去る。本末は明らむ可きも、申雪するに路無し。

二千巻あまりの新たな書物をこしらえて献上してもなお、いまだ整理されず姓名もわからないものもあり、未整理のものもあるということであろうか。この新たな書物というもののなかには、どんなものがあるのか。それを説明してくれる資料はないが、当時文宗が好んだ詩人の文集などがそれに当たるであろう。『旧唐書』巻一六三盧綸伝に、「中使をつかわしてその家に詣《いた》らしめ、文集を進めしむ。簡能（盧綸の四男）尽く集むる所の五百篇を以て上献し、優詔もて之を嘉《ほ》む」とあり、こうした書物は、当然宮中蔵書として集賢院にて処理されたことが想像される。また李賀にその詩集を託された沈述師は、李賀と交遊のあった元和年間には、集賢校理に任じられていた可能性もある[26]。彼は大和五年（八三一）には集賢院学士となっており、李賀文集の序の執筆を杜牧に依頼している[27]。また、杜牧の文集である『樊川集』に序文を書くようにと杜牧自身から頼まれた裴延翰もまた、集賢校理であり、杜牧自身がその多くを焼き捨ててしまったという文集を二十年の歳月をかけて集めなおして編纂したという。これらのことは、集賢院と文集編纂の関わりを垣間見せる[28]。しかし、当時流行したと言われる李賀の作品にしても、その死後の保管は行き届いているとは言えず、杜牧の文集も一人の集賢校理の手で二十年もかかって再現されるなど、宮廷蔵書機能は十分とは言えず、当時の文人たちにとっても、そこで自身の文集が保管されることは文集の永遠性を保証するものではあり得なかった。

劉禹錫が集賢院学士当時に作った「題集賢閣」（『劉禹錫集箋証』外集巻一）という詩作品をみてみたい。

鳳池西畔圖書府　　鳳池の西畔　図書の府

玉樹玲瓏景氣閑　　玉樹玲瓏として景気閑かなり

長聽餘風送天樂
時登高閣望人寰
青山雲繞欄杆外
紫殿香來歩武間
曾是先賢翔集地
毎看壁記一慚顔

長《とこしえ》に聴く　余風の天楽を送るを
時に高閣に登りて　人寰を望む
青山に雲繞る　欄杆の外
紫殿より香来たる　歩武の間
曾て是れ先賢の翔集せし地
壁記を看る毎に　一《ひと》えに慚顔す

「長に聴く　余風の天楽を送るを」、「紫殿より香来たる　歩武の間」などの句が、集賢院学士が空間的に天子の近くに位置できることを意味している。白居易がこの詩に和した「和劉郎中学士題集賢閣」（巻二六　2641）の詩にも、「丞相の優賢の意を知らんと欲すれば、百歩の新廊　泥を踏まず」と結ばれ、それが中枢に近い位置にあることを示している。しかしその働きは全盛期には遠く及ばないことは、劉禹錫の「曾て是れ先賢の翔集せし地　壁記を看る毎に　一えに慚顔す」という句から窺える。壁記とは『新唐書』巻六〇にみえる「集賢院壁記詩」二巻のことか、『宋史』巻二〇九にみえる「集賢院諸庁壁記」二巻（李吉甫、武元衡、常袞題詠集）のことか、それともまた別のものを指すのかわからないが、ここではそれらを見るたびに恥ずかしくなるというのである。

当時集賢院には、「開元東封図」などの絵画も納められており、その絵はとりわけ開元の全盛期を人びとに想起させるものだった。文宗がそれをみて、開元の治世を担った臣下が今一人でもいたらとため息をついたという（『唐語林』巻四）。開元・天宝時期の集賢院の勢力の大きさは、それが洛陽にまで建てられていたことによっても窺える。それは中唐には零落し、その姿を叙した劉禹錫「酬令狐留守巡内至集賢院見寄」（『劉禹錫集箋証』外集巻三）の詩篇には、「仙院の文房　旧宮より隔てられ、当時の盛事　尽く空と成る、墨池は半ば頽垣の下に在り、書帯は猶お蔓草の中に生ず」の句がみえ、華やかなりし開元期と、中唐の現実との隔たりの大きさが露骨に表現されている。

人材においても開元時期の集賢院との差が歴然としていたことは、例えば大和八年（八三四）四月に集賢院学士裴潾の編纂した『大和通選』が当時から不評であったことにも窺える。『旧唐書』巻一七一裴潾伝に「歴代の文章を集め、梁の昭明太子『文選』に続いて、三十巻を成す。目して曰く『大和通選』。并びに音義、目録一巻、これを上《たてまつ》る。当時の文士は、素《もと》より潾と遊ぶ者にあらずして、其の文章の其の選に在ること少なく、時論咸なこれを薄《うと》んず」とある。集賢院の学士が作成したものも、そのことだけで珍重される時代ではもはやなく、内容や価値を量って判断されるようになったのであった。

四　中唐における文集編纂と保管の新局面

中唐の文人たちは決して中央の蔵書機能に満足していたわけではなかったろう。先に見た劉禹錫の「蘇州謝上表」にもあったように、実際にそれに携わった人間にはとりわけ宮廷の蔵書機能の限界がはっきりと分かっていたのではなかろうか。

元稹・白居易が注目した盛唐の杜甫、六十巻あるとされた彼の文集も、中唐にはおそらくその原型を留めてはいなかった。大暦年間に杜甫の文集に序をなした樊晃は、杜甫本来の大雅風の作品が伝わらず、「戯題劇論」のみが流行してしまっていたゆえに、その復元を企図したと述べている。(29)それから三十年以上のち、元和十年（八一五）に書かれた元稹「叙詩寄楽天書」（『元稹集』巻三〇）には、元稹自身の少時の回想部分に「杜甫詩数百首を得たり」とあり、また同じく元和十年の作である白居易「与元九書」には「杜詩最も多く、伝わるもの千余首」といい、彼らが樊晃のまとめたものよりもかなり多くの杜詩を目にしていたことがわかる。しかし、杜甫詩を高く評価した中唐詩人たちは、その文集が六十巻という原型を留めることなく、散逸している状況に不満を感じずにはいなかったのではなかろうか。自らの詩集に序文をなし、その意味を説明する動きはそんな詩人のなかから現われてくる。

劉禹錫が集賢院学士だった大和三年〜五年（八二九〜八三一）、そしてその後も、白居易、劉禹錫は、文集を自らの手でつくり、序を自らの手で作成していった。そこには、集賢院という宮廷蔵書機関に所蔵されることとは別に、後世の人びとに理解してもらうために、自らの手で解説をしようとする詩人の姿がみえる。以下は、大和三年、白居易によって作られた「劉白唱和集解」（巻六九　2930）の一部である。

彭城の劉夢得は、詩の豪なる者なり。其の鋒は森然として、敢て当る者少し。予　力を量らず、往往にして之を犯す。夫れ合《まさ》に応ずべき者は声同じく、交《こもご》も争う者は力敵《かな》う、一往一復、罷めんと欲するも能はず。是れに繇《よ》りて一篇を製る毎に、先ず相《たが》いに草を視《み》、視竟《お》えれば則ち興作《おこ》り、興作れば則ち文成る。一二年来、日び筆硯を尋ね、同に和して贈答すること、覚えず滋いよ多し。大和三年春に至る已前、紙墨の存する所の者、凡そ一百三十八首。其の余興に乗じ酔に扶けられ、率然として口号する者は、此の数に在らず。因りて小姪の亀児に命じて編録せしめ、両巻を勒成す。仍りて二本を写さしめ、一は亀児に付し、一は夢得の小児崙郎に授く、各おの収蔵し、両家の集に附さしむ。

ここにはこの「唱和集」を作った由来が書かれており、一百三十八首の制作の意図を自ら説明し、写して二本として白居易の姪《おい》亀児と劉禹錫の子崙郎に託すとしている。こうした自らの文集や唱和集などをきちんと保管できるような形にまで整えておくこと、少なくともそれを序にあたる部分で明言しておくということは、中唐の彼ら以前にはあまり見られないのではなかろうか。『新唐書』巻六〇藝文志には、白居易や劉禹錫が関わった作品として『元白継和集』一巻、『三州唱和集』一巻、『劉白唱和集』三巻、『汝洛集』一巻、『彭陽唱和集』三巻、『呉蜀集』一巻などがあげられており、それらは『劉禹錫集』四十巻、『白氏長慶集』七十五巻など大部の著作とは別に著録されているのである。保存するということを考えて自分の文集や撰集に自序をつくったものとしては、彼らに先行して、元結の『文編』や、『篋中集』などがある。それらは安史の乱後すぐの混乱期において、自分たちの作品の保存を目的として作られたのである。(30) ただ、白居易が自作の保存をより真剣に考えた詩人であることは明らかである。(31)「白氏長慶集後序」（外集巻下　３６７３）にそのように保存を考えた理由が如実に示されている。

白氏の前著『長慶集』五十巻は、元微之　序を為す。『後集』二十巻は、自ら序を為す。今又た『続後集』五巻に、自ら記を為す。前後七十五巻、詩筆大小、凡そ三千八百四十首、集に五本有り。一本は盧山東林寺の経蔵院に在り、一本は蘇州南禅寺の経蔵内に在り、一本は東都聖善寺鉢塔院の律庫楼に在り、一本は姪亀郎に付し、一本は外孫の談閣童に付す。各おの家に蔵して、後に伝えしむ。其れ日本、新羅諸国及び両京の人家の伝写せし者は、此の記に在らず。又た『元白唱和因継集』共十七巻、『劉白唱和集』五巻、『洛下遊賞宴集』十巻有り。其の文尽く大集の内に在りて録出し、別に時に行わる。若し集内に無くして名を仮りて流伝する者は、皆な謬為のみ。会昌五年夏五月一日、楽天重ねて記す。

この文集保存の試みは、本書第Ⅱ部第一章でみたように、彼の作品が非常な勢いで広まったことに起因している。「若し集内に無くして名を仮りて流伝する者は、皆な謬為のみ」という言葉からは、いかに多くの偽作が当時作られたか、そして白居易がそれに悩んでいたことも看取される。外国の使者が写したものや、長安・洛陽で写されたものなども、決して彼がよしとするものではなかった。彼は自らの手で作品を守ろうとしたのである。仏寺に奉納したのには「仍りて請う院門より出さず、官客に借さざることを」(「聖善寺白氏文集記」巻七〇 2949)という意図があり、その警戒は異常なほどともいえる。彼は、杜甫の文集のように伝写されたものが集められるという形を、はっきりと拒んでいる。それは自らの作品が自分よりはるかに長い生命をもつであろうことを悟った彼の、自分の分身である作品たちを正確に伝えたいとする願望の現われなのである。ここには、宮中蔵書として残されることに対する期待は見えない。集賢院にある宮中蔵書には開元時代のような求心力はもちろんなく、その職務の限界も彼らには十分理解されていた。他方で、中唐においては、個人の蔵書の拡大や民間での書物の流通、また地方都市での書物の販売などが目立ち、詩人たちは自らの作品が中央とは対照的な場所において残され、伝わるということを否応なく意識させられた。また寺院での仏典などの保存にも目をみはるものがあり、もはや宮中蔵書もその権威の象徴たり得なかったのではなかろうか。

蔵書について言えば、「公」にまして「私」のものの成熟が看取される。例えば蘇弁は「弁聚書二万巻に至り、皆な手自から刊校す。今に至るも蘇氏の書は、集賢秘閣に次すと言わる、貞元二十一年、家にて卒す」(『旧唐書』巻一八九下)とあり、柳仲郢は、「元和末、進士の第に及び、校書郎と為る……家に書万巻有り、蔵する所は必ず三本、上は庫に貯え、其の副は常に閲る所にして、下は幼なきもの焉《これ》を学ぶ」（『新唐書』巻一六三）とあり、蔵書の保管も厳重であったことが知られる。元和年間に憲宗に重用された田弘正も、「弘正は前代の忠孝立功の事を聞くを楽しみ、府舎に書楼を起こし、書を聚めること万余巻、視事の隙に、賓佐とともに古今の言行の可否を講論す。今、河朔に『沂公史例』十巻あり、弘正の客の弘正の為《ため》に著わせし所なり」（『旧唐書』巻一四一）とあり、個人でも万を越す書物を集め、その幕僚たちによりそれを基に歴史書を作るような、集賢院・史館のミニチュア版が多く存在したと考えられる。こうした宮廷蔵書に匹敵するような個人の蔵書の出現は、なにも唐代に始まったことではないが、それが多く存在したということは、注目すべきことではなかろうか。[32] 筆耕で生計を立てていた詩人[33]のなかには、このような蔵書家のために働いていたものもあったであろう。

また「中央」に対する「地方」の力、特に江南における書籍の流通はかなりのものであった。元稹のいうところによると、「揚越の間多く書を作し楽天及び余の雑詩を模勒し、市肆のうちにて売るなり」（長慶四年「白氏長慶集序」自注）とあり、揚州や越州があげられている。また益州（今の成都）でも印刷がなされていたという記事もみえる。[34] 中唐の文人官僚は江南や四川などに刺史として赴任しており、地方での書籍の流通の活発なさまを知り、印刷された書物を目にしたはずである。そこで自らの作品の偽作が公然と行き交うのを見れば、自らの作品のアイデンティティを守りたいと思うのも当然であろう。

一方、仏典の普及も注目される。その伝播は個人の作品の比ではなかった。印刷が早くからなされたものの一つも仏典である。[35] 白居易も「華厳経社石記」（巻六八　２９１５）において、「吾れ聞く一願の力、一偈の功、終に壊滅せず、況んや十二部経の常に千人の口より出づるをや」といっているが、その普及のほどは相当なものであり、そこにどんな詩文も及ばないものを感じたかもしれない。白居易が自らの文集を納めたのが、そうした仏教寺院であったのは、白居易の仏教に対する熱い思いからばかりとはいえないようである。彼はその経典管理のあり方に、宮中蔵書より信頼できるものを見いだしていたのである。白居易「東林寺白氏文集記」（巻七〇　2948）では、「昔、余の江州司馬為りし時、常に廬山の長老と東林寺の経蔵のうちにおいて、遠大師と文士の唱和集の巻を披閲す。時に諸長老の余が文集を請いて、亦た経蔵に置かんとす。唯れ然りとして心に許し、他日これを致さんとす」といっている。慧遠大師と文士たちの唱和集が、仏典とともに不朽に収蔵されていることを知って、自らの文集の仏寺への寄贈に思い至ったのである(36)。それは詩集の編纂を自らの手で行ったということにもまして、その保存先まで自ら選ぶ中唐詩人の出現という点で注目されることではなかろうか。

白居易の残した記録のなかに「香山居士写真詩　幷序」（巻三六　3542）がある。詩篇では「昔少学士と作り、図形は集賢に入る、今老居士と為り、貌を写して香山に寄す」といい、彼が時の流れに感慨をもよおしているのが感じられる。その序には、「元和五年、予左拾遺、翰林学士為りしとき、詔を奉じて集賢殿御書院において真を写す、時に年三十七なり。会昌二年、太子少傅を罷めて、白衣居士と為り、又た香山寺蔵経堂に真を写す、時に年七十一なり」との解説がある。そこには、集賢院にて肖像画を描かれた若き時代の受動的な彼とは対照的に、今進んで肖像画を香山寺に寄贈する彼の姿が映し出されている。それは最終的に自分の分身である文集の保存の場を、自ら選んだ彼の姿と重なるようにも思われる。

自らの文集の編纂から保管先までを自分で選択する詩人が現われたことは、中唐文学を考えるうえで特筆すべきことである。本章では、当時の詩人たちの中央の蔵書能力に対する信頼感の揺らぎが、その契機の一つではないかと考え、安史の乱後の集賢院の蔵書のあり方をでき得る限り辿り、当時の詩人たちのそれに対する認識を追ってみた。

（1）鄭偉章「唐集賢院考」（『文史』第一九輯、一九八三年、『書林叢考』広東人民文学出版社、一九九五年再録）では、玄宗期に書籍の管理に携わった馬懐素、褚無量、元行沖、張説を中心にその作業のあり方を詳細に検討し、集賢院が秘書省などから独立した性格をもっていったことを論述している。

（2）池田温「盛唐之集賢院」（『北大文学部紀要』一七号、一九七一年）には、開元・天宝期を中心に集賢院に関する歴史的資料が網羅されており、「四　修纂」に編纂事業が列挙されている。

（3）趙永東「唐代集賢殿書院考論」（『南開学報』一九八六年第四期）では、開元・天宝期の集賢院の「天子礼楽之司」としての機能が強調されており、安史の乱後は翰林学士院にその地位を奪われた形となって衰退していったと結論づけている。

（4）米澤嘉圃「唐集賢殿書院の作画機能とその画家」（『東方学報』第一一冊）では、集賢院の蔵書の挿絵・肖像画などを作成する画家について論証し、その機能は開元以降も唐朝一代を通して継続され相当盛んであったと、集賢院が安史の乱後もなお機能していたことを示唆している。

（5）「中祕書」は、集賢院を含む宮中の書物管理機関を指すが、特に集賢院のことを表わす例としては、常袞「晩秋集賢院即事寄徐薛二侍郎」（『全唐詩』巻二五四）に「穆穆上清居、沈沈中祕書」というものもある。

（6）白居易「与元九書」に、「今所愛者、並世而生、独足下耳。然千百年後、安知復無如足下者出而知愛我詩哉」とあり、詩の生命力に言及している。

（7）「乾元」とは、そこに麗正書院、後の集賢院が置かれたところをいう。

（8）『唐大詔令集』巻一〇五に「宜令所司、量追集賢学生、精加選擇、使在館習業、仍委度支、准給廚米。敦茲儒術、庶有大成。甲科高懸、好学者中、敷求茂異、称朕意焉」とみえる。

（9）令狐峘「顔真卿墓誌銘」、および『冊府元亀』巻六〇八学校部　小学、参照

（10）「貞元壬申歳、余分刺呉興之明年、集賢殿御書院有命徴其文集、余遂採而編之、得詩五百四十六首、分為十巻、納於延閣書府」とある。また、『昼上人集』十巻の巻首には「勅浙西観察使牒湖州当州皎然禅師集」が付載されている。

（11）『玉海』巻五二に引く『柳柳州集』「陳京行状」に、「在集賢奏祕書官六員隷殿内、而刊校益理、求遺書、凡増繕者、乃作藝文新志、名曰貞元御府群書新録」とある。

（12）「按集賢殿在唐代実已代祕書省之職」（瞿蛻園『劉禹錫集箋証』上海古籍出版社、一九八九年、一五七八頁）という意見が

あるが、この説は、韓愈の「送鄭十校理　并序」にみえる集賢院の叙述に影響されたものであり、これは『玉海』巻五二にも収録されており歴史的な資料となっているようだが、この韓愈の叙述を則歴史的事実と捉えるには無理があることは本章第二節後半で述べる。

(13) 盧綸「和常舍人晩秋集賢院即事十二韻寄贈江南徐薛二侍郎」に「麟筆删金篆、龍綃薦玉編、汲書荀勗定、漢史蔡邕專」という作品も、大暦九年前後につくられている（蒋寅『大暦詩人研究』上編、二六五頁）。

(14) 礪波護『唐代政治社会史研究』（同朋舎、一九八六年）の一五八頁に、「縣尉に対する制誥のなかで目につくのは、単に縣尉に任命するものよりも、ある縣の尉に任命するとともに史館修撰や集賢校理に充てる制誥が多いことである……史館修撰や集賢校理、直弘文館は、いずれも名誉あるポストではあるが、品階をともなわない単なる加官なので、国都の近辺の、とくに畿縣の尉に任命して、それら加官を与えたわけである」とされる。

(15) 元和二年（八〇七）集賢校書を任じていた王起に対して、白居易が贈った詩「惜玉蕊花有懐集賢王校書起」（巻一三　0650）に「集賢讎校無閑日、落尽瑤花君不知」とあり、それは名誉職であるだけでなく、実務をともなったものであったことが窺える。また、李徳裕と王起の唱和詩にも集賢院の職についての言及がある。

(16)「城、字亢宗、北平人、代為官族。好学、貧不能得書、乃求入集賢為書写吏、竊官書読之、昼夜不出。経六年、遂無所不通、乃去陝州中条山下」尚お、これは『旧唐書』の巻一九二の陽城伝にそのまま引用されている。

(17) 史館は、『大唐六典』巻九にみえるように、国史の修撰などを掌る機関で、北斉の時に設置された。唐朝の貞観の初めには、特に禁中に置かれた。そこに属し国史の修撰や実録の編纂などを行う官僚を「史官」という。

(18)『十駕斎養新録』巻十「大学士」に「自元和以後宰相兼弘文館集賢殿大学士、率以為常、鮮有如張李二公之能譲者矣」とある。これは宰相の地位にあるものが「大学士」という称号を得ることが常となったことをいい、集賢殿大学士も一つの権威の象徴に使われていることを示している。

(19)『唐会要』巻六三によると史館に対する指示は元和六年六月とある。

(20)『唐会要』巻三五には、「開成元年七月、分察使奏、祕書省四庫、見新旧書籍、共五万六千四百七十六巻」とあり、なお秘書省の蔵書の豊富なことをいう。

(21)『新唐書』巻一六五によると、鄭涵は長慶年間には史館修撰になっており、文宗のときには翰林侍講学士として經史から抜粋した『経史要録』二十巻をつくっている。その子には『明皇雑録』を著した鄭処誨がいる。

(22) 宮詞制作の年代については拙論「中唐宮詞攷」(『天理大学学報』第一八〇輯、一九九五年)において考証している。

(23) 『宋史』巻一五七 藝文三、に「唐四庫捜訪図書目」一巻とあるが、余嘉錫の考証(『目録学発微』九)では、これを文宗のときのものとしている。李万健「唐代目録学的発展及成就」(『文献』一九九五年・一)、来新夏『中国古代図書事業史』(上海人民出版社、一九九〇年)もそのように扱っている。また、『唐会要』巻六五、『旧唐書』巻一七下文宗紀に「開成元年九月勅祕書省、集賢院、応欠書四万五千二百六十一巻、配諸道繕写」という記載があり、文宗期に宮中蔵書を更に補充しておこうと意図したのがみえる。さらに、鄭覃が、文宗の大和四年に六籍を校定するように奏上し、開成二年になった石経一百六十巻も集賢院にて校勘された(『冊府元亀』巻六〇八学校部 刊校)。

(24) 『冊府元亀』巻六〇八の原文は「集賢院奏、応較勘宣索書及新添写経籍、令請祕書春坊崇文較正、其一十八員権抽、作番次、就院同較勘」である。『唐會要』巻六四では「大和五年正月、集賢殿院奏、応校勘宣索書籍等、伏請准前年三月十九日、勅権抽祕書省及春坊宏文館崇文館見任校正、作番次就院同校」とある。

(25) 沈述師と李賀の関わりについては、野口一雄「李賀と沈亜之」(『北大文学部紀要』四六号、一九八〇年)参照。

(26) 杜牧「張好好詩」で沈述師を叙した「飄然集仙客、諷賦欺相如」の部分の自注に、「著作嘗任集賢校理」とある。

(27) 杜牧「李賀集序」に「大和五年十月中、……果集賢学士沈公子明書一通、曰「我亡友李賀、元和中、義愛甚厚、日夕相与起居飲食。賀且死、嘗授我平生所著歌詩、離為四編、凡二百二十三首。数年来東西南北、良為已失去。……賀復無家室子弟得以給養卹問、常恨想其人、詠其言止矣。子厚於我、与我為賀集序……」とあり、著名な文人に序文の執筆を依頼する一例である。

(28) 『范文正公集』巻六の「述夢詩序」に、「集賢銭綺翁の書に云う、我は父漢東公に従いて、嘗て衛公の文を四方に求め、集外の詩賦雑著を得、共に一編を成し、目して『一品拾遺』と云う」とある。李徳裕の文集もこのようにして編纂された。銭綺がいつの時代か確定できないが、これも集賢院と書物編纂の関わりを示す一例である。

(29) 『新唐書』藝文志には「杜甫集六十巻」と「小集六巻 潤州刺史樊晃集」とある。この樊晃の集めた「小集」が当時流行した最も古いかたちではないかと言われている(万曼『唐集敍録』中華書局、一九八〇年)。樊晃の序文にその編纂のいきさつが以下のように記してある。「文集六十巻、行于江漢之南、常蓄東游之志、竟不就。属時方用武、斯文将墜、故不為東人之所知。

江左詞人所伝誦者、皆君之戯題劇論耳、曽不知君有大雅之作、当今一人而已。今採其遺文凡二百九十篇、各以事類、分為六巻、且行於江左。君有宗文、宗武、近知所在、漂寓江陵、冀求其正集、続当論次云」

(30)　安史の乱の混乱から自分たちの作品を守ろうとした文集制作の意図は、元結「篋中集序」に次のようにみえる。「天下兵興、於今六歳、人皆務武、斯焉誰嗣。已長逝者、遺文散失。方阻絶者、不見近作。尽篋中所有、総編次之。命曰篋中集。且欲伝之親故、冀其不亡。」

(31)　白居易の文集編纂の経緯については、平岡武夫「白氏文集の成立」(『東方学会創立十五周年記念　東方学論集』一九六二年)、花房英樹『白氏文集の批判的研究』(朋友書店、一九七四年)の「序章　白氏文集の成立」、太田次男『白居易』(集英社、一九八三年)の「『白氏文集』の本文とその編成について」に詳しい。

(32)　個人の蔵書の書目としても『新唐書』巻五八藝文志に、呉競の「呉氏西斎書目」一巻や杜信の「東斎籍」二十巻、蔣彧「新集書目」一巻がみえる。

(33)　小川環樹「書店と筆耕——詩人のくらし」(『風と雲』朝日新聞社、一九七二年所収)参照

(34)　張秀民『中国印刷史』(上海人民文学出版社、一九八九年)二九頁には『柳氏家訓』序を引用して解説している。

(35)　向達「唐代刊書考」(『唐代長安與西域文明』所収)でも中国の印刷術の起源は、仏教と密接に関わると言っている。現存する最古の確実な日付け(咸通九年(八六八))のある印刷物として、敦煌で発見された「金剛般若経」があげられることは、神田喜一郎「支那に於ける印刷術の起源」(『神田喜一郎全集』一所収)などに見える。

(36)　平野顕照『唐代文学と佛教の研究』(大谷大学中国文学会研究叢刊、一九七八年)および前掲の花房論文は、白居易の寺院への文集奉納を仏教への彼の傾倒を示すものとして捉えるようであるが、前掲の平岡論文においては、文集の永久保存を願って寺院へ奉納したと述べられている。

第三章　楽譜と楽人

文学と音楽とは深く関わっている。とりわけ、中晩唐から宋にかけて流行する詞は、当時の音楽文化をその土壌として成り立っている。本章で考えたいのは、この詞のベースとなった音楽についてである。その特徴の一つとして、盛唐の『教坊記』(1)記載の曲目と多く共通していることが挙げられよう。任半塘『教坊記箋訂』によると三百四十三曲中、填詞の詞牌となるのは一百四十二曲（多少の異同を含む）にものぼる。盛唐から中晩唐までの一世紀にもおよぶ隔たりにもかかわらず、このように盛唐の曲目が用いられる理由について、筆者はかつて次のように論じた。「唐朝の華やかなりし開元天宝時期に歌詞が作られ、唱われていた曲に、ほとんど一世紀近く経て自らもまた作詞していくのは、自らの作品を古からの流れの延長線上に置くことにもなり、「新曲」に歌詞をつけるのとは異なる興趣があったにちがいない(2)」と。そしてこれらの曲目が、元の北曲や明の南曲などにも延々と使われつづけていることを考えれば、この論もあながち否定されるものではないだろう。しかし、「古からの流れの延長線上」というだけでは、それ以前の楽府との違いが鮮明になっていない。もちろん楽府と詞の違いは、その使われる曲が古来の伝統的な楽調である「清楽」系か、盛唐ころに新たに流入した胡楽色の濃い非「清楽」系かにある、という解釈が定説化している(3)。だが、実際に詞のなかには「清楽」系のものもみえ(4)、胡楽一色とは言いがたいことを考えると、楽府と詞の音楽の違いを「古」対「新」という図式とは別の角度から考究する必要性が感じられる。本章では、その一つの試みとして、その音楽の伝承のあり方に着目し、具体的には盛唐の曲目を伝えた楽譜や楽人についての考察をおこないたい。

一　唐代中期の楽譜

楽譜というものが、中国ではいつから存在しているのかについては、多くの論考がある。[5] ここでは、それには深く立ち入ることをせず、楽譜が実際に多く使われるようになっていく唐代中期についてみてみたい。

そもそも「楽譜」という言葉は、すでに隋の時代にはあった。例えば『隋書』経籍志に見える「楽譜四巻」、「楽譜集二十巻」がそれである。「楽譜四巻」については、隋の雅楽制定に実際に貢献した楽工の万宝常が作った六十四巻のうちの一部とみられている。[6]『隋書』巻七八万宝常の伝をみると、「宝常詔を奉り、遂に諸楽器を造り、其の声率ね鄭訳の調に下ること二律なり。并びに「楽譜」六十四巻を撰し、具に八音旋りて相い宮と為るの法、改絃移柱の変を論ず。八十四調、一百四十四律を為し、変化は一千八百声に終わる」とあり、楽譜というものは、旋宮法やそれによって現われる調子や律について論じたものであると想定される。また「楽譜集二十巻」のほうは、当時陰陽や算術に精通し、博学で聞こえた蕭吉の撰とされる。『隋書』巻七八蕭吉伝および巻一六律暦志をみると、そこには音律の基礎となる尺度について記されており、[7] 今日考えられている楽譜とは異なっていることが確認される。この「楽譜」という語は、ほかにあまり目にすることはできない。管見によれば、唐代に入り則天武后のとき、日本に将来された『楽書要録』[8]には「楽譜」の条があり、以下のようになっている。

宮は君為り、宮音調えば則ち君道得られ、君道得らるれば則ち、夫和妻柔にして宮室制度各おの其の宜しきを得たり、……商は臣為り……、角は人為り……、徴は事為り……、羽は物為り……

「楽譜」とは、雅楽を歌うために必要な声律の知識を記したものを指していたようであり、以後宋代になってもそれに類した用いられ方をしているものもある[9]。

では、今日のいわゆる楽譜に相当するものは、唐代ではどのようなものであったのだろうか。現存する楽譜資料のうち最古のものは、七世紀から八世紀前半ころの唐写本「幽蘭琴譜」[10]である。これは指の位置や、絃の払い方についてすべて文字で記された七絃琴の譜で、一つの音を出すために長い記述を読まねばならず、五線譜のように見ながら演奏というわけにはいかない[11]。「周・隋自り已来、……惟だ弾琴家のみ猶お楚・漢旧声、及び清調・瑟調・蔡邕雑弄を伝う」（『旧唐書』音楽志）と、琴曲だけが古曲を伝えてきたことをみても、こうした琴譜は演奏のためというよりは、多く伝承のために用いられたと考えられよう[12]。

このような文字譜から、演奏に便利なように、文字をくずした記号で音を表わす減字譜へと移行したのは、唐代中期であるとされる[13]。減字譜で書かれたかどうかは現存しないのでわからないが、唐代には多くの琴譜があった。『旧唐書』経籍志や『新唐書』藝文志にはともに、「琴譜四巻　劉氏、周氏等撰」、「琴敍譜九巻　趙耶律撰[14]」、「琴譜二十一巻　陳懐撰」とある。『新唐書』藝文志にはさらに「陳拙大唐正声新址琴譜十巻」、「呂渭広陵止息譜十巻」、「李良輔広陵止息譜一巻」、「李約東杓引譜一巻」、「陳康士琴譜十三巻（字安道、僖宗時人）」などの数々の譜面の存在が記されているが、唐代中期以降のものがほとんどである[15]。さらに、かの嵇康の「広陵散」のごとき古曲も、伝承をもとにこのころ譜に記されたことが『崇文総目』巻一にみえる。

「廣陵止息譜一巻」は唐の呂渭の撰なり……河東の司戸参軍李良輔云うに、袁孝已窃かに聴いて其の声を写し、後ち其の伝絶つと。良輔　之を洛陽の僧思古より伝えられ、思古は長安の張老より伝えらる。遂に此の譜を著す、総て三十三拍、渭に至りて又た増して三十六拍と為す。

こうした琴譜の隆盛は、ほかの楽器の譜面の出現とも連動している。[16] 実際に残る楽譜資料[17]のうち、日本に伝わる「天平琵琶譜」（天平十九年（七四七）七月廿六日の日付がある写経料紙納受帳の紙背に書写）が唐琵琶譜最古のものである。[18] 同じく日本にある「五絃譜」には、その「夜半楽」の曲の終わりに「丑年潤十一月廿九日（宝亀四年、七七三年）石大娘」という書き込みがあり、収録された曲目も、盛唐の『教坊記』と共通するものが多く、七七三年以前に唐から将来された譜を編集書写したものと考えられている。さらにまた唐代の開元年間に「十二詩譜」という楽譜が存在したという宋人の記載もある。[19] こうした楽譜自体の記録は断片的ではあるが、盛唐から中唐への移行期に、当時の人々が楽譜によって音を伝承していたことを示唆している。では楽譜はどのように使用されたのか、次にみていきたい。

二　実用化される楽譜

楽譜の使用に関する記載がはっきりと現われるのも、中晩唐以降に書かれた玄宗にまつわる故事においてである。中晩唐人の意識のなかには、玄宗時期の宮中音楽はすでに楽譜とともにあった。例えば、玄宗は、それまでなかった楽譜をこしらえることに意を注いだとされる。晩唐の段安節『楽府雑録』「拍板」の条には以下のようにみえる。

> 拍板は本譜《もと》無し。明皇は黄幡綽をして譜を造らしむるに、乃ち紙上において両耳を画きて以て進む。上（玄宗）其の故を問うに、「但だ耳道のみ有れば、則ち節奏を失う無きなり」と対《こた》う。

ここでは「譜」よりも「耳」が大切と楽人黄幡綽はいうが、「造譜」ということが示されている点にこそ注目すべきであろう。拍板は節奏《リズム》を刻む楽器であり、盛唐以降多く用いられるようになるらしい。この新しい楽器のための「譜」がつくられようとしたと記されているのである。また盛唐に多く取り入れられたのは、亀茲楽を中心とした外来音楽であった。この亀茲楽の譜についての記載もある。

> 玄宗常に諸王を伺察す。寧王嘗て夏中に汗を揮いて鼓を輓き、読む所の書は乃ち亀茲楽の譜なり。上　之を知り、喜びて曰く「天子兄弟、当に酔楽を極むべきのみ」と。
>
> 『酉陽雑俎』前集巻一二　語資

寧王は亀茲楽の譜をよみながら、鼓を弾いていた、つまりここでも新たな曲の節奏《リズム》が譜によって伝達されていることが示されている。想像を許されるなら、こうもいえよう。最初、楽譜はとくに国外からもたらされたリズム感のある新たな音楽のために用いられたが、たちまち宮廷音楽全般にわたって使われるようになったのではないかと。ともかく、中晩唐の資料からは、玄宗の宮廷音楽における楽譜の使用が確認される。次の高駢の『劇談録』の記載は、安史の乱で成都へ逃れる途次に玄宗の作った曲を、お供の一役人がすぐさま譜に記したというものである。[20]

天宝十五載正月、安禄山反《そむ》き、洛陽を陥没す。……（上）力士に謂いて曰く、「吾　九齢の言を取らば、此に到らざるに」と。乃ち中使に命じて韶州に往きて、太牢を以て之を祭らしむ。因りて馬に上り遂に長笛を索めて曲に吹き、曲成りて潸然として流涕し、竚立すること之を久しうす。時に有司　旋《たちま》ち録して譜を成す。鑾駕の成都に至るに及び、乃ち此の譜を進めて曲名を請うも、上　之を記さず、左右を視て曰く、何の曲なるかと。有司　具に駱谷にて長安を望みて下馬するの後、長笛を索めて吹き出だすを以て対う。上　良や久しくして曰く「吾　省《つまびらか》にす、吾　九齢を思うに因り、亦た別に意有り、此の曲を名づけて謫仙怨と為すべし。」と。

『劇談録』巻下「広謫仙怨詞」

玄宗自身が音楽を創作し、宮廷音楽のレパートリーを拡げていったことは、「霓裳羽衣曲」の由来に関わる「玄宗　月宮に遊び、月中に天楽を聆く……黙して其の声を記し、帰りて其の音を伝う」（『太平広記』巻二六葉法善）の逸話にも象徴的に示される。こうした音楽好きの玄宗と彼が育てた楽人「梨園の弟子」[21]は、中晩唐の詩人の好む題材となった。そのなかに、音の伝承の手段として楽譜が描かれている。元稹の「何満子歌」（『元稹集』巻二六）には「梨園の弟子　玄宗に奏す、一唱して恩を承け羈網緩む。便ち何満将《も》て曲名と為し、御譜親ら題し楽府纂む」と、玄宗が宮廷楽人たちに教えた音楽は、譜の形に整えられていたことが窺えるのである。実際玄宗期に演奏された曲目は、『教坊記』に三百以上記されているようにかなりの数にのぼり、もはや楽人の耳からの伝承だけではこれらに対応できなくなっていたと考えられる。記譜が多用されるようになったのも当然のことではなかろうか。[22] さらに張祜「李漠笛」（『全唐詩』巻五一一）には「平時東のかた洛陽城に幸し、天楽宮中夜 徹明す、李漠の曲譜を偸むを奈《いかん》ともする無く、酒楼に笛を吹くは是れ新声[23]」とあり、宮中音楽が、譜によって記録されるとともに、また譜によって外部へももたらされたことも記されている。さらに王建「霓裳詞十首」その四（『全唐詩』巻三〇一）には「新譜を旋翻して声初めて足り、梨園を除却《のぞ》きて未だ人に教えず、宣して書家に与えて分手して為さしめ、中宮より馬を走らせ功臣に賜う」として、梨園より外へ、功臣のところへ音楽が下賜されるときにも、書工の手によって書き写された楽譜が使われたことが示されている。また同じく王建の「温泉宮行」（『全唐詩』巻二九八）の「梨園の弟子　曲譜を偸み、頭白人間に歌舞を教う」、呉融「李周弾箏歌」（『全唐詩』巻六八七）の「年将に六十にして藝《うた》転た精なり、自ら写す　梨園新曲の声」などの詩篇からは、中晩唐以後、梨園の曲が宮廷の外部においても伝承されつづけていったことが看取されるのである。このように中晩唐には、玄宗期の宮中音楽が確かに伝えられており、それを写す手段として譜が用いられた。そして音楽を伝承する存在として、年老いた梨園の楽人は譜とともに詩篇に描かれたのである。次にその楽人について考えてみたい。

三　楽人による音の伝承

唐以前の楽人に関する記載は、断片的で量も少なく、そのほとんどが歌と舞の描写に限られている。[24] 楽器を操る楽人が多く描かれるようになるのは、やはり唐の中期以降である。玄宗期には、宮中楽人とはいえ、素人を養成することも多かったことは、「平人の女　容色を以て選びて内に入れ、琵琶・五絃・箜篌・箏を教習する者、之を「搊弾家」と謂う」(『教坊記』)とあることからも窺える。だから楽器を習得するのにも時間がかかった。「宜春院の女　一日教え、便ち場に上るに堪うるも、惟だ搊弾家のみ彌月にしても成らず」(『教坊記』)。だが、一旦宮中での教習を終えたなら、彼らはプロの音楽奏者となれたのであった。ちなみに当時の宮中音楽に携わる者の数は数万とも言われている。(25) そして安史の乱という宮廷文化のひとつの断絶を経て、これらの宮中楽人たちは貴重な音の伝承者と化したわけである。白居易「江南遇天宝楽叟」(巻一二　0582)にみえる「白頭病叟泣き且つ言う、禄山未だ乱せざるとき梨園に入る。能く琵琶を弾き法曲に和し、多く華清に在りて至尊に随う……」は、元和十一年(八一六)～十三年(八一八)、白居易が江州司馬であった時の作品であるから、安史の乱からは六十年近くを経ているが、かつての宮中楽人と詩人との遭遇は実際あり得ることではある。しかし、晩唐の温庭筠にも「天宝年中　玉皇に事《つか》え、曾て新曲を将《も》て寧王に教う、鈿蝉金雁　皆な零落し、一曲伊州　涙万行」(「弾筝人」『全唐詩』巻五七九)とみえることから、楽人が伝える音を耳にすることによって喚起される失われた時代への懐古、という詩のモチーフができあがっていることも窺える。こうした開元天宝期の楽人からの音の伝承を描いたものに元稹の「琵琶歌」(『元稹集』巻二六)がある。

琵琶宮調八十一　　琵琶宮調　八十一
旋宮三調彈不出　　旋宮三調　弾けども出ず
玄宗偏許賀懷智　　玄宗偏に許す　賀懐智
段師此藝還相匹　　段師此の藝　還た相い匹《たぐ》う
自後流傳指撥衰　　自後流伝し　指撥衰え
崑崙善才徒爾爲　　崑崙善才　徒爾として為す

………

段師弟子數千人
李家管兒稱上足
管兒不作供奉兒
抛在東都雙鬢絲

………

管兒管兒憂爾衰
爾衰之後繼者誰
繼之無乃在鐵山
鐵山已近曹穆間
性靈甚好功猶淺
急處未得臻幽閑
努力鐵山勤學取
莫遣後來無所祖

………

段師の弟子　数千人
李家の管児　上足と称さる
管児は供奉の児と作らずして
抛《なげう》たれて東都に在り　双鬢絲のごとし

………

管児管児　爾の衰うを憂う
爾衰うの後　継ぐ者は誰なるか
之を継ぐは乃ち鉄山に在る無からんや
鉄山已に曹穆の間に近し
性霊甚だ好しきも　功猶お浅し
急処　未だ幽閑に臻るを得ず
努力せよ鉄山　勤めて学び取りて
後来をして祖とする所無からしむ莫かれ

楽人による音の伝承の形態は、最後の言葉「祖とする所」に特に強く表われている。開元天宝の賀懐智から段師、段師から管児、管児から鉄山というふうに音楽は師匠からの藝をうけつぐ形でつながっているのである。元稹の心配は鉄山がまだ藝の精髄を学び取っていないことにある。また、賀懐智の「琵琶譜」は、宋代までも伝承されており（『夢渓筆談』巻六　楽律二）、師匠からの音の伝授には、こうした楽譜が一役かっていたことが想像される。ともかく開元天宝時期の楽人が極めた藝を伝承するという形で、音は繋がっていったのであり、それは安史の乱以後の音の伝承のスタイルであった。また、『楽府雑録』「琵琶」の条に、「貞元中、王芬・曹保保有り、其の子善才、其の孫曹綱、皆な藝とする所を襲う」とあるのも、その「藝」の伝承を端的に示していよう。

安史の乱をへて、音は傳承され、宮廷から在野へ、都から地方へと拡散していったことも、楽人の軌跡をたどることによって明らかとなろう。『楽府雑録』の「歌」の条には、開元末に宜春院に所属していた永新という宮妓について記載がみえる。「直ちに曼声を奏し、是に至りて広場寂寂として、一人も無きが若く、喜ぶ者之を聞けば気勇み、愁う者之を聞けば腸絶つ」と。彼女は騒然としてしまった勤政楼での大酺の宴の場を、その歌声でしんとさせたほどの歌唱力の持ち主であった。しかし「漁陽の乱洎《よ》り、六宮星散し、永新は一士の得る所と為る。韋青は地を広陵に避け、月夜に因りて小河の上にて闌に憑るに、忽ち舟中に水調を奏（「奏水調」は、『太平御覧』巻五七三に引くところでは「唱水調」に作る）する者を聞きて曰く「此れ永新の歌なり」と。乃ち舟に登り永新と与に対泣すること之を久しうす」とみえるように、開元・天宝の宮中の音は、広陵の地へも運ばれたのである。かつては皇帝の側に仕えていたものが、一旦異変あらば、このように一介の士の所有物となるのは、宮妓や楽工のあわれな一面ではある。だが、それによって、宮廷の音は地方へと伝えられていったのである。

有名な杜甫の「江南逢李亀年」（『杜甫詳註』巻二三）も、玄宗に可愛がられた楽工李亀年が安史の乱によって江南へと逃れたことをいい、『明皇雑録』にも「其の後　亀年流れて江南に落ち、良辰勝賞に遇う毎に、人の為に歌うこと数闋、座中之を聞き、掩泣し酒を罷めざるなし」とあり、宮中楽人の離散にともなって宮廷音楽が地方へと拡散していったことがうかがえる。そしてそれは地方で定着していった。杜甫の「観公孫大娘弟子舞剣器行并序」（『杜甫詳註』巻二〇）には「大暦二年（七六七）十月十九日、夔《き》州別駕元持の宅に、臨潁李十二娘の剣器を舞うを見、其の蔚跂を壮とす。其の師とする所を問うに、曰く「余　公孫大娘の弟子なり」と。」とみえる。開元天宝の宮廷で活躍した公孫大娘は、その詩中に「晩に弟子有りて芬芳を伝う」というように、弟子を持ち、その藝を伝授していた。その弟子のひとりが夔州の地で舞を披露する。それは地方の音楽文化の成長に繋がったのである。(26)

この都から地方への音の伝承は、その後も楽人を通してなされた。例えば江州で書かれた白居易「琵琶引并序」（巻一二　０６０２）には「其の人を問うに、本と長安の倡女にして、嘗て琵琶を穆・曹二善才に学ぶ……」とあり、琵琶妓の藝がもともと都のものであることを示している。李紳「悲善才　并序」（『全唐詩』巻四八〇）でも、同じく「余　郡を守るの日、客の遊ぶ者有り、善く琵琶を弾く。其の伝えられし所を問うに、乃ち善才の授けし所なり」とあり、穆・曹善才は都での琵琶藝の発信者であることが示されている。また、劉禹錫「泰娘歌并引」（『劉禹錫集箋証』巻二七）でも、武陵郡で会った泰娘という妓女について、「泰娘は本《もと》韋尚書家の主謳なる者にして、初め尚書　呉郡為りしとき之を得、楽工に命じて之に琵琶を誨え、之をして歌い且つ舞わしむ。幾何《いくばく》ならずして、尽く其の術を得たり。居ること一二歳にして、之を携えて以て京師に帰る。京師新声善工多く、是に于いて又た故技を捐去し、新声以て曲を度し、而して泰娘の名字は往往にして貴游の間に称さる。元和初め、尚書は東京に薨《みまか》り、泰娘は出でて民間に居る……」という。これは当時の都中心の音の文化を象徴的に表わしてもいる。呉郡でみつけた泰娘に、その地で音楽を教習させたものの、都へ連れて帰れば、都の音の優れたものにはかなわず、そこで都の音を身につけた泰娘は一躍トップスターに。しかしパトロンの死とともに、民間に、そして地方へと流浪することになるのである。これによってまた都の音が地方へと浸透していったことは確かである。[27] では、中唐以降の都と地方の音の媒介役としての楽譜についても以下に考察してみたい。

四　都と地方の音のつながり

楽譜によって音を伝達するためには、送る側と受け取る側とに共通の知識がなくてはならない。都と地方が、また地方と地方が楽譜によって音を伝達するには、地方の音楽文化の成長が不可欠であった。方干の「江南聞新曲」(『全唐詩』巻六五三)に、「楽工長安の道を識らざるも、尽く是れ書中にて曲を寄せ来たる」というように、楽譜が江南へ送られ、都の音が届けられる。江南ではこれを習い覚えて演奏する。その段階までに地方の音楽文化の育成を助けたのはやはり都から逃れた楽人であった。例えば節度使の王虔休がそのお抱え楽人劉玠に音楽をつくらせて徳宗に献上した以下の記載をみてみよう。

(虔休)嘗て誕聖楽曲を撰じて以て進む、其の表に曰く「……適たま音を知る者有るに遇い、臣と論ずるに楽章に及び、微を探り奥を賾《ふか》め、理を窮め性を尽くす。臣乃ち「継天誕聖楽」一曲を造らしむ。大抵宮を以て調と為し、五音の君を奉じるを表わすなり。土を以て徳と為し、五運の中に居るを知るなり。凡そ二十五遍、二十四気に法《のつと》りて一歳を成すに足るなり。毎遍一十六拍、八元・八凱の朝に登庸するを象るなり……其の造る所の譜、謹んで同に封進す」と。先時《さきに》、太常楽工の劉玠の流落して潞州に至る有り、虔休因りて此の曲を造らしめ以て進む、今の中和楽　此に起れり。(『旧唐書』巻一三二　王虔休伝)

劉玠はもともと太常寺の楽工であった。ここには、まず宮中からの楽人の流出によって、地方にも音楽文化の土壌ができ、次の段階として地方から宮中に向けて、楽譜というものをその媒介とし音楽が送られてくるようになることが示されている。譜の形で送られた地方から皇帝への贈り物としてはほかに、「元和八年十月　壬辰、汴州韓弘撰する所の「聖朝万歳楽譜」を進む、共に三百首」（『旧唐書』巻一五憲宗紀）も挙げることができる。さらにまた楽譜を媒介として、外来音楽を取り入れることも可能となる。薛涛のパトロンとしても有名な韋皐についての故事をみてみよう。

韋皐　四川に鎮し、奉聖楽曲を進め、兼て舞人曲譜と同に進む、京に到るや、留邸に按閲し、教坊数人潜かに窺い、因りて先に進むるを得たり。

『太平広記』巻二〇四　（『盧氏雑説』からの引用）

これは『新唐書』礼樂志の記載[28]によると、貞元の時のことで、南詔の異牟尋が剣南西川の節度使の韋皐に使者を遣わして夷中の歌曲を献上したとある。その南詔の異牟尋が献上したものに、韋皐の側で手を加えて、「南詔奉聖楽」を作ったのである。それは黄鐘から始まるオクターブを用い、楽人六十四人、羽を執りて舞い、「南詔奉聖楽」という文字を作って字舞をなしたというから、極めて中国化されたものと言えよう。南詔国にすでに楽譜があったわけではなく、四川の韋皐が、「曲譜」を作ったことが示されている。同じく『新唐書』礼楽志には、貞元十七（八〇一）年に驃国の王である雍羌が弟の悉利移と城主の舒難陀に音楽を献上させたとみえるが、そのことは『新唐書』巻二二二下南蛮伝には「成都に至りて、韋皐復た其の声を譜次す」とあり、これも韋皐の側で譜に記された例である。これらのことは別の面からみれば、成都にそれだけ都の音に精通した楽人が存在したことを示している。

地方の音楽文化の成熟は、楽譜を読むことが一般化していることによっても示されよう。楽譜を記して郵便で送り、音を届ける、宋代の王灼『碧鶏漫志』巻五に書かれた唐代の逸話をみてみよう。(29)

> 麦秀両岐……文酒清話に云う「唐の封舜臣は性軽佻なり、徳宗の時に湖南に使いし、道に金州を経るに、守 張楽して之を燕す、盃を執りて麦秀両岐曲を索むるに、楽工能はず、封 楽工に謂いて曰く「汝山民、亦た合に大朝音律を聞くべし」と。守 為に楽工を杖す。復た行酒し、封 又た此曲を索む。楽工前《すす》みて、「侍郎に乞う一遍を挙げられんことを」と。封 為に唱徹し、衆已に尽く記せり。是に於いて終席此の曲を動《な》す。封 既に行き、守 密かに曲譜を写し、封の燕席事を言い、郵筒中に送りて潭州の牧に与う。封 潭に至り、牧 亦た張楽して之を燕するに、倡優 襤褸数婦人を作し、男女筐筥を抱き、麦秀両岐の曲を歌い、其の拾麦勤苦の由を叙す、封 面は死灰の如く、帰りて金州を過ぐるも、復た言わざるなり」。今世伝わる所の麦秀両岐は、今は黄鐘宮に在り。唐の『尊前集』は和凝の一曲を載せるも、今曲と類せず。

この「麦秀両岐」は、『教坊記』にも載っている盛唐の音楽であり、のちには宋詞の曲牌ともなっている。この例は、盛唐の音楽と詞の曲牌の共通性を考えるうえで興味深い。盛唐当時の曲がそのまま伝承されていくというよりは、あるものの記憶のなかにあった音楽が楽工によって再生されていくというプロセスをへて、原曲とは少なからず異なったものとなっている可能性もある。しかしこの段階で「曲譜」に写され、ひとつの形となっていることが重要であり、それゆえに和凝の詞などに残ったのではなかろうか。では次に中晩唐の詩人と楽人・楽譜の関わりをみることを通して、填詞の興隆を考察してみたい。

五　楽譜と変調

中唐の填詞の作者である文人は楽譜をどのように認識していたのか。以下白居易の例をみてみたい。白居易が元稹の詩に和した形で宝暦元年（八二五）蘇州刺史の時に作った「霓裳羽衣歌」（巻二一　2202）には、やはり開元天宝期由来の「霓裳羽衣曲」が当地で教習されることが記されている。そして「霓裳羽衣譜」と題された元稹からの長歌についての記述のなかに、彼らが「譜」をどのように捉えていたのかが垣間見られよう。

……　　　　……

唯寄長歌與我來　　唯だ長歌を寄せて我に与えて来り
題作霓裳羽衣譜　　題して霓裳羽衣譜と作す
四幅花牋碧間紅　　四幅の花牋　碧間の紅
霓裳實錄在其中　　霓裳実録　其の中に在り
千姿萬狀分明見　　千姿万状　分明にして見《あらわ》れ
恰與昭陽舞者同　　恰も昭陽に舞う者と同じ
眼前髣髴覩形質　　眼前髣髴として形質を覩るに
昔日今朝想如一　　昔日今朝　想うに一なるが如し
疑從魂夢呼召來　　疑うらくは魂夢に従いて呼び召し来るかと

似著丹青圖寫出　丹青に著わし図《えが》き写し出すに似たり

………　………

由來能事皆有主　由来能事は皆な主有り

楊氏創聲君造譜　楊氏は声を創り　君は譜を造る

………　………

李娟張態君莫嫌　李娟張態　君嫌う莫かれ

亦擬隨宜且教取　亦た擬す　宜に随いて且《しばら》く教取せんことを

「楊氏創声　君造譜」、つまり音楽は最初から譜に写され作られたのではなく、本来の創作者と、それを譜に写す者とが明確に分けられている。後者が「造譜」なのである。すでに存在しているある曲を譜に写すのが「造譜」であることが明示されている。ここに開元・天宝の遺曲が中晩唐になって再生されるひとつの形をみることができる。「霓裳実録　其の中に在り、千姿万状　分明にして見《あらわ》れ」、「恰も昭陽に舞う者と同じ、昔日今朝想うに一なるが如し」とあるように、元稹が送ってくれた「霓裳羽衣曲譜」と題された長歌は、過去にみた舞を忠実に叙述したものであったようである。そしてこの譜を手掛かりに、蘇州の妓女たちに「霓裳羽衣曲」を教えて楽しむ白居易の姿、そこに楽譜の着実なひろまりと、開元天宝期由来の曲の地方への拡散の状況をも看取できよう。白居易は「代琵琶弟子謝女師曹供奉寄新調弄譜」（巻三二　３１７５）という詩篇のなかにも、琵琶の楽譜について言及している。それは手紙のような形で、長安から太子賓客分司として洛陽に住む白居易のもとへと伝達されたものである。向達氏「唐代長安与西域文明」（『唐代長安与西域文明』明文書局、一九八一年所収）によるとその題名の曹供奉とは琵琶の名士曹綱一家の係累のものともされており、そうであれば、都の音を代々継承してきた楽人のひとりとして、女師曹供奉も、「新譜」をつくりあげることもあれば、「旧譜」で教習させることもあったと想像される。

琵琶師在九重城　　琵琶師は九重城に在り
忽得書來喜且驚　　忽ち書を得来りて喜び且つ驚く
一紙展看非舊譜　　一紙展看するに旧譜にあらず
四絃翻出是新聲　　四絃翻出するは是れ新声なり
蕤賓掩抑嬌多怨　　蕤賓　掩抑するに　嬌として怨み多く
散水玲瓏峭更清　　散水　玲瓏なるに　峭として更に清し
珠顆淚霑金捍撥　　珠顆の涙霑す　金の捍撥
紅粧弟子不勝情　　紅粧の弟子　情に勝えず

自注には「蕤賓、散水は皆な新調名なり」とあるように、ここで「新声」といわれているものは、実は調子が新しいのであり、新曲ではない。「旧譜」があるからこそ、このように調子を変えた「新譜」が作られると考えられる。同じ曲も短調と長調で感じが違うように、その曲調が異なることで新鮮味を出していたのである。例えば唐初期からみえる「傾杯楽」という曲を、晩唐において宣宗が製作したという記載があるが、それについて宋の『近事会元』巻四では、「恐らくは先の者は是れ宮調にして、後来宣宗の他調に転じて之を製るなり」と解している。調子を変えることは、新曲の製作にも値しているようである。有名な「涼州曲」についても、『楽府雑録』「胡部」の条に「涼府の進む所、本と正宮調に在り、……貞元初めに至りて、康崑崙が琵琶玉宸宮調に翻入せしむ、初め曲を進むるに玉宸殿に在り、故に此の名有り」といい、「玉宸宮調」という調子が当時作られたものであり、その調名にも工夫が凝らされていることが窺える。(30)さらに「琵琶」の条には古曲の「録要」について、康崑崙が「一曲新翻羽調の録要を弾く」と、段善本の扮する女郎が「我れ亦た此の曲を弾かん、兼ねて移して楓香調中に在り」として演奏し、康崑崙を驚嘆させたという記載がある。(31)古曲でも「新翻羽調」と調子を改めてひけば新鮮味があり、「楓香調」(32)などとさらに凝った調子が持て囃されただろうと想像される。

調子が新たになった「新声」に関しては、白居易の填詞で知られている「楊柳枝詞」もとりあげられよう。「楊柳枝」はもともと『教坊記』にもみえ、「折楊柳」などは古曲でもあるが、大和八年（八三四）に書かれた「楊柳枝二十韻」（巻三二　3190）には、題下注に「楊柳枝は、洛下の新声なり。洛の小妓に善く之を歌う者有り、詞章音韻、聴いて人を動かすべし、故に之を賦す」といい、その当時の「新声」とある。その詩篇には「楽童　怨調を翻し、才子　妍詞を与う」とみえ、やはり調子を変えたものを「新声」と呼んでいる例と考えられよう。さらに「楊柳枝詞八首」の其一（3138）には「古歌旧曲　君聴く休かれ、聴取せよ　新翻の楊柳枝」とあり、「新声」は「新翻」にもかさなっている。村上哲見氏は「楊柳枝詞考」で「「新翻」は、やはり改編の意と解しておくのが穏当であろうかと思う」と結論づけておられる。(33)その改編の内容のひとつとして、変調がまずあげられるのではなかろうか。白居易は洛陽分司となった晩年のころには多くの楽人を抱えて優雅な遊びを楽しんでいたことが知られている。開成元年（八三六）に作られた「残酌晩餐」（巻三三　3240）の詩篇にも「舞は看る　新翻の曲、歌は聴く　自作の詞」とあるように、楽人によって改編された曲に、自ら歌詞を付していったのが、彼の填詞の遊びであったと思われる。(34)

六　楽譜とリズムの転換

調子を変えることのほかに、リズムの変化[35]によっても、「新声」は誕生した。『楽府雑録』「歌」の条には、大暦中に将軍韋青がその妓女の張紅紅に「長命西河女」という曲を覚えさせた逸話が以下のようにみえる。

嘗て楽工の自ら一曲を撰する有り、即ち古曲長命西河女なり、其の節奏《リズム》を加減するに、頗る新声有り。未だ進聞せざるに、先に青（韋青）に印可せり、青　潜かに紅紅をして屏風の後にて之を聴かしむ。紅紅乃ち小豆の数を以て合せ、其の節拍を記す。楽工歌罷みて、青　因りて入りて紅紅に如何なるかを問うに、云う已に得たりと。

ここにみえる「長命西河女」の曲は、『教坊記』にも「長命女」としてみえるものである[36]。しかし「一曲を撰す」というように、その節奏を変えるだけでまるで新曲を作ったかのように扱われ、「頗る新声あり」と記されている。そして記譜のポイントはこの節奏の記録にあったが、もとの曲が記されていたからこそ、あとは小豆を置いてリズムの変化をチェックするだけですんだとも考えられる。おなじく『楽府雑録』の「琵琶」の条に楽吏の楊志についての記載があり、それは楊志の姑がもとは宣徽院[37]の出身であるにもかかわらず、その藝を教えてくれないので、ひそかに姑が演奏しているときにそれを記して覚えたというものだ。「其の姑の弾弄を窃に聴き、仍りて脂鞓帯を繋け、手以て帯に画きて、其の節奏を記し、遂に一両曲調を得[38]」、帯に記したのはやはり節奏であり、それによって曲を習得したのである。

　この記譜のポイントとなる節奏は、填詞を行う際にも重要となった。上述の白居易「霓裳羽衣歌」のなかでも、自注で節奏つまり「拍」について多く触れられている。例えば「散序六遍は拍無く、故に舞わざるなり」、「中序に始めて拍有り、亦た拍序と名づく」、「凡そ曲の将に畢わらんとするは、皆な声拍促速なり、唯だ霓裳の末のみ、長く一声を引くなり」などであり、それによって「拍」のある部分とない部分が曲のなかに存在することなどがわかる。この節奏のある部分に填詞をしたであろうことは、李太玄「玉女舞霓裳」（『全唐詩』巻八六二）の「舞勢　風に随い散じ復た収む、歌声　磬に似て韻還た幽、千迴す赴節填詞の処、嬌眼波の如く鬢に入りて流る[39]」とあるものからも窺える。有名な劉禹錫「和楽天春詞依憶江南曲拍爲句」という詩篇についても、村上哲見氏は、「彼等は「詩」の体格などは全く念頭におかず、純粋にこの曲調（曲拍）に合わせて作詞したのであり、右の注記〔「依憶江南曲拍爲句」の部分〕は、そのことを明示した最初のものとして重視すべきである」と述べられている[40]。

　節奏のあるものに歌詞を付す詩人たちの姿は、ほかに「楊柳枝」「竹枝詞」などにもはっきりと表われている。上述の白居易「楊柳枝二十韻」には「袖は収声の為に点じ、釵は赴節に因りて遺《お》つ、重重　遍　頭に別ち、一一　拍　心に知る」と楊柳枝を舞う妓女のようすが書かれているのだが、ここに「一一　拍　心に知る」というように、舞踏は拍、すなわちリズムが要となり、それがひいては、歌詞を作るのにも重要となったのである。また、劉禹錫「竹枝詞」も、その「引」の部分で、「里中の児　竹歌を聯歌し、短笛を吹き、鼓を撃ちて以て赴節す」といい、それが「踏歌」のスタイルで唱われたことを示しており、リズムをはっきりともっているものに填詞しやすいことは明らかである。「拍」は重要であった[41]。そしてこの「拍」を記すのが楽譜の大切な役割であったことを合わせて考えると、中晩唐期に楽人によって伝承された音楽が、譜に記されることとなり、その節奏のはっきりしたことによって、一層填詞を容易にさせるようになっていったのではないかと推測されるのである。(42)

七　中晩唐填詞制作と楽譜

以上のように、開元天宝期の音楽は、楽人の間で師から弟子へとうけつがれ、都から地方へと伝播していき、その間に曲自体も、調子やリズムを変えて新鮮味を付与されていったのである。それは中晩唐人にとって十分に魅力的なものであり、填詞が現われる条件は整っていたのであった。そしてこの楽譜と楽人による音の伝承が、本章の冒頭で問題とした楽府にはなかった詞の特徴ではなかろうか。また、詞牌となって後世受け継がれていくのも、こうした音の伝承形態が定着していくからだと思われるのである。

その後の音の伝承については、例えば、晩唐の南卓『羯鼓録』に、「広徳中、前双流県丞李琬なる者亦た之を能くす。……嘗て夜羯鼓の声を聞くに、曲頗る妙なり……今但だ旧譜数本を按じて之を尋ぬるに、竟に結尾の声無く、故に夜夜之を求む」とみえる。羯鼓を演奏できるものが、旧譜を手掛かりにして音を再生しようと試みる。その姿勢が、後にも受け継がれていくのではなかろうか。多くの曲譜が伝承されていったことは、『玉海』巻一〇五にみえる「後周正楽」に、「八十四巻具に曲譜を存す」とあることからも窺える。また、馬令『南唐書』巻六「女憲伝」にも「唐の盛時、霓裳羽衣は最も大曲為り、乱に罹い瞽師職を曠《す》て、其の音遂に絶つ、後主独り其の譜を得るのみにして、楽工曹生亦た琵琶を善くし、譜を按じて粗《ほ》ぼ其の声を得るも、未だ善を尽さざるなり」とあり、唐代の楽譜はその後の時代の楽工によって、解読されていった。それは正確な復元というより、その時に可能な解釈がなされていったというほうが妥当であろう。

宋代にみえる唐楽譜についての記載は、往々にしてそれがよく解読できないという嘆きとともにある。その最たるものは、沈括『夢渓筆談』楽律一の「今、蒲中逍遙楼楣上に唐人の横書ありて、梵字に類し、相い伝うるに是霓裳譜なりと。字訓通ぜず、是非を知るなし」であろう。譜はよくわからないが、それが伝えられており、唐と繫がっているのである。『碧鶏漫志』巻四にも「予 諸楽工に問うに、「旧く凌波曲譜を見るに、何宮調なるかを記さざるなり、世伝えて之を用いて歌吹し、能く鬼神を招来す、是に因りて久しく廃す」と云う」とある。ここでは、楽譜の管理は楽工に委ねられ、何宮調かもわからないのだが、それを記し留めておこうとしているようである。『夢渓筆談』巻六の楽律二には、「予 金陵の丞相の家に唐の賀懐智の琵琶譜一冊を得る……懐智琵琶譜の調格は今楽と全く同じからず。唐人の楽学精深にして、尚お雅律の遺法有り。今の燕楽は、古声多く亡び、而して新声大率《おおむね》皆な法度無し。楽工自ら其の義を言う能はざれば、如何にして其の声の和なるを得んや」とみえ、唐代と宋代ではすでに音楽の調子も異なっているのだが、なんとか唐代のものによって再生したいという意識が伝わってくる。南宋の詞の大家である姜夔も、このような意識をもっていたらしい。「霓裳中序第一」の題下注に以下のようにみえる。

楽工の故書中に商調「霓裳曲」十八闋を得、皆な虚譜にして詞無し。沈氏の楽律を按ずるに、「霓裳」は道調なるも、此は乃ち商調なり。楽天の詩に云う「散序六闋」、此は特に両闋なり、未だ孰が是なるかを知らず。然れども音節閑雅にして、今曲に類せず。予 尽く作す暇あらずして、中序一闋を作りて世に伝う。

（『白石道人歌曲』巻四）

ここでもやはり楽譜を有しているのは楽工であり、調子や関数の面で不安はあるものの、姜夔はこれによって音を再生しようとしているのである。そこには唐代の音に繋がろうという意識がはたらいているように感じられる。しかし、音の正確な復元ということにはあながちにこだわらず、それをその場その場で解釈しなおしていくのである。沈義父『楽府指迷』「腔以古雅為主」の条にも「古曲譜は多く異同有り、一腔に両三字の多少有る者、或いは句法長短等しからざる者に至りては、蓋し教師に改換せらる。……」と示されている。ここにいう教師とは音楽を教習する楽工のことであり、音は楽工によって解釈しなおされながら再生していった。もちろん楽譜だけではなく、詞譜というものもあらわれ、音がなくても詞が作られることにもなるのだが、譜がひとつの根底となり[43]、その上に詞牌が成立し継承されていったとみることができるのではなかろうか。

詞の起源についてはさまざまに言われているが、詞の作者たちは、開元天宝からの繋がりを意識していたのであろう。詞の亀鑑となった『花間集』が、その序で温庭筠の作品よりさきに「明皇朝に在りては則ち李太白の応制清平楽調四首有り」と取り上げていることや[44]、『尊前集』が玄宗の「好時光」ではじまっていることなども、それを裏付けている。そして開元天宝からの繋がりがこうして意識されるのは、本章でみてきたような音の伝承がその大きな要因として考えられるのである。

（1）村上哲見「教坊記弁附望江南菩薩蛮小考」（『中国文学報』第十冊、一九五九年）には、崔令欽著の『教坊記』は、玄宗の崩じた宝応元年（七六二）の前後に成立したものと考証されている。

（2）本章第Ⅲ部第一章「詩が語る唐代音楽」。

（3）村上哲見『宋詞研究』（創文社、一九七六年）に、「清楽は六朝以來の（理念的には漢魏以来と称する）伝統的な楽調であるから、つまりはこれこそが楽府の曲であった」（七五頁）、「清楽系に非ざる曲の辞は、詞（歌辞）ではあっても楽府とは異質のものと考えられたに違いない。」（七六頁）とみえる。そして、『宋代詩詞』（角川書店、一九八八年）にも、中原健二氏が「宋代の詞」の総説のところで、「盛唐ごろまでに、燕楽は胡楽系音楽によってほとんどを占められるようになったと考えられる。そのため、旧来の燕楽に属していた楽府の音楽はすっかり衰えてしまい、楽府は歌唱を前提としない古体詩の一形式となった。こうして楽府に代わる形で新しく起こった歌辞が、曲子詞、のちに詞とよばれるものであった。」（二四八頁）とある。

（4）陰法魯「関于詞的起源問題」（『北京大学学報』一九六四年第五期、『詞学研究論文集』上海古籍出版社、一九八二年再録）では「相思引」「長相思」などの琴曲や、「後庭花」などが、清楽が詞の曲として用いられる例として挙げられている。

（5）最初の楽譜と考えられてきた「声曲折」については、修海林「声曲折概念的重新界定与音韵学研究視点」（『音楽研究』一九九九年第一期）が疑義を提示しており、その説を含めてこれまでの研究をまとめたものとしては、王徳塤「声曲折研究評述」（『音楽研究』一九九九年第二期）がある。また楽譜については、薛宗明『中国音楽史楽譜篇』（台湾商務印書館、一九八一年）に整理されている。

（6）姚振宗『隋書経籍志考証』（『二十五史補編』所収）

（7）『隋書』巻一六律暦志に「蕭吉楽譜云「漢章帝時、零陵文学史奚景、於冷道県舜廟下得玉律、度為此尺」とあり、楽譜の内容が窺える。

（8）羽塚啓明「楽書要録解説」（『東洋音楽研究』第二巻）参照。

（9）『旧唐書』巻二八音楽志に「太常又有別教院、教供奉新曲。太常毎凌晨、鼓笛乱発於太楽署。別教院廩食常千人、宮中居宜春院。玄宗又製新曲四十余、又新製楽譜」とあるのも太常寺掌管の音楽についてのべたものであり、雅楽の楽譜と捉えられよう。また『宋史』巻一二八楽志にも范鎮の言として「自唐以来至国朝、三大祀楽譜並依周礼、然其説有黄鐘爲角、黄鐘之角。黄鐘為角者、夷則爲宮、黄鐘之角者、姑洗為角。十二律之於五声、皆如此率」とあり、やはり「楽譜」というのは、律呂を記したもの、それによって導かれる調律を記したものと考え得る。また『玉海』巻一〇五「崇政殿観太常新楽」には「景徳三年（一〇〇六）八月四日楽成甲戌宗諤綸引太常楽工詣崇政殿、設宮架作新習雅楽、上召親王輔臣列侍以観、宗諤執楽譜立御前、承旨先以鐘磬按律準次……」とある。

（10）丘明（四九三～五九〇）から伝えられたとされる「碣石調・幽蘭」の写本は、京都の西賀茂の神光院に保存されていたが、現在は東京国立博物館で管理されている。王徳塤『中国楽曲考古学理論与実戦』（貴州人民出版社、一九九八年）によると、その書写年代は、この七六二～七七九年とされている。しかし、一九九九年一一月六日に行われた「幽蘭研究国際シンポジウム」（於　東京駒場日本近代文学館ホール）での東京国立博物館の富田淳氏の「碣石調・幽蘭第五について」の発表では、この譜が七世紀から八世紀前半にかけての唐写本であると結論づけられており、小論では富田氏の説によった。

(11)『徂徠集』巻二三「与藪震菴　第四」に「嘗訪諸狛近寛、渠家有猗幽蘭譜、予借而覧之、乃隋人作、桓武以前筆蹟、其譜与明朝琴譜大異、乃知古楽中華失伝、而我邦有之。按其譜而鼓琴、亦容易耳」とある。徂徠が明朝譜より「幽蘭譜」のほうが容易とのべていることについて、吉川良和「物部茂卿琴学初探」（『東洋文化研究所紀要』第九二冊）の論考では、徂徠にとっては明朝譜より、文章として意味をもつ「幽蘭譜」の運指法の順序を解説しやすかったとされている。

(12)増田清秀「隋唐における古曲の伝唱」（『大阪学藝大学紀要』一九五七年、第一六号）には、「唐代はその半ばにして、漢魏以来伝唱の清商三調は勿論、南朝の歌曲すらも、宮廷から姿を消した。けれどもこの宮廷における歌曲の盛衰とは別に、漢魏以来永く士庶人の間で、相伝されてきたものは琴曲であった」として、その伝承を論じている。

(13)『太音大全集』巻五（中国古代版画叢刊、上海古籍出版社、一九八八年所収）の「字譜」の条に、曹柔の減字譜について「趙耶利出譜両帙、名絫古今、尋者易知先賢制作意取周備、然其文極繁、動越両行、未成一句。後曹柔作減字法、尤為易暁也」とみえる。詳しくは許健編著『琴史初編』（人民音樂出版社、一九八二年）参照。晩唐には琴譜が定着していたことは、杜牧「貽隠者」の「信譜弾琴誤、縁崖斸薬難」（『全唐詩』巻五二六）などにも窺える。

(14)『日本国見在書目録』（小長谷恵吉『日本国見在書目録解説稿』（小宮山書店、一九五六年）によると貞観一七年（八七五）かその翌年の撰述とする）にも「琴用手法一巻」「雑琴譜百廿巻」「弾琴用手法一巻」などがあり、日本へは琴譜も多く伝来していた。菅原道真の詩篇「停習弾琴」（『菅家文草』巻一・三八）に「心を専にすれども利あらず　徒に譜を尋ぬ、手を用ゐれば迷うこと多し　数しば師に問ふ」とあるところからも、譜の定着が窺える。

(15)陳拙については、『登科記考』巻二四によると、唐の昭宗の天復四年（九〇四）に登第とある。呂渭については、『旧唐書』巻一三七に伝があり、貞元時期の人とある。陳康士については、『崇文総目』巻一「琴譜叙一巻」の条に「原釈陳康士等撰、康士字安道、以善琴知名、嘗撰琴曲百篇、譜十三巻、進士姜阮・皮日休皆為叙以述其能、康士譜今別行」とみえる。

(16)陳暘『楽書』巻一一九に「御制韶楽集中、有正声翻訳字譜、又令鈞容班部頭任守澄、并教坊正部頭花日新、何元善等、注

入唐来讌楽半字譜、凡一声先以九絃琴譜対大楽字、并唐来半字譜、並有清声……」として、「讌楽半字譜」というものが唐代からあったことが書かれている。これについて、丘瓊蓀『燕楽探微』（上海古籍出版社、一九八九年）三五四頁では、敦煌琵琶譜や日本に蔵された天平琵琶譜や五弦譜もこの「讌楽半字譜」のようなものであろうと指摘している。

(17) 日本に残る唐の楽譜については、林謙三『雅楽　古楽譜の解読』（音楽之友社、一九六九年）、寺内直子『雅楽のリズム構造――平安時代末における唐楽曲について』（第一書房、一九九六年）に詳しい。具体的には「大田丸宜陽殿譜」（大田丸は嵯峨天皇（七八六～八四二）の笛師）や、清和天皇第四皇子・貞保親王（八七〇～九二四）の「新撰横笛譜」（南宮横笛譜）〔「新撰楽譜」の跋文には、貞保親王譜について「貞保親王譜、方別有。嵯峨院雑色、舟部頭麻呂手也。大唐、貞元年中、入唐所習伝也。与今手、尤相異也。其譜又亡失也」とあるゆえに、貞元年間に日本に伝えられたものがあったことがわかる。〕、醍醐天皇孫・源博雅（九一八～九八〇）の「新撰楽譜」（博雅笛譜）などがある。

(18) 戸倉英美・葛暁音「天平琵琶譜「番假崇」調性新探」（『中華文史論叢』第五八輯、一九九九年）では、天平琵琶譜と五弦譜との調律が等しいことを解明し、林謙三氏などの従来の研究に新たな見解を付け加えている。

(19) 朱熹『儀礼経伝通解』（四庫全書）に趙彦粛の伝えた唐代の開元年間の「風雅十二詩譜」がみえる。趙子敬の伝える「十二詩譜」が、唐の開元年間の郷飲酒で歌われたものであったという記載は『朱子語類』巻九二「楽」のところにもみえる。

(20) 『唐語林』巻四にも記録があるが、若干の異同がある。音に関するところだけあげれば「既而取長笛吹自製曲、曲成復流涕、詔楽工録其譜。至成都、乃進譜而請名、上已不記、顧左右曰「何也」。左右以駱谷望長安索長笛吹出対之。良久、上曰「吾省矣、吾因思九齢、可号為謫仙怨」とある。

(21) 梨園については、任半塘「梨園考」（『唐戯弄』〔上海古籍出版社、一九八二年〕所収）に詳しく書かれているが、梨園は数百人の楽人を擁する規模のものであった。

(22) 徳丸吉彦「楽譜の本質」（『楽譜の世界』〔日本放送出版協会、一九七四年〕１「楽譜の本質と歴史」所収）は、バロック時代の音楽家の多作と楽譜の関係を述べている。

(23) 李謨については、元稹「連昌宮詞」（『元稹集』巻二四）に「李謩擫笛傍宮牆、偸得新翻数般曲」とあり、自注では「又玄宗嘗於上陽宮夜後按新翻一曲、属明夕正月十五日、潜遊燈下。忽聞酒楼上有笛奏前夕新曲、大駭之。明日密遣捕捉笛者、詰験之、自云「某其夕窃於天津橋玩月、聞宮中度曲、遂於橋柱上挿譜記之。臣即長安少年善笛者李謩也」とある。ちなみに『唐文粋』に所収されたものではこの記譜の部分が「遂於天津橋柱以爪画譜記之」とある。
(24) 例外としては、川上子『中国楽伎』（上海音楽出版社、一九九三年）によると、北斉の後主高緯の時、曹僧奴が琵琶をよくする自分の娘を宮中に入れたという記載がある。西晉の石崇の楽伎緑珠の弟子に簫がうまい宋緯がいたこと、羊侃の家に箏をひく大善という樂人がいたことなど、陸亀蒙『小名録』にみえる。
(25)『新唐書』礼楽志には「唐之盛時、凡楽人、音声人、太常雑戸子弟隷太常及鼓吹署、皆番上、総号音声人、至数万人」とみえる。
(26) 楽工、妓女の流寓が、地方の音楽文化の水準の向上に繋がったことは、齋藤茂『教坊記・北里志』（平凡社、東洋文庫、一九九二年）の解説の部分でも指摘されている。
(27) 地方の楽人についても、『雲谿友議』巻下「艶陽詞」と「温裴黜」の条に、劉採春、周徳華親子の記載がみえる。
(28)『新唐書』礼楽志に「貞元中、南詔異牟尋遣使詣剣南西川節度使韋皐、言欲献夷中歌曲、且令驃国進楽。皐乃作南詔奉聖楽」とある。
(29) この話は、『太平広記』巻二五七「封舜卿」の条にもみえ、そこでは五代梁の時代のこととしてあり、封舜卿の唱った「麦秀両岐曲」を楽工が「写譜」して伝えるように書かれている。
(30)『碧鶏漫志』巻三には、「唐史又云、其声本宮調、今涼州見于世者凡七宮曲、曰黄鐘宮、道調宮、無射宮、中呂宮、南呂宮、仙呂宮、高宮、不知西涼所献何宮也」とあり、宋代に至り、涼州曲の演奏にも多くの調子がみえる。
(31) この部分は譚帆『優伶史』（上海文芸出版社、中国社会民俗史叢書、一九九五年）でも引かれている。そこでは師匠から弟子への藝の伝授の例として特に挙げられている。
(32) 開成三年（八三六）唐に渡った藤原貞敏が、揚州において廉承武から伝授された琵琶譜のうち琵琶諸調子品一巻があり、そこには二十八調が記載されており、「風香調」「返風香調」などもみえる。
(33) 村上哲見「楊柳枝詞考」（『加賀博士退官記念中国文史哲学論集』一九七九年所収）
(34) 楽人とともに妓女の存在も、填詞制作には重要な意味をもつことは、本書第Ⅰ部第二章で白居易の例をあげて論じたが、李剣亮『唐宋詞与唐宋歌妓制度』（杭州大学出版社、一九九九年）、齋藤茂『妓女と中国文人』（東方書店　一九九九年）などに詳しい。

(35) 任半塘『唐声詩』(上海古籍出版社、一九八二年) 第四章「節拍」には、敦煌曲楽譜の九調のうち、五調は「急曲子」と「慢曲子」の二種に分けられ、敦煌曲舞譜の六調のうち、四調の舞拍も急・慢の曲子に分けられ、これらは同名曲でも、別々のものとみなされることが述べられ、リズムの重要性がしめされている。唐曲のリズムについては寺内直子『雅楽のリズム構造——平安時代末における唐楽曲について』(第一書房、一九九六年) が、「只拍子」と「楽拍子」について考察しており、唐から伝わった「只拍子」(短い小拍子と長い小拍子が交互に連なるリズム構造) が、平安時代を通じて、大変広く行われたリズム様式と言えるとしている。
(36)「長命女」は、詞の詞牌として『花間集』には和凝「薄命女」として、馮延巳『陽春集』にも「薄命女」としてとりあげられている。明の陳耀文『花草粋編』巻二には、「薄命女 一名長命女」とある。
(37) 宣徽院については、『唐会要』巻三四論楽に「元和八年四月、詔除借宣徽院楽人宅制、自貞元以来、選楽工三十余人、出入禁中、宣徽院長出入供奉、皆仮以官第、毎奏伎楽称旨、輒厚賜之、及上即位、令分番上下、更無他錫、至是収所借。」『旧唐書』巻一七下文宗紀に「開成二年三月辛未、宣徽院法曲楽官放帰」とあり、徳宗から文宗の頃には宮中音楽の一部を司る部署として存在していたことは明らかである。
(38)『類説』では「記節奏」として挙げられている。そこでは「窃聴脂鞓帯以手画帯記節奏」となっている。
(39) 李端「胡騰児」(『全唐詩』巻二八四) には、「安西旧牧収涙看、洛下詞人抄曲与、揚眉動目踏花氈、紅汗交流珠帽偏……環行急蹴皆応節、反手叉腰如却月」とあり、リズムよく舞う胡騰児に対して洛陽の詩人たちが曲にあわせる歌詞をつくり与えていたということを表わしている。
(40)『宋詞研究』(創文社、一九七六年) 九二頁。
(41) 張炎『詞源』「拍眼」の条が「曲の大小は、皆な均声に合う。豈に無拍なるを得んや。……曲を唱うに苟くも拍に按ぜずんば、取気は決して是れ匀ならず、必ず節奏無からん。是れは音に習う者に非ずんば知らざるなり。」としめくくられているように、拍、つまりリズムは填詞の重要不可欠な要素といえよう。拍については王昆吾『隋唐五代燕楽雑言歌辞研究』(中華書局一九九六年) の「隋唐曲子的節奏」、呉熊和『唐宋詞通論』(浙江古籍出版社、一九八五年) にも論じられている。
(42) 羯鼓や拍板という節奏を取る楽器の使用が歌と結びついていくのも、そうした流れを表わしている。羯鼓にまつわる開元以来の故事を集めた南卓『羯鼓録』が晩唐に著わされたのも、填詞の興隆と結びつくかもしれない。拍板については、『唐摭言』巻六には韓愈と牛僧孺の会話として「韓始め題を見て巻を掩いて之に問いて曰く「且に拍板を以て什麼と為すべし」と。僧孺曰く「楽句なり」と。二公因りて大いに之を称賞す」とみえる。のちに『詞源』「拍眼」の条に「蓋し一曲に一曲の譜有り、一均に一均の拍有り、若し声を停め拍を待てば、方に楽曲の節に合う。所以に、衆部の楽中に拍板を用い、名づけて斉楽と曰い、又た楽句と曰うは、即ち此の論なり」とあるように、羯鼓や拍板で作られる節奏は宋詞の基底をなしている。

(43)　宋代の詞の記譜については、明木茂夫「詞学に於ける記譜法の構造」(『日本中国学会報』四三集、一九九一年)の論考がある。

(44)　南宋の黄昇『唐宋諸賢絶妙詞選』も李白の作として「菩薩蛮」「憶秦娥」の二首をその最初に掲げ、「百代詞曲の祖為り」としている。

第Ⅲ部　歴史と化す音楽

第一章　詩が語る唐代音楽

「唐代音楽」という言葉が、我々日本人に想起させるのは、正倉院に収められたインド系ともイラン系ともいわれる琵琶や箜篌などの楽器、そして唐詩によって語られた「胡旋舞」や「亀茲楽」などの西域から将来された音楽ではなかろうか。そもそも唐代は、国際交流の盛んな時代であり、李白の「少年行」に「五陵の年少　金市の東、銀鞍白馬　春風を度《わた》る、落花踏み尽くして　何処にか遊ぶ、笑って入る　胡姫の酒肆の中に」と表現されるように、長安は異国文化の香り高き都であった。石田幹之助氏も『長安の春』（平凡社、東洋文庫）の中で、「開元来……太常の楽は胡曲を尚び、貴人の御饌は尽く胡食を供し、士女皆競うて胡服を衣《き》る」という『旧唐書』「輿服志」の記載等を引用されて、「唐代の支那は異国趣味横溢の時代であった。開元・天宝以降に於いて特にこの傾向は甚だしい」として当時の風潮を論じておられる。

このことを音楽文化に関して論じる際に、必ず引用される重要な資料が元稹・白居易の「新楽府」中の詩篇である。「伎は胡音を進めて胡楽を務む……胡[1]音と胡騎と胡妝と　五十年来紛泊を競う」という元稹の「法曲」は、なるほど胡楽が満溢せる様を実感させる力をもつものであり、白居易の「法曲歌」は、その自注に、「天寶十三載、始めて詔して道調法曲を胡部新声と合作せしむ」とあり、中国固有の音楽が外来音楽の侵入によって失われていくことを端的に述べた歴史的資料として重視されてきた。

しかしながら、彼らの詩文を、盛唐だけではなく中晩唐にも及ぶ胡楽の圧倒的な隆盛を決定づける要《かなめ》の資料として扱うことに、果たして何の疑問も起こり得ないのであろうか。本章では、このことをまず検討し、さらに実際に当時を生きた彼らがその音楽文化をいかに捉えていたかを探るために、白居易のその他の詩文へも視点を広げていくことにする。それにより、従来外来音楽主流と把握されてきた盛唐以降、中晩唐に及ぶ音楽のあり方、延いては中晩唐より盛んになる「填詞」の音楽について再考する手掛かりを掴むこと、それが音楽研究資料として繰り返し取り上げられてきた白詩を、ここにもう一度見つめ直すゆえんである。

一　白居易「新楽府」中の胡楽

白居易の「新楽府五十首」（巻三～四　0124～0174）は、憲宗の元和四年（809）に、李紳の「新題楽府二十首」、元稹の「和李校書新題楽府十二首」とともに制作されたものである。これについては、陳寅恪氏の『元白詩箋証稿』（上海古籍出版社　一九七八年）を始めとして多くの研究がなされてきたが、第一首の「七徳舞」を始めとして、「法曲歌」「立部伎」「華原磬」「胡旋女」「五絃弾」「驃国楽」「西涼伎」など音楽に関するものの占める割合の大きさはつとに注目されてきた。さて、そのうち主に外来音楽との関わりにおいて述べられたものに、「法曲歌」「胡旋女」「驃国楽」「西涼伎」があるが、ここでは外国音楽隆盛の資料にあげられる「法曲歌」（巻三　0126）をみてみたい。

法曲法曲合夷歌　　法曲法曲夷歌と合う
夷聲邪亂華聲和　　夷声は邪乱にして華声は和なり

以亂干和天寶末　　乱を以て和を干《おか》す天宝の末
明年胡塵犯宮闕　　明年　胡塵は宮闕を犯す
……　　　……
一從胡曲相參錯　　一たび胡曲の相い参錯してより
不辨興衰與哀樂　　興衰と哀楽とを弁ぜず

この自注に「玄宗　雅《はなは》だ度曲を好むと雖も、然れども未だ嘗て蕃・漢を雑奏せしめず、天宝十三載、始めて詔して道調法曲と胡部新声とを合作せしむ。識者深く之を異とす。明年冬にして安禄山反《そむ》く」とあり、天宝末年より、胡曲が中国の音楽に深く浸透し、もはや「華夷」の区別もつかぬほどになったことが述べられている。これを受けて宋の沈括の『夢渓筆談』巻五には、「外国の声、前世自ら別ちて四夷の楽と為す。唐天宝十三載より、始めて詔して法曲と胡部とを合奏せしむ、此より楽奏全て古法を失う」とあり、つまりは天宝十三載以後は、中国古来の演奏が絶えてしまったと論じるに至るのである。以来この説は定着し、村上哲見氏の『宋詞研究』（創文社、一九七六年）においてもこれらを引用して、「唐代の音楽が、西域の音楽＝胡楽の流入によって一大変化を来たしたことは、遍く知られているところである」と断定されている。

しかし、この『夢渓筆談』の説に対しては、「皇帝の一命令でどうして音楽全部が変わってしまうことがありえようか。」と反論も提起されている（陰法魯「関于詞的起源問題」（『詞学研究論文集』上海古籍出版社、一九八二年）。また『通典』にみえる唐代開元期における中国伝統音楽としての「清商楽」の滅亡についての記述[2]も、それは太常寺という宮廷音楽を掌る官署に限って述べられたことであり、それによって民間に伝わる「清商楽」をもすべて途絶えたとすることはできないとされたりもしている[3]（任半塘『教坊記箋訂』弁言　中華書局、一九六二年）。これらの説の当否はここではおくとして、そこに共通して見えるのは、いままで取り上げられてきた資料が、その性質上みな宮廷音楽についての記述であるにも関わらず、それをただちに唐代音楽一般に敷衍して論じることに対する批判である。従来の唐代音楽史研究については、往々にして上記の批判が当てはまる。例えば初唐の宮廷音楽の精髄ともいえる「十部伎」の、「燕楽」「清楽」を除く「西涼楽」「天竺楽」「高麗楽」「亀茲楽」「安国楽」「疏勒楽」「高昌楽」「康国楽」すべてが外来系の音楽であるということで、唐代音楽即外来音楽と見なしてしまう見解に対しては、任氏が上掲書においてすでに反論されている。先程あげた白居易の詩篇も、内容的には宮廷音楽に関して述べたものであり、それを唐代音楽一般に押し広げて用いるのは、差し控えるべきであろう。

それならば、そこには唐代音楽の全容とはいえないにせよ、当時の宮廷音楽の実状は映し出されていると考えてよいのであろうか。その考察には、まずこの作品が書かれた目的について考えてみなければならない。白居易の「新楽府」は、元和四年、皇帝側近の諫官である左拾遺という立場において書かれたものであり、その序文で「総じて之を言えば、君の為《ため》、臣の為、民の為、物の為、事の為にして作り、文の為にして作らざるなり」とその制作意図を述べるように、政治や社会に対する諷諭を旨としていたのである。そして、宮廷音楽を題材として諷諭する際には、中国では古代から決まったように「音楽」と「政治」との関わりが持ち出されてきた。白居易もそれに則っており[4]、この作品も「政治と音楽が相い通じている」という儒家的礼楽観の枠組みに沿って作られたと考えられ、「始めて知る楽と時政と通ずるを」（「華原磬」）、「苟も能く音を審らかにせば、政と通ず」（「法曲歌」）など、その作品の端々にそれが窺える。

最初に見た「法曲歌」においても、それがテーマとなっており、そこで強調される玄宗の天宝十三載以後の胡楽の流行を厭うのは、『論語』陽貨篇に言う「鄭声の雅楽を乱すを悪《にく》む也」ということであり、胡楽は人々を惹きつける「鄭衛の楽」にあてはめられている。この「法曲」と同じことが、「華原磬」（巻三　０１３０）においても、「宮懸一たび聴く華原石、君心遂に忘る封疆の臣、果然として胡冠燕従《よ》り起く」として、この楽器の奏でる音に玄宗が心を魅了され、辺境の臣下を慮ることがなくなったために、安禄山の乱が起きたとあり、また「胡旋女」（巻三　０１３２）においても、その魅惑的な音楽の流行が、天宝末年の乱を導いたかのように描かれている。これらはみな玄宗末年の君心を迷わすほどの美しい音楽の氾濫が、政治の乱れを招いたという論理に則っており、「鄭衛の声」がなお横溢する現在において、憲宗の政治改革が期待されるのである。

このように考察してくると、白居易「法曲歌」・元稹の「法曲」を、胡楽が巻に溢れ、中国音楽が胡曲一色になったことを事実として述べた歴史的資料として扱うよりも、諷諭のために胡楽を取り立てて持ち出したものと見なす方が筋が通るようである。その他の「驃国楽」「西涼伎」も、音楽を主題としているようでも、そこには「王化の邇《ちか》きを先にし遠きを後にせんことを欲するなり」、「封疆の臣を刺《そし》るなり」など小序にもあるように、辺境の地域の政治的問題が表白されている。元和四年のこの時期は、白居易自ら対外政策についての政治的任務を負わされていて「吐蕃宰相鉢闡布に与うる勅書」（巻五六　１８３５）や「忠亮に代りて吐蕃東道節度使論結都離等に答うる書」（巻五七　１９３２）、「吐蕃宰相尚綺心児等に与うる書」（巻五六　１８５９）などを著わして(5)おり、そのことが当然作品に投影されており、これらの作品を純粋に音楽資料として取り扱うには更に検討を要するであろう。ゆえに「法曲」を中心とした「新楽府」の詩篇だけから、唐代音楽全般はもちろん、宮廷音楽に限ってさえも、実質的な胡楽の優位を論ずるのは難しい。

二　中晩唐における胡楽の中国化

ではその他の詩篇は「胡楽隆盛」について何かを語っているのだろうか。確かに白居易の詩文には、例えば向達『唐代長安与西域文明』「西域伝来之画派與楽舞」（三聯書店　一九五七年）にも多く引かれているように、当時の外国音楽の隆盛を語るような記載があるとされている。また、謝海平『唐代留華外国人生活考述』（台湾商務印書館、一九七八年）にも、白居易の「琵琶引」（巻一二　0603）、「聴曹綱琵琶兼示重蓮」（巻二六　2645）、「代琵琶弟子謝女師曹供奉寄新調弄譜」（巻三一　3175）などが、外来系の楽人を指す「曹」あるいは「穆」という姓が使われている為に列挙されている。だが、楽人の姓が外来系であることを即外来音楽の隆盛と受け取ってよいのだろうか。ここにも一考を要する問題がある。

ここでは彼の代表作の一つでもある「琵琶引」について見てみたい。その序は次のように始まっている。

元和十年、予　九江郡の司馬に左遷せらる。明年秋、客を湓浦の口《ほとり》に送り、舟船の中にて夜琵琶を弾く者を聞く。其の音を聴くに、錚錚然として京都の声有り。其の人に問えば、本《もと》長安の倡い女、嘗て琵琶を穆と曹の二善才に学ぶ。……

ここからは、琵琶が都を懐わせる音であること、また都では「穆」「曹」の二善才が名を馳せていたらしいことが窺える。しかしながら、そこからは胡楽の臭いを嗅ぎとることはできない。

もちろん琵琶という楽器が外来系の楽器であることは、「葡萄の美酒　夜光の杯、飲まんと欲して　琵琶馬上に催す」（王翰「涼州詞」）に代表されるように、周知のことと思われていた。『隋書』巻一五の音楽志にも「今曲項琵琶、竪箜篌の徒、並びに西域より出づ、華夏の旧器にあらず」とあり、『通典』巻一四四にも「本《もと》胡中より出づ」とあるように外来起源の楽器と認識されていた。けれども、起源は起源として、六朝時代にすでに中国に伝わっていた四絃の琵琶は、唐代に到っては、もはや珍重すべき外来楽器ではなかったはずである。任半塘氏も『教坊記箋訂』[6]の弁言において、「琵琶が外来起源にせよ、唐代に到っては、既に中国のものとなっていた」とも言われている。「琵琶引」にも現われるように、それは唐の都の音楽を象徴するものとして掲げられており、中国音楽の中にかなり定着し、中国においてすでに何代にも渡って楽人の間に伝承されてきたものだったのである。ちなみに「曹」姓の楽人については、『旧唐書』巻二九の音楽志に、「後魏に曹婆羅門有り、亀茲琵琶を商人より受け、世に其の業を伝う。孫の妙達に至りては、尤も北斉高洋の重んぜし所となり、常に自ら胡鼓を撃ち以てこれに和す」とある。つまり、「曹」家の琵琶は、中国においてすでに二百年にも渡って伝承されてきたことになる。ゆえに「曹」「穆」は、琵琶の家元のような存在であったと考えられる。それならば、「曹」という姓が現われているだけで、ただちに中唐における外来音楽の隆盛を述べたてることはできないことになる。

白居易の詩友の一人でもある李紳に「悲善才」（『全唐詩』巻四八〇）という作品があり、その序に「余　郡に守たる日、客の游びし者に善く琵琶を弾く有り、その伝えし所を問えば、乃ち善才の授けし所なり。頃《しばら》く内庭に在りし日、別に恩顧を承く、宴を曲江に賜り、敕して善才等二十人に楽を備えしむ。余　播遷を経てより、善才已に歿す。因りて前事を追感し、『悲善才』を為《つく》る」という。宮廷主催の曲江の宴において、その音楽を掌ったのが、曹善才を中心とする楽人たちであったが、李紳が地方に左遷されている間に善才は没し、そこで彼を悼む詩がつくられたのである。ここでは李紳は「曹善才」という楽人を「夷」や「胡」として扱っておらず、宮廷音楽の優れた演奏家として、自らが宮中にて活躍した時代に、ともにその時を共有したものとして描いている。同様のことは、劉禹錫の「聴旧宮中楽人穆氏唱歌」（『劉禹錫集箋証』巻二五）の「唱うなかれ貞元供奉の曲、当時の朝士已に多かるなし」の「穆」という姓の楽人を詠った詩や、「与歌者米嘉栄」（同前）の「唱いて涼州意外の声を得るは、旧人唯だ米嘉栄を数うるのみ」、「与歌者何戡」（同前）の「旧人唯だ何戡の在るのみ、更に与に慇懃として渭城を唱う」などの詩篇にも窺える。「旧宮中楽人」「旧人」という言葉がむしろ宮廷音楽、中国音楽の伝承者というイメージを作りだし、「胡楽」の流行とは結びつかないのである。

楽人に限らず、もともと外来系であった楽器の觱篥や羯鼓も、中唐においては、ことさらに外来音楽を奏でるものとしてより、むしろ中国音楽の一楽器としてすでに定着していたようだ。それは白居易の詩文にも見える。「小童薛陽陶吹觱篥歌」（巻二一　２２０３）には、「近来吹く者誰か名を得る。関璀老いて死し李袞生まる。袞今又た老いて誰か其れ嗣がん。薛氏の楽童年十二」とあり、觱篥の継承者として薛陽陶が描かれている。だが、そこにはとりたてて「胡楽」としての描写はない。また杭州刺史時期に、当地の妓女に箜篌・箏・笙と並んで、觱篥を奏させたという記載がある（「霓裳羽衣歌」）。また「羯鼓」という楽器にしても、白居易が自宅で養っていた楽人のうちにもそれを演奏するものがいたことは、「羯鼓の蒼頭に蔬を種えしむ」（「改業」巻三五　３４７３）という晩年近くの作品にも見え、すでにこの楽器がかなり普及していたであろうことを窺わせるし、また白居易・劉禹錫がその著述を勧めたと言われる南卓の『羯鼓録』には、玄宗の創作した「春光好」や、代宗期の宰相杜鴻も羯鼓の演奏が上手かったことなど、玄宗期を中心としてそれ以後の「羯鼓」にまつわる話がまとめられているが、そこには起源は外来であっても、すでに「胡楽」としての羯鼓の姿は見えないのである。

ゆえに従来言われてきた白居易の詩文に多く現われる胡楽に関する記載は、「曹」「穆」など外国姓の楽人にせよ、「琵琶」「觱篥」「羯鼓」などの外来起源の楽器にせよ、その字面だけからただちに胡楽隆盛を叙述したものであるとはいえないことは確認できよう。

では楽曲に関してはどうであろうか。中唐の詩文に散見する外来起源の楽曲としては、例えば先の劉禹錫の詩にも見えた「涼州」がある。もともと「胡楽」系に属するものと捉えられていたことは、『新唐書』巻二二礼楽志に、「開元二十四年、胡部を堂上に昇す、而して天宝楽曲、皆な辺地の名、涼州・伊州・甘州の類の若きを以てす」、「涼州曲、本《もと》西涼の献ずる所なり」と語られているところからも看取される。また、「霓裳羽衣曲」も、「婆羅門」という曲を、西涼府の都督であった楊敬述が開元時期に献上したものといわれている。(7) この曲も、白居易の「霓裳羽衣歌」やその他の詩文にも見られるのである。

果たして外来系のこれらの曲が中唐の詩文に散見することが、外来音楽の中唐における隆盛の一証拠と見なし得るのであろうか。開成二年（八三七）、白居易が洛陽に分司する際に著わした詩篇(8)を見てみたい。

霓裳奏罷唱梁州　　霓裳奏して罷み　梁州を唱う
紅袖斜翻翠黛愁　　紅袖斜めに翻り　翠黛愁う
應是遙聞勝近聽　　応に是れ遥かに聞くは近くに聴くに勝るべし
行人欲過盡迴頭　　行人過《よぎ》らんと欲して尽く頭《こうべ》を迴《めぐ》らす　（その四）
獨醉還須得歌舞　　独り酔うに還た須く歌舞を得べし
自娯何必要親賓　　自ら娯しむに何ぞ必ずしも親賓を要《もと》めんや

當時一部清商楽　　当時　一部の清商楽

亦不長將樂外人　　亦た長く将《もち》いて外人を楽しませざらんや　（その五）

これは白居易が洛陽の履道里において多くの楽人を養い、自らの好む音楽を奏でさせていた時のことを描いたものである。ここでは「霓裳」・「梁州」（涼州）[9]の曲を演奏させた楽隊を「一部の清商楽」という言葉で修飾している。この「清商楽」は、本来六朝より伝わる呉歌・西曲などを含む伝統音楽を指して使われたもの[10]だが、それをここに用いているのは、ただ単に詩のレトリックとだけ解釈してしまってよいのだろうか。

そこには以上見てきた楽人や楽器と同じく、楽曲においても外来起源の音楽の「中国化」ということが考えられる。白詩から少し離れるが、曲についての「中国化」の一例として、「汎龍舟」という曲を挙げてみたい。この曲は確かに『隋書』巻一五音楽志には「亀茲楽」のところに「楽正白明達をして新声を造らしめ……」の叙述のあとに、その曲目の一つとして見えるのに、それから二百年近くたってものされた『通典』巻一四六では中国古来の旧曲として「清楽」のところに並んでいる。本来外来系であったものが、いつのまにか中国の伝統音楽の中に組み入れられているこの例が、中国音楽の一端を語っているようである[11]。「汎龍舟」が、隋から『通典』の制作された時期までの間に中国の伝統音楽と認識されるようになったのであれば、先にあげた「涼州」や「霓裳羽衣曲」も、開元天宝時期から白居易等の中晩唐までに、「清商楽」という言葉で括られる音楽として捉えられるようになったのではあるまいか。この推論を検討してゆくために、「霓裳羽衣曲」「涼州」を含む「開元天宝曲」が、中晩唐においていかに認識されていたのかを次節で考えてみたい。

三　中晩唐から見た開元天宝音楽

中唐で流行した「開元天宝音楽」の代表はなんといっても「霓裳羽衣曲」である。先述したように、これは原名を「婆羅門曲」といい、開元時期に西涼節度使の楊敬述により献上されたものであるが、玄宗がこれに手を加えたという説もある。中唐に至って白居易の「長恨歌」（巻一二　0596）に、「漁陽の鼙鼓　地を動《どよ》もして来たり　驚破す　霓裳羽衣の曲」と使われるように、これは詩語となるような知名度の高い曲であった。それが天宝末年から五十年たった元和の憲宗の時にも宮廷において実際舞われていたことは、やはり白居易の「霓裳羽衣歌」（巻二一　2202）から窺える。

我昔元和侍憲皇　　我昔し元和に憲皇に侍し
曾陪内宴宴昭陽　　曾て内宴に陪し昭陽に宴す
千歌百舞不可數　　千歌百舞数ふべからず
就中最愛霓裳舞　　就中《なかんずく》　最も愛す霓裳の舞

それがいかに素晴らしいものであったか以下縷縷叙述されている。だが、それからさらに二十年を経て、白居易は蘇州刺史（八二五～八二六）となり、元稹に語るような調子で次のように言う。

聞君部内多樂徒　　君の部内に楽徒多しと聞く
問有霓裳舞者無　　問う霓裳の舞なる者有るや無《いな》や
答云七縣十萬戶　　答えて云う七県十万戸

無人知有霓裳舞　　人の霓裳の舞有るを知る無し

霓裳羽衣曲を知るものがいないのは、そこが都長安ではない為かもしれないが、確かに時の流れは、霓裳羽衣曲に「古」のレッテルを貼りつつあったのではないか。村上哲見氏はこれについて、「三十年ばかりの間に意識の上では大きな断絶を生じているごとくであるのは甚だ興味深い[12]」と指摘されている。白居易はこの舞を呉の妓女に教え、また洛陽では家妓に教えて、それを鑑賞して楽しむようになっていくのである。

だが、「霓裳羽衣曲」は白居易の個人的な趣味だけに留まることなく、宮廷音楽においても再び登場することになる。『新唐書』巻二二に、「文宗、雅楽を好み、詔して太常卿馮定をして開元雅楽を采らしめ、雲韶法曲及び霓裳羽衣舞曲を製《つく》らしむ」とあるように、大和の時期（八二七〜八三五）に、開元の曲は採用されて、雲韶楽と霓裳羽衣曲が制作されたのである。文宗は、牛李の党争が激化し、また官宦の横行による甘露の変などが起きた時代の皇帝であるだけに、皇帝による確固とした中央集権体制が存在した開元時期に対して羨望の念があったことは、文宗にまつわる逸話などから窺える[13]。そして開元雅楽の再現も、その一つの現われであったかもしれない。「霓裳羽衣曲」の大和時期の流行については、宋代の王灼『碧鶏漫志』巻三にも、次のように纏められている。

文宗の時、詔して太常卿馮定をして、開元雅楽を采らしめ、雲韶雅楽及び霓裳羽衣曲を製らしむ。是の時、四方大都邑及び士大夫の家、已に多く按習せり。

白居易には、この曲を「開元遺曲」として詩中に明示している詩篇（「嵩陽観夜奏霓裳」巻二七　２７９８）もあり、そこにはもはや「霓裳羽衣曲」の起源が云々という認識はないようである。中唐人にとってはそれはすでに「遺曲」という言葉で語られるほど「古」にして「雅」なるものであり、それゆえに詩中に「清商楽」とさえ言われることになるのではあるまいか。時代は少し下るが徐鉉の「又た霓裳羽衣曲を聴いて陳君を送る」（『全唐詩』巻七五六）に、「清商一曲遠人行く」とあるように、白居易以後においても「霓裳羽衣曲」は「清商」と形容されていることもあったようだ。

次に「涼州」曲についても考察してみたい。この曲は、白居易、劉禹錫をはじめ、武元衡、李益などの詩文に散見するのだが、中でも元稹の「琵琶歌」には、「管児」という琵琶の楽工の弾く曲としてこう描かれている。

曲名無限知者鮮　　曲名限り無く知る者鮮《すくな》し
霓裳羽衣偏宛轉　　霓裳羽衣は偏《ひとえ》に宛転たり
涼州大遍最豪嘈　　涼州大遍は最も豪嘈
六幺散序多籠撚　　六幺散序は籠撚多し

「管児」は玄宗時期の名工「段師」の弟子であり、彼が奏でる「霓裳」「涼州」「六幺」の曲には、当然開元天宝音楽の余声を聞き取ることができたのである。この「涼州」も、「霓裳羽衣曲」と同様に玄宗に纏わる故事が伝わっていたらしい。晩唐の鄭処誨の『明皇雑録』には、以下のような記載がある。

唐の玄宗蜀より回《かえ》る。……其の夜、上復た与に月に乗じて楼に登り、唯だ力士及び貴妃の侍者紅桃在るのみ。遂に命じて涼州詞を歌わしむ、貴妃の製りし所なり、上親《みずか》ら玉笛を御してこれが為《ため》に曲に倚す。曲罷み相睹《み》て、掩泣せざるなし。上因りて其の曲を広む。今、涼州の人間《じんかん》に伝わりしは、益ます怨切を加う。

中晩唐において流行した「涼州」も、このように玄宗の開元天宝時期に繋がるものと意識され、それゆえに益々怨切なる曲として人々の耳に響いていたと想像されるのである。このように、開元天宝音楽は元稹、白居易の詩文や、筆記小説の類にも多く現われ、張祜や杜牧など中唐以降の詩人たちにも少なからずモチーフとして取り上げられていく。これらのことは、その音楽の広汎な流行を示すとともに、それが玄宗時期から伝わってきたものにせよ、中晩唐においてもう一度大きく取り上げられ、文学的な意味において十分魅力的な題材を提供していたことを示唆してくれる。

また白居易がその家妓に唱わせた曲の中にも、多く開元天宝時期の曲が選ばれていた。「聴歌六絶句」（巻三五 3501〜3506）の第一首「聴都子歌」以外は、彼が洛陽分司時期において、その家妓に唱わせていた曲目を詩題にした作品である。そこから中晩唐に生きた文人の一人として白居易がいかに開元天宝音楽を好んでいたかが窺えよう。

楽　世

管急絃繁拍漸稠　　管は急にして絃は繁く拍漸く稠《おお》し
緑腰宛轉曲終頭　　緑腰宛転として曲の終頭
誠知樂世聲聲樂　　誠に知る　楽世声声楽なるを
老病人聽未免愁　　老病の人聴けば未だ愁うを免かれず

この「楽世」は、「六幺」「緑腰」とも呼ばれ、白居易自身も「水調六幺家家唱う」（「楊柳枝詞」その一　巻三一 3138）と詠んでいるほど、当時流行したものである。それは元稹の「琵琶歌」にも見えていた開元天宝時期の流行曲である。白居易の「琵琶引」にもその琵琶妓の弾く曲名として「初めは霓裳を為し、後は緑腰」と言うように、以来ずっと琵琶の名曲とされてきたようである。白居易はこれを自邸の楽人に奏でさせていたのであろうと想像される。さて、「六幺」と並んで当時流行していた曲が次に続く。

水　調

五言一遍最殷勤　　五言一遍最も殷勤たり
調少情多似有因　　調べ少く情多きは因る有るに似たり
不會當時翻曲意　　当時の翻曲意を会さず
此聲腸斷爲何人　　此声の腸断つるは何人の為めなるか

これも、元稹の「何満子歌」に天宝時期の楽工である何満子が唱うものとして「水調哀音　憤懣を歌う」と詠まれている。また大和八年（八三四）に書かれた李徳裕の『次柳氏旧聞』にも、安史の乱の後、玄宗が段師という琵琶の楽工にその曲を弾じさせ、「水調」の上手い歌姫が初唐の李嶠の「汾陰行」の「山川目に満ち涙衣を沾す、富貴栄華能く幾時ぞ、見ずや　祇《た》だ今汾水の上《ほとり》、唯だ年年秋に雁の飛ぶ有るのみなるを」を、その「水調」の曲にあわせて唱い、玄宗はそれを聞いて涙したという故事が書かれている。「水調」とは隋の煬帝の作とされるが[14]、玄宗時期の故事とも結びついて認識されていた曲であった。

想夫憐

玉管朱絃莫急催　　玉管朱絃　急に催す莫かれ
客聽歌送十分盃　　客聴いて歌いて送る十分の盃
長愛夫憐第二句　　長らく愛す夫憐第二の句
請君重唱夕陽開　　君に請う　重ねて「夕陽開く」を唱え

この曲名は、開元・天宝に流行った曲が載せられている『教坊記』[15]にも見える。これもやはり、中晩唐にも唱いつがれてきたことを表わしている。白居易はその題注に「王維右丞詞に云う『秦川一半夕陽開く』此の句尤も佳なり」と言っている。つまり「想夫憐」の曲に合わせて、王維の「和太常韋主簿五郎温湯寓目」の七言律詩が唱われたのである。王維の詩はその他にも「渭城曲」などが中晩唐に非常に流行していたらしい[16]が、このように偉大なる盛唐詩人の作品が、曲に合わせて唱われたことは、白居易等中唐詩人にとり、唱わせるためにつくる「填詞」が、十分に文学的魅力をもっていたことを示唆している。第五首の「何満子」は曲名でもあり、先にも挙げた開元の楽工の名でもある。

何満子

世傳滿子是人名　　世に伝わりし満子是れ人名

臨就刑時曲始成　　刑に就くに臨みし時　曲始めて成る

一曲四詞歌八疊　　一曲は四詞　歌は八畳

從頭便是斷腸聲　　頭従り便ち是れ断腸の声

その題注には、「開元中、滄州に歌う者何満子有り、刑に臨みて此の曲を進め以て死を贖わんとするも、上竟に免れしめず」とある。この曲はこの逸話とともに伝えられてきたのであろう。元稹にも「何満子歌」という作品があるし、同じく中唐の張祜も「何満子」の曲名を詩中に何度か用いている。中晩唐期に開元天宝音楽が齎した影響は看過できないが、それは新曲の流行とは異なり、その物語性が中唐人を惹きつけたのであり、またこのことは逆に開元天宝時期が中唐人にとってはすでに物語の世界となりつつあったことを示している。そして最後の一首「離別難詞」もやはり『教坊記』に名を載せるものであった。

このように、白居易の「聴歌六絶句」に挙げられた曲は、自作のもの以外はすべて開元天宝時期ゆかりの「古曲」であったことは注目すべきことである。しかし、中晩唐において新曲が登場しなかったはずはなく、白居易も琵琶の新曲を得て喜ぶ詩も残している。(17) けれども中唐詩人の作品に現われる曲のほとんどが開元天宝由来のものであるのは、やはりそれが新曲よりも遙かに文学的魅力を具えていたからであろう。そして音楽文化においてその影響を想像するならば、白居易などの文人が好む曲がその音楽を担う当時の妓女・楽工の間でも流行ったはずであり、それが物語性をともなって「六幺水調家家唱う」という現象が見られるようになるとも考え得る。白居易が大和二年（八二八）に長安で、「伊州」という開元天宝曲を新たに妓女に教えて愉しむことを詩中に表白しているのはその一例である。(18)

以上のように考察してくると、白詩にみえる「涼州」「霓裳羽衣曲」などの曲は、中唐にも続く胡楽隆盛の証拠としてよりも、むしろ彼らの詩的感覚を刺激する開元天宝の音楽として取り上げられており、その他の開元天宝音楽も新曲にもまして中晩唐人の心を魅了したのではないかと推測されるのである。

四　中晩唐の填詞音楽についての試論

中晩唐人を魅了した開元天宝音楽、これは中晩唐以降、五代、宋と文人の間で一大文学ジャンルを形成する「填詞」の音楽とも関連したものである。岡村繁氏は晩唐以後流行した詞牌として『花間集』『雲謡集』の曲目を検討され、それが開元・天宝に流行した曲目を載せた『教坊記』のそれと非常に類似していることを指摘して次のように述べておられる。(19)

唐末五代の詞と教坊曲とが、かくも密接不離な関係にある以上、ふつう常識的に考えたばあいの予測として、唐末に至って詞作活動が画期的な高まりを見せたのは、当時の民間文壇が、教坊での目覚ましい音楽活動の活発化に刺激され、その強い影響を直接的にうけることによって、はじめてもたらされたものではなかったか、……にもかかわらず実際には、全くそうした予測に反して、教坊の音楽活動が、ただちに唐末の詞の盛行を誘い出したのではなかったように思われる。なぜならば、教坊がまさに充実の極致にあった開元天宝年間と、文壇における詞の創作がにわかに活発化しはじめた唐末時代との間には、少なくとも半世紀から八十年九十年にもおよぶ相当間のびした大幅な時間的ずれが認められるからである。これはいったいどうしたことなのであろうか。

その結論として氏が挙げられたのは、教坊の秘曲性であり、そのために長いあいだ教坊曲は伝わらず、文人が妓女と自由につきあえる晩唐になって、やっと教坊曲にあわせて詞の制作が始まったとされている。だが、例えば天宝末年の安史の乱の後、地方に散じた教坊の楽人たちが、再び集められたとはいえ、宮中の曲がまったく民間に伝わらなかったとは考えにくい。

では氏の提起された開元天宝年間と唐末時代との間の大幅な時間的ずれの問題はいかに考えられるべきなのか。これに対して以上見てきた白詩からも、一つの推論が成り立つようである。白詩を用いて先にも述べたように、中晩唐には開元・天宝由来の曲が好まれており、そのことは白詩以外の作品からも窺える。[20] そしてこの現象が「填詞」にも及んでいたとは想像できないだろうか。「憶江南」が、『教坊記』に見える曲であったことは、村上哲見氏も述べておられるが、[21] 白居易・劉禹錫によって作られた「浪淘沙」という填詞もまた『教坊記』にその曲名が見られ、開元期から彼らに至る間、詩文などには見当たらなかったものである。ゆえにその間はまったく取り上げられなかったと考えるのは早計であるが、確かに開元天宝に流行った教坊曲がここに至って文人を「填詞」創作へいざなう一つの要因となっていたことは否めない。文宗期より少しあとになるが、宣宗も「菩薩蛮」という開元天宝ゆかりの曲を非常に好み、そのため温庭筠が新たに歌詞を作ったという故事（『碧鶏漫志』巻五）もあり、その温庭筠の填詞作品においては、二十の曲牌のうちの十六が、作品数にすると七十一首中の六十四首、つまり作品の九割が『教坊記』にその名の見えるものなのである。とすると、中晩唐にかけて世を挙げて開元天宝曲が持て囃され、それが「填詞」制作と関わっているると考えられるようである。

中晩唐以降にこれらを曲牌として填詞を作った彼らが、その作品を開元天宝時期からの流れの中に捉えていることは、填詞の最初のアンソロジーである『花間集』の序文によっても窺える。

明皇朝に在りては、則ち李太白の応制清平楽詞四首有り、近代には温飛卿復た金筌集有り。邇来作者前人に媿ずることなし。今衞尉少卿（趙崇祚）字弘基、……衆賓を広く会し、時に佳論を延べ、因て近来詩客の曲子詞五百首を集め、分けて十巻と為す。

なるほど填詞が本格的に文人の手によってなされるのは温庭筠からなのだが、ここでは李白を温庭筠の前に置いていることが、五代の人間が填詞を考える際に、やはり玄宗の開元天宝時期が念頭に浮かぶことを示唆しているようで興味深い。これは填詞の曲牌として開元天宝時期の曲目が非常に多く使用されていることと繋がっているのではなかろうか。けれども、それゆえに填詞は盛唐の李白から始まると極論するわけでは決してない。岡村氏も述べられたように、その流行までには確かに半世紀から九十年に及ぶ時間のずれがある。白居易の詩文において「開元天宝曲」がいかに語られていたかを鑑みると、その時間こそが開元天宝曲をあるいは「古」や「雅」と結びつけ、文学的にも十分魅力的な題材として展開させたのであり、ゆえにその音楽が「填詞」の曲牌として用いられることになったのではないだろうかと想像されるのである。唐朝の華やかなりし開元天宝時期に歌詞が作られたり、唱われたりしていた曲に、ほとんど一世紀近く経て自らもまた作詞していくのは、自らの作品を古からの流れの延長線上に置くことにもなり、「新曲」に歌詞をつけるのとは異なる興趣があったにちがいない。

中晩唐より起こる詞は、北里などで「曲子詞」をよくする楽工がいて、「遊興」の文学に数えられ、そこには確かに「雅」とは言えない要素もある。けれども以上のように考察してくると、それは「楽府」と大きく異なり、唐代に興った「新しい」音楽に歌詞を付したものであるといって済ませるわけにはいかない。確かに音楽自体は「楽府」で使われた「清商楽」とは異なるであろうが、中国伝統の「清商楽」をベースとしていた六朝人と、実際に遡れる「古楽」としての開元天宝曲をその曲牌とした中晩唐人との間には、その音楽に対する認識において共通するところがあるのではなかろうか。つまり、「填詞」の音楽は唐代の「新曲」であるというよりも、中国文化の中で積み重ねられた、ある意味で「伝統」を有した曲であり、それゆえに文学創作を誘う魅力を持ち、これ以降「曲牌」として定着し踏襲されていくのであるから、「楽府」に通じるものを持ち、その点では「填詞」は「雅なる遊び」といえるのである。

以上のように白居易の詩文に現われた音楽を再考してみると、そこには単に「唐代」として一括しては論じきれない「中晩唐」人の目でみた音楽文化が映し出されているようであり、彼らの目、彼らの感覚に一歩でも近づいていくことが、そこに展開した音楽について理解する鍵でもあるようだ。

（1）「胡音」の二字は、一九五六年文学古籍刊行社印行の影宋抄本『元氏長慶集』には見られないが、ここでは冀勤點校の『元稹集』（中華書局、一九八二年）による。以下、元稹の作品はすべてこの書による。

（2）『通典』巻一四六に「長安（七〇一～七〇四）より以後、朝廷古曲を重んぜず、工伎転た欠け、能く管弦に合う者、唯だ明君、楊叛、驍壺、春歌、秋歌、白雪、堂堂、春江花月夜等八曲のみ。旧楽章多く或いは数百言、武太后の時、明君尚お四十言を能くし、今伝うる所二十六言、これに就いて訛失し、呉音と転た遠し。劉貺以為《おもえら》く宜しく呉人を取りて、これに伝習させしむべしと。開元中、歌工李郎子有り。郎子は北人なり、声調已に失えり、云う兪才生に学ぶと。才生は江都の人なり。郎子亡びしより後、清楽の歌闕く」という。

（3）その他、「清商楽」がすべて途絶えたという説に対する批判は、「右前三十七曲、並びに周隋以前の曲にして、唐に在りて猶お盛行する者なり。史は、唐時清商旧曲存する者四十四曲に止まると称す。……史或いは未だ尽く収めざるか」として、胡震亨『唐音癸籤』巻十三「唐曲」にも、すでに現われている。

（4）中国音楽史研究の圧巻である楊蔭瀏氏の『中国古代音楽史稿』（人民音楽出版社、一九八一年）にも、「白居易と元稹の音楽思想」と題して彼らの儒家的礼楽観が述べられている。だが、それをそのまま白居易と元稹の一貫した音楽思想とするにはさらに検討が必要であろう。

（5）アーサー・ウェイリー著　花房英樹訳『白楽天』（みすず書房、一九五九年）第四章「辺境地域」参照。

（6）琵琶の起源に関しては、岸辺成雄「琵琶の淵源」（『唐代の楽器』音楽之友社所収、一九六八年）、韓淑徳・張之年『中国琵琶史稿』（四川人民出版社、一九八五年）、常任侠『絲綢之路与西域文化藝術』（上海文藝出版社、一九八一年）参照。

（7）詳しくは村上哲見「霓裳羽衣曲考」（『宋詞研究』創文社、一九七六年所収）参照。

（8）「宅西有流水牆下構小楼臨玩之時頗有幽趣因命歌酒聊以自娯独酔独吟偶題五首」（巻三三　３３１８～３３２２）その四、その五

（9）梁州と涼州の混同については、宋の洪邁『容斎随筆』一四に「今楽府の伝うる所の大曲、皆唐より出づ。……涼州今転じて梁州と為る、唐人已に誤用多し。其の実、西涼府従《よ》り来たるなり」と見える。「涼曲」については、拙論「涼州曲と涼州詞――唐代辺塞音楽管見」（『中国文学報』第七二冊、二〇〇六年）に詳しく論じた。

（10）『旧唐書』巻二十九音楽志等参照。

(11)「汎龍舟」の曲について詳しくは、陳文成「関於汎龍舟」(『敦煌歌辞総編』下冊　上海古籍出版社、一九八七年所収)参照。
(12) 村上哲見氏の上掲論文参照。
(13)『旧唐書』巻十七下、文宗本紀、大和七年の皇帝誕生節についての記載や、『唐語林』巻四、大和九年の「開元東封図」にまつわる逸話等。
(14) 王灼『碧鶏漫志』巻四参照。
(15)『教坊記』の成立年代は、任半塘『教坊記箋訂』、村上哲見「教坊記弁附望江南菩薩蛮小考」(『中国文学報』、第十冊)、斎藤茂訳注『教坊記・北里志』(平凡社東洋文庫、一九九二年)等の考証により、玄宗の死後間もない時期であるとする。
(16) 劉禹錫「旧人唯だ何戡の在るのみ、更に与に慇懃として渭城を唱う」(「与歌者何戡」)、白居易「歌声を慢拽して渭城を唱う」(「南園試小楽」巻二六　2650)、「先ず渭城を唱うを聞け」(「和夢得冬日晨興」巻二八　2907)等、その他張祜、李商隠等の詩にも使われている。
(17) 大和八年(八三四)に書かれた「代琵琶弟子謝女師曹供奉寄新調弄譜」(巻三一　3175)にみえる「蕤賓」「散水」は新曲である。また「楊柳枝」も「洛下の新聲なり」とあるから新曲のようではあるが、この曲名は古来何度も取り上げられてきたものであり、その積み重ねが全く意識されないことは考えられないので、ここでは新曲として取り扱うのは差し控えたい。
(18)「伊州」(巻二五　2584)
(19) 岡村繁「唐末における曲子詞文学の成立」(『文学研究』第六十五輯、一九六八年)
(20) 劉禹錫の「唱いて涼州意外の声を得るは、旧人唯だ米嘉栄を数うるのみ」(「与歌者米嘉栄」)、「旧人唯だ何戡の在るのみ、更に与に慇懃として渭城を唱う」(「与歌者何戡」)、「一たび曹剛の薄媚を弾ずるを聴けば、人生合に京城を出づるべからず」(「曹剛」)などの詩篇、また、張祜の玄宗に関わる「雨霖鈴」「春鶯囀」などの曲名や、「悖拏児舞」「容児鉢頭」「邠娘羯鼓」「李謨笛」など玄宗時期の楽人の名を詩題とした作品等。
(21) 村上哲見「望江南菩薩蠻小考」(『宋詞研究』所収)

第二章　史実化する詩

時として詩は史実とされることがある。唐代音楽に関する記述のうちにみえる「法曲」を例にしてそれを考えてみたい。そもそも「法曲」とは何か。どのような音楽なのか。従来、音楽史的あるいは文学史的角度からさまざまな研究がなされてきた。「法」という文字がすでに連想させるように、仏教の「法楽」との繋がりを指摘したもの。(1)「道調法曲」という言葉の結びつきが示すように、道教音楽との関わりを説くもの。(2)また、その内容に目を向ければ、法曲の一つとして有名な「霓裳羽衣曲」がもとは外来の「婆羅門」という曲であったことなどから、法曲の一部を外来曲の中国化と位置づけるものや、(3)「清商曲」の流れをくむ中国曲の外来化と見なすものなど。(4)導かれる結論もまた一定ではない。

「法曲」は、唐代宮廷音楽の頂点を築いた玄宗が、特に愛した音楽と言われており、玄宗期から一世紀近くを経て、中唐の元稹・白居易の文学作品に取り上げられ、唐代後期には文宗の命により宮廷において復元され、唐代宮廷音楽の変遷を考察するうえで、見逃しがたいものである。さまざまな法曲論が提出されているいま、更に考察を加えてみたいと思うゆえんがここにある。

「法曲」に関する資料は多いとは言えない。それゆえに、ともすれば資料の時代を考慮に入れず、中唐のものも、宋代のものも同列に配し、「法曲」像を総括することになる。代表的なものは、丘瓊蓀遺著・隗芾輯補『燕楽探微』に見える。[5] 丘氏は、二十五曲の法曲をひとつひとつ考証した上で、次のように言う。

法曲が含む内容は非常に広汎に及ぶ。漢・魏・晉・六朝の旧曲や、隋唐の新声、相和歌、呉声西曲、郊廟用の楽舞曲、文舞、武舞があり、大曲・舞曲・雑曲・軟舞曲・鼓舞曲・勧酒曲・馬舞曲・琵琶曲がある。外来風あるいは道曲風、仏曲風にアレンジされた中国楽曲、中国風になった外来楽曲もあり、古今内外の曲、雅楽・俗楽・歌曲・舞曲・声楽曲・器楽曲のすべてが揃っている。

つまりあらゆるジャンルの音楽が「法曲」に当てはまるというのだ。確かに包括的ではあるが、これによって具体的な「法曲」像を描くのは容易ではない。本章では、量的に少ない資料をできるだけ時代を分けて検討し、唐代宮廷音楽史の流れのなかで、「法曲」の変遷をみていきたい。「法曲」の考察を通して、中国宮廷音楽に特有の、古き時代の音楽への思慕や尊崇、さらに、それに正統的な意味づけがなされていくことも看取されよう。また、唐代音楽を考える上で重要な資料である『新唐書』が、宋代の視点で「法曲」をいかに捉えているかについても考えてみたい。

一　玄宗の宮廷音楽を偲ぶ「法曲」

玄宗期の宮廷音楽が魅力に富んだ素晴らしいものであったことは、李白など当時の宮廷詩人の詩篇からも窺える。しかし、当時の資料のうちには、「法曲」と「玄宗」の結びつきは書かれていない。[6] 李白・王維・張説などの詩篇にも「法曲」という文字は現われず、今残されている玄宗自身の詩文にも、その語は見いだし得ない。また玄宗期が終わりを告げた時期にものされた『教坊記』や、天宝までの諸制度の変遷が記された『通典』にも一切言及がない。むろん言葉が見つからないことが、即その存在を否定するものにはならないが、「法曲」と「玄宗」の繋がりがより強調されていくのは、その当時よりも、後世においてであることは確かである。ゆえにここでは玄宗期を過ぎた時期における「法曲」をみていきたい。

　玄宗の開元・天宝期が終焉を告げて後、それを顧みる詩篇のうちに、最初に「法曲」についての言及が現われる。それは杜甫の「秋日夔府詠懐奉寄鄭監李賓客一百韻」（『杜詩詳注』巻一九）である。これは、安史の乱後の大暦二年（七六七）夔州においての杜甫自身の心情が吐露された作品だが、夔州について詠うほど、ありし日の繁栄に対する追慕の念が浮かびあがる。その夔州で、かつての宮中楽人の唱う曲が「法歌」[7]として表われている。

南内開元曲　　南内の開元曲
當時弟子傳　　当時の弟子伝う
法歌聲變轉　　法歌　声変転して
滿座涕潺湲　　満座　涕潺湲たり

「南内」とは玄宗の興慶宮を指している。「開元」とわざわざ言うのは、杜甫にとって、「憶う昔開元全盛の日、小邑猶お蔵す万家の室、稲米は脂を流すがごとく粟米は白く、公私の倉廩倶に豊実」（「憶昔二首」その二）などと開元の太平なる日々をとりたてて詩に詠ずる気持ちに同じく、戦乱に終わった「天宝」とは隔絶したものとして「開元」が認識されていたことを示唆している。「弟子」とは、原注に「都督柏中丞の筵に、梨園弟子李仙奴の歌を聞く」とあるように、開元初期から玄宗自らが音楽を教えた「梨園」の楽人を言う。夔州に落ちのびてきた梨園の弟子の歌を聞いて、玄宗の御世を想い、たまらない気持ちになる。杜甫の作品が、ありありとその懐古の情調を伝えるのは、彼自らが玄宗期の繁栄と没落を目のあたりにしていたことにも起因している。杜甫は宮廷楽人を主題として「観公孫大娘弟子舞剣器行」（『杜詩詳注』巻二〇）や「江南逢李亀年」（同巻二三）をも詠じており、梨園の楽人の盛衰を叙している。安史の乱以後も「梨園」は存続したとする説もあるが、村上哲見氏の、「梨園」は安史の乱を境に途絶えたとされる説(8)に筆者も賛同したい。途絶えたからこそ、これ以降制作される「梨園の弟子」を題材とした詩篇が、今は無き繁栄を想起させるのに一層効果的であったとも考えられる。杜甫は後世「法曲」の代表として掲げられた「霓裳羽衣曲」については一言も言及していないどころか、「法曲」の内容についても何も語ってくれてはいない。だが、「法歌」という語を失われた玄宗の宮廷音楽を指して使ったものとして、この詩篇はやはり見逃せない。

「法曲」という文字の見える詩篇は意外に少なく、杜甫に続く時代において唯一「法曲」を作品のなかに生かしているのが、口語の多用や諷諭的詩篇において中唐の白居易・元稹の先駆と目されている顧況（727～820）の三篇の詩である。

八月五日歌　（『全唐詩』巻二六五）

………　　………

率土普天無不樂　　率土普天　楽しまざる無く

河清海晏窮寥廓　　河清く海晏として　寥廓を窮む

梨園弟子傳法曲　　梨園弟子　法曲を伝え

張果先生進仙藥　　張果先生　仙薬を進む

玉座凄涼遊帝京　　玉座凄涼として　帝京に遊び
悲翁迴首望承明　　悲翁首を迴らして　承明を望む
雲韶九奏杳然遠　　雲韶九奏　杳然として遠く
唯有五陵松柏聲　　唯だ五陵の松柏の声有るのみ

宮廷にて玄宗側近の道士張果が仙薬を帝に差し上げ、梨園の弟子が法曲を奏でることが、太平の世を象徴的に示している。また「法曲」と「仙薬」の対も、「天楽」とも「仙楽」とも言われ、「仙界」の音楽にも比せられた玄宗期の宮廷音楽の魅力を感じさせる。最終句において「唯だ五陵の松柏の声有るのみ」としてその音楽が消えてしまった今を対照的に表現している。顧況には楽人を詠じた詩が多いが、その中にも「法曲」が登場する。

聽劉安唱歌　　（『全唐詩』巻二六七）
子夜新聲何處傳　　子夜新声　何れの処より伝わる
悲翁更憶太平年　　悲翁更に憶う　太平の年
即今法曲無人唱　　即今　法曲　人の唱う無く
已遂霓裳飛上天　　已に霓裳を逐いて飛びて天に上る

「法曲」が唱われていた太平なる当時と、聴かれなくなった今という図式のなかで、「法曲」は太平なる時代の文化を象徴するように用いられている。結句において、法曲が「霓裳」を逐って天にのぼっていったとして、再び戻ることのない「法曲」と太平なる世におもいを馳せるように描かれている。

李湖州孺人彈箏歌　　（『全唐詩』巻二六五）
武帝昇天留法曲　　武帝昇天し　法曲を留め

凄情掩抑絃柱促　　凄情掩抑して　絃柱促す
上陽宮人怨青苔　　上陽宮人　青苔を怨む
此夜想夫憐碧玉　　此夜夫を想い　碧玉を憐む
思婦高樓刺壁窺　　思婦　高楼に壁を刺して窺う
愁猿叫月鸚呼兒　　愁猿は月に叫び　鸚は児を呼ぶ
寸心十指有長短　　寸心十指　長短有り
妙入神處無人知　　妙の神に入る処　人の知る無し
獨把梁州凡幾拍　　独り梁州を把りて　凡そ幾く拍
風沙對面胡秦隔　　風沙面に対し　胡秦隔つ
聽中忘却前溪碧　　聴く中に忘却す　前渓の碧なるを
醉後猶疑邊草白　　酔いて後猶お疑う　辺草の白きかと

「武帝」とは漢の武帝に譬えられた玄宗のことであり、「法曲」は玄宗がこの世に残したものとして捉えられている。前詩の「劉安」も、後詩の「李湖州孺人」も、当時の「法曲」を唱い、奏でる者である。だが同じ「法曲」であっても、連想するものは異なる。前詩は「太平なる世」を憶うのに対して、後詩は、法曲「梁州」を聞くことによって、まるで辺境の地にいるかのような錯覚を覚えると言う。ここに挙げられた「法曲」は、玄宗が残した梨園の宮廷音楽として認識されてはいるが、はっきりした枠組みは示されていない。

杜甫や顧況の作品は、開元・天宝の楽人を詩篇に登場させ、往年の栄華を追想する手法をとり、杜甫はそこに自らの盛衰を重ねているように見え、顧況も「悲翁」の語で自らを表現する。これらに続く白居易の詩篇は、江州司馬時期（八一六〜八一八）に詠まれたものだが、自らの影を作品中には出さずに、昔の梨園の楽人の言として描いていく。

江南遇天寶樂叟　（巻一二　0582）

白頭病叟泣且言　　白頭の病叟　泣き且つ言う
祿山未亂入梨園　　祿山未だ乱れざるとき　梨園に入る
能彈琵琶和法曲　　能く琵琶を弾じて法曲に和し
多在華清隨至尊　　多く華清に在りて至尊に随う
是時天下太平久　　是の時　天下太平なること久しく
年年十月坐朝元　　年年十月　朝元に坐す
………　　………

今と昔のギャップが、白頭翁の口を通して語られる。白居易の七言絶句「梨園弟子」（巻一九　1290）にしても同工である。『唐宋詩醇』巻二一には「楽翁未だ必ずしも実に其の人有るにあらず、特に借りて以て感慨の思いを抒ぶるのみ」とあり、それは彼の創作であるかもしれないが、白頭翁の口を借りることで、さらにリアリティを帯び、「玄宗」と「梨園」と「法曲」の結びつきがくっきりと浮かび上がる。だがここにも「法曲」の具体的な像は見えず、法曲自体にはなんの価値づけもされてはいない。「法曲」に明確な像を与えるのは、元稹・白居易の新楽府「法曲」であった。

二　「新楽府」における「法曲」の定義

元稹の「和李校書新題楽府十二首」(『元稹集』巻二四)は、李紳の「楽府新題二十首」に和したものであり、「求官」の目的を持って書かれた諷諭であるとも言われている(9)。白居易の「新楽府五十首」(巻三　0124〜0174)もまた、その序に「総じて之を言はば、君の為、臣の為、民の為、物の為、事の為にして作り、文の為には作らざるなり」といい、左拾遺という天子の諫官としての意識が強く働いて作られたものである。そこには太宗をはじめ高宗・中宗・玄宗などの唐朝の歴代皇帝の事績が織り込まれているのだが、模範とすべき時代と、戒めとすべき時代とをはっきりと提示する必要があったことは言うまでもない。当然、玄宗の時代にも諷諭のメスが入れられた。玄宗期は開元末から天宝初にかけて大きく変化したと言われているが、白居易・元稹も、それを強く意識していた。白居易の「新豊折臂翁」(0133)にも「君聞かずや、開元宰相宋開府、辺功を賞めず黷武を防ぐを。又た聞かずや、天宝宰相楊国忠、恩幸を求めんと欲して辺功を立つを」として、「開元」「天宝」を顕然と対比させている。玄宗の音楽愛好についても、それをすべて否定するのではなく、天宝においての堕落であると断じている。例えば元稹の新楽府「華原磬」では、「天宝中初めて泗濱磬を廃し、華原石を用う」と題注にあり、天宝になって古きものを捨ててしまう傾向を詩の中で「旧を棄てて新を美《ほ》むるは楽胥により、此れ自り黄鐘　競う能はず」と歎じている。また「立部伎」でも、「宋沇嘗て伝う、天宝の季、法曲と胡音忽ち相い和す。明年十月燕寇来たり、九廟千門　虜塵に涴《けが》ると」と書かれ、開元初期から玄宗が梨園の弟子に教えてきた「法曲」は、胡楽と異なる、正統なる音楽として位置づけられていく。

元稹は新楽府「法曲」（『元稹集』巻二四）の中で、黄帝・堯・舜・禹・湯・武王の楽、そして漢の高祖の歌、唐の太宗の破陣楽という歴代皇帝の音楽を列挙して、玄宗の音楽もその延長として展開していく。それは陳寅恪『元白詩箋証稿』によって白居易の論理明快なるものには劣ると言われるが、正統なる曲として「法曲」を位置づけるためには、適した修辞ではなかろうか。続いて元稹は以下のように筆を進める。

明皇度曲多新態　　明皇度曲　新態多し
宛轉侵淫易沈著　　宛転侵淫するも　沈著し易し
赤白桃李取花名　　赤白桃李は　花名を取り
霓裳羽衣號天落　　霓裳羽衣は　天落と号す
雅弄雖云已變亂　　雅弄　已に変乱すと云うと雖も
夷音未得相參錯　　夷音　未だ相い参錯し得ず

ここに「霓裳羽衣曲」と並ぶ「赤白桃李」も、単に花を愛でた歌ではなく、李という唐皇室の姓とも関わる歌であった[10]。これに続いて詩には、「胡妝」や「胡楽」が入り込んで、「火鳳」や「春鶯囀[11]」などの「法曲」が咽ぶようなものさびしい曲と化してしまったと詠じられている。ここでは「胡」の乱入こそが諸悪の根源であることが強調され、それ以前の玄宗の音楽には、正統なるものというイメージが付与されているのである。

それに呼応して制作された白居易「新楽府」の「法曲歌」（０１２６）は、太宗の「破陣楽」を詠じた第一首の「七徳舞」に続く第二首として置かれており、そこにも法曲を唐の皇室の正統なる歌として明確に位置づけんとする意図が見える。

法曲法曲歌大定　　法曲法曲　大定を歌う

積徳重熙有餘慶　積徳重熙にして　余慶有り
永徽之人舞而詠　永徽の人　舞いて詠う
法曲法曲舞霓裳　法曲法曲　霓裳を舞う
政和世理音洋洋　政和し世理《おさ》まり　音洋洋たり
開元之人樂且康　開元の人　楽しみ且つ康し
法曲法曲歌堂堂　法曲法曲　堂堂を歌う
堂堂之慶垂無彊　堂堂の慶　無彊に垂る
中宗肅宗復鴻業　中宗粛宗　鴻業を復し
唐祚中興萬萬葉　唐祚中興　万万葉

ここにも具体的に「法曲」の曲名が挙がっている。「大定」とは、高宗期に遼を討伐しようとして、そのとき高宗が作らせた音楽「一戎大定楽」である。(12)「堂堂」は、陳の後主が作った「清商楽」であるというだけではなく、唐王朝の復興に関わり「再び堂と言うは唐の再び受命するの象なり」といわれたものである。(13)玄宗の「霓裳羽衣曲」にしても、「政和し世理まり　音洋洋たり、開元の人　楽しみ且つ康し」とプラスの価値が付与されており、以下に続く「天宝」の描写とは対照的であり、「長恨歌」（巻一二　０５９６）において、ただ玄宗が私的に愛好した曲として「漁陽の鞞鼓　地を動《どよ》もして来たり、驚破す　霓裳羽衣の曲」と用いているのとは異なる。新楽府の「法曲歌」では中国宮廷音楽に正の価値を付し、間違いはそのあとの胡楽の乱入によるものだと言うのである。

法曲法曲合夷歌　法曲法曲　夷歌と合う

夷聲邪亂華聲和　　夷声邪乱にして華声和なり
以亂干和天寶末　　乱を以て和を干《おか》す　天宝の末
明年胡塵犯宮闕　　明年胡塵　宮闕を犯す
乃知法曲本華風　　乃ち知る　法曲は本《も》と華風
苟能審音與政通　　苟も能く音を審らかにせば　政と通ず
一從胡曲相參錯　　一たび胡曲の相い参錯せし従《よ》り
不辨興衰與哀樂　　興衰と哀楽とを弁ぜず
願求牙曠正華音　　願わくば牙曠の華音を正し
不令夷夏相交侵　　夷夏をして相い交侵せしめざるを求む

これは杜甫や顧況の著わした「法曲」や、白居易自身の「江南遇天宝楽叟」の叙述とは違い、玄宗と梨園と法曲の繋がりを越えて、「法曲」を正統的な唐王朝の皇帝音楽として位置づける。これによって、もともと華声であった「法曲」が、天宝十三載から外来音楽に侵されてしまったという認識が定着していくのである。(14)

この「華声」対「夷声」の図式は、伝統的な儒家的音楽観によって形成されており、それは『礼記』「楽記」にみえる「古楽」と「新楽」の対立(15)と同じ構造をもっている。そもそも古き時代には、万物が調和し、天下が安定していたがゆえに、その音楽にも、徳が現われていた。しかし、現在に生きる人々が好む音楽は、魅惑的であるが、人心を乱し、徳を損なうものである。儒家的音楽観にしたがえば、中国の音楽はつねに芸術性と徳との矛盾を秘めているのである。それゆえに、唐代においては、人心を魅了する「夷声」つまり「胡曲」が「新楽」にあたり、中国の伝統的な音楽である「華声」つまり「法曲」と相い対立するものとして取り上げられている。

白居易は、先の「法曲」の作品の自注において、以下のように、「道調法曲」を「胡部新声」と対峙させ、それに中国の伝統音楽としてのはっきりとした色彩を与えている。

法曲は雅音を失うに似たりと雖も、蓋し諸夏の声なり、故に歴朝行わる。玄宗雅《はなは》だ度曲を好むと雖も、然も未だ嘗て蕃・漢をして雑奏せしめず。天宝十三載、始めて詔して諸道調法曲と胡部新声とを合作せしむ。識者深く之を異とす。明年冬にして安禄山反《そむ》くなり。

元稹の「立部伎」にも同じ趣旨の自注があり(16)、白居易・元稹が、この説を取り上げて強調し、模範と戒めを示す「新楽府」の制作意図を達成しようとしていることが窺える。

さらに「法曲」を考える上で見逃すことができないのは、ここで強調された天宝十三年に宮廷音楽である「法曲」が「胡楽」に侵されるとする説が、これ以後宋代には沈括『夢渓筆談』巻五などに次のように引き継がれ、事実として定着していくことである。

外国の声、前世には自ら別ちて四夷の楽と為す。唐天宝十三載より、始めて詔して法曲と胡部とを合奏せしめ、此れより楽奏全て古法を失う。

それ以前の音楽を体系的に記した宋の陳暘『楽書』二百巻にも、その巻一八八の「法曲」の条に、「白居易曰く」と明示して「法曲」の自注の部分が引用されている(17)。また、そこに挙げられた「法曲」の曲名のリストも、元稹・白居易の「新楽府」によるところが大きいといえる。さらに、「法曲は唐より興り、其の声始めは清商部より出づ」として伝統音楽としての「清商楽」にその由来を繋ぐように記しているのも、「新楽府」に従っているとも考えられ、「新楽府」が後世に与えた影響は大きいといえよう。

しかし、くり返して述べるが、「新楽府」という作品の諷諭的性格からも、そこに示された正統的な法曲像が、「華声」と「夷声」との対立の図式のうちにこしらえられていったもの、という可能性は否定できないのである。

三　中晩唐以降の宮廷音楽にみえる「法曲」

「法曲」は正統的な音楽であり、特に玄宗が積極的に政治に参加した開元期の文化を代表するものという認識は定着していったらしく、後の文宗期（八二七～八四〇）には、宮廷音楽のなかに再現しようとする試みがなされる。次の『旧唐書』巻一六九「王涯伝」には、文宗による開元音楽再現の意図が見られる。

大和三年正月、（王涯）入りて太常卿となる。文宗　楽府の音の鄭衛太《あま》りに甚だしきを以て、古楽を聞かんと欲し、涯に命じて旧工に詢らしめ、開元時の雅楽を取りて、楽童を選んでこれを按ぜしめ、名づけて雲韶楽と曰う。

『旧唐書』巻一六八「馮定伝」にも次のように言う。

（馮定）大和九年八月太常少卿となる。文宗　楽を聴く毎に、鄭・衛の声を鄙しみ、奉常に詔して、開元中の霓裳羽衣舞を習わしめ、雲韶楽を以てこれに和せしむ。

王涯や馮定という太常寺の役人に命じて開元時の雅楽を再現させ、「雲韶楽」と名づけ、その後「霓裳羽衣舞」もこの「雲韶楽」をもって伴奏させていた様子が記されている。文宗は科挙の試験にも「霓裳羽衣曲」を賦題にするほどであった（『唐摭言』巻一五）[18]。また臣下に賜る宴で「法曲」を演奏させることもあり、『旧唐書』巻一七下の「文宗紀」の大和八年には、「翰林院に李仲言を宴し、法曲弟子二十人の奏楽を賜う」とある。さらに、開成二年三月「宣徽院法曲楽官放帰す」、三年「法曲を改めて、仙韶曲と為す、仍りて伶官の処る所を以て仙韶院と為す」とあり、「法曲」が「仙韶曲」と改名されたことなどが窺える。太常寺において、開元雅楽を再現した「雲韶楽」と「霓裳羽衣舞」の教習、そして「法曲」、「法曲弟子」、「宣徽院」に所属した「法曲楽官」の存在、それらは、文宗がいかに開元音楽の再来を冀求していたかを語ってくれる。そしてこの「雲韶楽」が文宗期の宮廷音楽を表わす言葉であることは、白居易「開成大行皇帝挽歌詞四首奉勅撰進」その三（巻三五　３４５３）「唯だ雲韶楽有りて、長く治世の音を留むるのみ」などからも知られる。その楽器編成は晩唐の段安節『楽府雑録』「雲韶楽」によると、「玉磬四架……琴・瑟・筑・簫・篪・籥・跋膝・笙・竽・登歌・拍板」というどちらかと言えば雅楽的なものであった。この「雲韶楽」による伴奏を得、また太常寺の楽官の手を経た「法曲」も雅楽的なものであったと考えられる。同じく『楽府雑録』「雅楽部」の条に、「法曲」の記載が見える。

楽即ち簫・笙・竽・塤・篪・籥・跋膝・琴・瑟・筑有り。竽の形の小鐘に似たるを将《と》りて、手を以て之を将れば即ち鳴るなり。次に登歌有り。皆、法曲を奏す。御殿は、即ち凱安、広平、雍熙の三曲を奏す。

ちなみに、続く五代の宮廷音楽の記載として「法曲」が見えるのは、『楽府詩集』巻一五「燕射歌辞」の「晉朝饗楽章」に引く「唐余録」の記載である。

唐余録に曰く、「天福五年十一月冬至、群臣を朝《め》し、觴を挙げて玄同を奏す、四爵登歌を作《な》す。群臣飲み宮懸楽を作《な》す。又た亀茲および霓裳法曲を奏し、以て食の畢るを須つ。時において衆　亀茲、法曲、雅鄭の雑糅を聞き、固より已にこれを非とす」と。

五代の後晉の宮廷において、亀茲と法曲が奏され、雅鄭が混じって、不祥を導いたとされている。これは玄宗が道調法曲と胡部新声とを混ぜたことにより、明年安禄山の乱が起こったとして、音楽と政治を結びつけようとする「新楽府」にみえる論理と同じである。理念的に「法曲」を「雅」と捉える「新楽府」の精神はここにも踏襲されている。五代の後晉と言えば、『旧唐書』が編纂された時期でもあり、この時「法曲」は以上のような流れの中に位置づけられていた。『旧唐書』「音楽志」は、多く『通典』「楽」の条を引用しているのだが、『通典』には「法曲」の記述はない。ゆえに、『旧唐書』「音楽志」にみえる以下の「法曲」の記述は、編纂当時に見られる「法曲」に関する資料を集めて書いたと推測される。

時に太常旧《ふる》く宮・商・角・徴・羽の讌楽五調歌詞各一巻有るを相い伝う。或もの云う、貞観中、侍中の楊恭仁、妾の趙方等の銓《えら》び集めたる所にして、詞は鄭衛多く、皆な、近代詞人の雑詩なり。縚（韋縚）に至りて又た太楽令の孫玄成をして更に整比を加えしめ七巻と為す。又た開元自《よ》り已来、歌者は胡夷里巷の曲を雑え用う、其の孫玄成の集めし所の者は、工人の多く通ずる能はずして、相い伝えて謂いて法曲と為す。

開元の時に、孫玄成によって整えられた太常寺に伝わる讌楽五調は、すでに後世の楽工には理解できず、「法曲」と謂われた。「歌う者、胡夷里巷の曲を雑用す」と当時の宮廷音楽と民間音楽との交流の密接なることを示す。続いてさらに「法曲」の語が見える。

今、前史の旧例に依り、雅楽の歌詞の前後に常に行用されし者を録し、此の志に附す。其の五調の法曲は、詞多く経《ただ》しからず、復たこれを載せず。

旧例によって、これまで行われた雅楽の歌詞を記録することになっており、それに準じた形で「法曲」も取り扱われるはずであった。しかし五調の「法曲」は歌詞がでたらめなので載せないことにしたと言う。「法曲」は「雅楽」と並んで記載される「雅」の範疇に属するものと認識はされていたが、実際には、民間音楽が宮廷に流入していた五代においては、史書に記録できないほど「雅」から離れたものとなっていたのである。前蜀の後主王衍が「自ら板を執り、霓裳羽衣・後庭花・思越人の曲を唱」（『蜀檮杌』）い、李後主も霓裳羽衣曲の楽譜を手に入れて再現させており（馬令『南唐書』）、法曲と遊興的な詞との繋がりも示唆されている。これが中晩唐から五代にかけての宮廷音楽における「法曲」の姿であった。

四　中晩唐における玄宗宮廷音楽の物語化

中晩唐以降、「法曲」が「雅」なるべきものと位置づけられる一方で、玄宗時期の宮廷音楽にまつわる物語もさかんに創作されていった。まず、「霓裳羽衣曲」に関しては、『太平広記』巻二六に、唐の薛用弱『集異記』を引いて、玄宗が道士葉法善とともに月宮に遊び、そこで「紫雲曲」を聞き、のちにそれを復元して作った曲を「霓裳羽衣曲」と名付けたとある。これと同じ記述は鄭嵎の「津陽門詩」（『全唐詩』巻五六七）の自注にも見えるが、鄭嵎はその物語に、都督楊敬述の献上した「婆羅門曲」が月宮で耳にしたものと同じだったのでそれを「霓裳羽衣曲法曲と名づけた」と付け加えている。劉禹錫「三郷駅楼にて伏して玄宗の女几山を望む詩を観、小臣斐然として感ずる有り」（『劉禹錫集箋証』巻二四）の詩篇にも「開元天子万事足り、唯だ惜しむらくは当時光景の促すを、三郷陌上に仙山を望み、帰りて霓裳羽衣曲を作す」とあり、「霓裳羽衣曲」の成立に関する事実を云々するというよりも、中晩唐の詩の題材として、こうしたものが好まれたことが看取される。また「法部を伝呼して霓裳を按ぜしむ」の詩句を持つ王建[19]の「霓裳詞十首」（『全唐詩』巻三〇一）にしても、「霓裳」という語を八首に渡って用い、玄宗と楊貴妃の物語を美しくまとめており、玄宗を題材にした中晩唐詩の流れの中に位置づけられよう。

このとき「霓裳羽衣曲」の演奏自体も、もはや宮廷の独占物ではなかった。『碧鶏漫志』巻三や『唐語林』巻七には、文宗や宣宗のときそれが広範囲に広まっていたと書かれている。その資料は多いとはいえないが、白居易その人も「霓裳羽衣曲」の奏楽を私的に楽しんだ。白居易は宝暦元年（八二五）に書いた「霓裳羽衣歌」（巻二一 2202）において、「玲瓏の箜篌、謝好の箏、陳寵の觱篥、沈平の笙」として、杭州刺史時期（八二二〜八二四）には官妓たちに「霓裳羽衣曲」を演奏させ、蘇州刺史時期（八二五〜八二六）にも、李娟・張態などの妓女に教えて愉しんだと記している。「長恨歌」が唱える妓女の値打ちが上がったことを鑑みると、この白居易が教えた「霓裳羽衣曲」もさぞやその後花柳界で流行したことであろう。彼はまた、晩年ちかくに洛陽に分司し、自ら楽団を所有していた。その楽団のうちに「霓裳羽衣曲」を演奏する「法部」と呼ばれるものもあった。「臥聴法曲霓裳」（巻二六 2697）などの詩篇からも彼が「霓裳羽衣曲」をいかに好んだかが看取される。

「雨霖鈴」や「茘枝香」などの「法曲」も、晩唐の物語りの中で取り上げられていった。晩唐の鄭処誨による筆記小説『明皇雑録』には、玄宗が安史の乱の際に蜀へ行き、桟道にて鈴の音を聞き楊貴妃のことを想い、その音を元に「雨霖鈴」という曲を作ったとある。そしてこの曲は晩唐において「法部」に伝わると言うのである。この故事がどれだけ事実を伝えているかは別として、少なくともこの「雨霖鈴」という曲は、華やかなりし玄宗の宮廷においては決して演奏され得なかった「法曲」であることは確かである。また、「茘枝香」については、次のように言う。

六月一日、上（玄宗）華清宮に幸す、是れ貴妃の生日なり。上（玄宗）小部音楽（小部なる者は、梨園法部の置く所にして、凡そ三十人、皆な十五歳以下なり）に命じて、長生殿において新曲を奏せしむ。未だ名づけず、会《たま》たま南海より茘支を進む。因りて茘支香と名づく。

これは、一片の物語りであるが、『新唐書』はこの記載をほとんどそのまま引用し、晩唐に作られた物語が、そのまま史実として認識されていくことになる。因みに、この「茘支香」の名は、『教坊記』には見えず、宋代にかけて詞牌として見られるようになるものである。

こうした事実と物語の乖離に対して、宋人の観点から、『碧鶏漫志』巻三には「唐人は開元・天宝の事を言うを喜びて、而して荒誕にして相い凌奪すること此の如く、将に誰をしてこれを信ぜしめんとするや」とあり、中晩唐に作られた故事を切り捨てる。だが、玄宗に纏わる物語が多く創作されたことがかえって、宮廷の外においても開元・天宝の故事やそれに関わる音楽などが好まれたことを窺わせる。[20]晩唐の張祜の詩篇について『容斎随筆』巻九などに「皆、開元遺事を補うべし」と扱われていることも、いかにうまく開元当時の事柄が描写されているかを示唆している。開元・天宝の宮廷音楽も、そのなかで物語化されて捉えられていったと考えられる。

五　『新唐書』のなかの「法曲」

以上のように、唐代における「法曲」の変遷を追ってみたが、従来の法曲研究において使われてきたのは、北宋に編纂された『唐会要』、『新唐書』、『資治通鑑』、『楽書』、南宋の『通志』や、元代の『楽府詩集』、『文献通考』などであった。そのうちでも、比較的早くに纏められ[21]、ある程度整理された資料として、また、『通志』『文献通考』などにも引用されているものとして、『新唐書』が取り上げられよう。そこにみえるのは以下のような記載である。

Ⅰ　初め、隋に法曲有り。

Ⅱ　其の音清くして雅に近し。其の器に鐃・鈸・鐘・磬・幢簫・琵琶有り。琵琶は、円体修頸にして小さく、号して「秦漢子」と曰う。蓋し絃鼗の遺声にして、胡中より出で、伝えられて秦・漢の作る所と為る。

Ⅲ　其の声は、金、石、絲、竹、次を以て作《おこ》る。

Ⅳ　隋の煬帝は其の声の澹なるを厭い、曲の終わりに復た解音を加う。

Ⅴ　玄宗既に音律を知り、又た酷《はな》はだ法曲を愛し、坐部伎の子弟三百を選びて梨園において教え、声に誤り有る者、帝、必ず覚《さと》りて之を正し、「皇帝梨園の弟子」と号す。宮女数百も亦た梨園の弟子と為し、宜春北院に居らしむ。

Ⅵ　梨園法部は、更に小部音声三十余人を置く。帝、驪山に幸し、楊貴妃の生日、小部に命じて楽を長生殿に張らしめ、因りて新曲を奏ぜしむるも、未だ名あらず。会《たま》たま南方より茘枝を進む、因りて名づけて「茘枝香」と曰う。

……

Ⅶ　開元二十四年、胡部を堂上に升す。而して天宝楽曲、皆な辺地を以て名づくること、「涼州」「伊州」「甘州」の類の若し。後、又た詔して道調法曲と胡部新声とを合作せしむ。明年、安祿山反き、涼州・伊州・甘州は皆な、吐蕃に陥る。

いま、便宜上、記述の前に数字を記したが、Ⅰ～Ⅶまではひとつながりのものである。ⅥとⅦの間には玄宗が羯鼓を好んだという記事が書かれているが、直接「法曲」と結びつかないので省略した。また、文宗が「法曲」を復元させたという記載もこの後書かれているが、それについては、本章第三節でみてきた『旧唐書』の記述と重なるのでここではとりあげないこととする。

ここに羅列したⅠ～Ⅶの部分からは、宋代に整理された「法曲」論、ひいては宋人の描く唐代宮廷音楽像を読み取るのに重要な三つの事柄を考察することができる。

まず、その一つは、「法曲」の起源についてである。唐代に編まれた崔令欽の『教坊記』や杜佑の『通典』「楽」の部分には、その起源はおろか、「法曲」という文字すら見られないことはすでに述べた。五代の『旧唐書』「音楽志」にも起源を云々した箇所はない。『新唐書』に「法曲」の起源が隋代であるとはっきり書かれているのは、『新唐書』を編纂した際に用いた中晩唐・五代の資料に従ったからなのか、または当時「法曲」と呼ばれたものが隋代に起源をもつと断定したためか定かではない。ただ、『新唐書』のこの記載は、唐代宮廷音楽の基盤が隋代に形成されたとする宋人の認識を語ってくれる。唐代の宮廷音楽が隋代の継承であることを、『新唐書』「礼楽志」は繰り返し論じている。例えば、文舞・武舞の箇所でも、「初め、隋に文舞、武舞有り、祖孝孫に至りて、楽を定め、文舞を更めて治康と曰い、武舞を凱安と曰う」というように、唐代初期の雅楽は隋のものを使ったとある。同じく燕楽についても、「燕楽、高祖即位し、隋制に仍りて九部楽を設く」とある。また、雅楽と俗楽とをわけたのも、隋からであるという。「周、陳より以上、雅鄭淆雑して別なし。隋文帝始めて雅・俗の二部を分け、唐に至りて、更に「部当」と曰う」と。こうした流れのなかで、「法曲」の起源も隋に置くのは当然のことといえよう。

Ⅰと関わって、ⅣとⅤの隋の煬帝と唐の玄宗という、どちらも文化の発展に力を投じた皇帝を結んで記述しているところにも、『新唐書』の編者の唐代宮廷音楽文化に対する把握の姿勢が看取される。実際、隋の煬帝は、宮廷音楽の拡大に熱心であった。楽人を宮中に集めたことでは、それまでの王朝に類を見ないほどであった。また唐代の太常寺音楽の精髄の一つでもある「十部伎」の原型も、煬帝のときに完成され、『隋書』巻一五「音楽志」には、「大業中に及び、煬帝乃ち清楽、西涼、亀茲、天竺、康国、疎勒、安国、高麗、礼畢を定めて以て九部を為す。楽器工衣、創造既に成り、大いに茲に備われり」と見える。同じく『隋書』巻一五「音楽志」にまた次のようにいう。

煬帝は音律を解さず、略《ほ》ぼ関懐せず。後に大いに艶篇を製り、辞は淫綺を極む。楽正白明達をして新声を造らしめ、万歳楽・蔵鈎楽、七夕相逢楽・投壺楽、舞席同心髻・玉女行觴・神仙留客・擲磚続命・闘百草・泛龍舟・還旧宮・長楽花及び十二時などの曲を創らしむ、掩抑摧蔵して、哀音断絶す。

「音律を解さず」と記されながらも、集めた楽人の数や、楽曲の種類の豊富さからも、煬帝期の宮廷音楽は唐代の基盤であったことは確認されよう。そして、唐代宮廷音楽の最盛期とも言われる玄宗期の宮廷音楽「法曲」が、その起源を隋代とするところには、「法曲」自体の起源云々よりも、唐代宮廷音楽の本質を捉えた宋人の見方が現われていると言えよう。

第二に、「法曲」が雅楽とはいえないまでも、「雅」に近い音楽であるという認識がここでも明示されている。それを示すのは、主にⅡの部分である。ここは、白居易の「法曲歌」にみえる「法曲は雅音を失うに似たりと雖も、蓋し諸夏の声なり、故に歴朝行わる」という考え方に結びつくものである。また、胡楽をイメージさせる代表的な楽器としての琵琶が使用されることに対して、琵琶は確かに外来起源であるにせよ、すでに「秦・漢」の頃から中国で使われ、作られてきたという『通典』の清楽の「秦漢子」の記載をそのまま写し、「雅楽」とまではいえないにしろ、伝統的な音楽であることを強調している。

また、Ⅲの書き方についても、白居易の「霓裳羽衣歌」にみえる原注の「凡そ法曲の初め、衆楽斉《そろ》わず、唯だ金、石、絲、竹、次第によって発声す、霓裳序の初めも亦た復すること此《か》くのごとし」と言う箇所と類似しており、『新唐書』が資料として白居易の詩文を活用した可能性は否定できない。また、Ⅶの部分にも、『新唐書』が白居易の詩文を参考にしたことを窺わせる事柄が現われている。そこの記述は、第二節でみてきたような「開元」と「天宝」の差異をことさらに強調し、「胡部新声」と「道調法曲」の融合が、結果として夷狄の侵略を招いたという主張と繫がっている。ここに至って、白居易が「新楽府」で描いた「法曲」像が、史実として確かに定着したといえよう。

第三に、ⅤとⅥの部分について考えてみると、第四節でみてきたような、物語化された玄宗皇帝と「法曲」の密接な関わりが取り入れられているようだ。Ⅴの部分については、その当時現存した資料をできるだけ用いた『旧唐書』にも「太常楽工子弟三百人を教えて絲竹の戯を為さしむ、音声斉発し、一声の誤り有らば、玄宗必ず覚《さと》りてこれを正す」という記載があるのだが、そこでは、「法曲」という言葉は一切使われていない。ここに「法曲」の文字を入れている『新唐書』は、玄宗皇帝在世期以降に創作されていった物語的要素を加えた伝承を受け入れているといえよう。そのことを端的に示しているのが、続くⅥの部分であり、第四節でもみたように、ここには晩唐の鄭処誨『明皇雑録』の記事がそのまま記載されている。『新唐書』は筆記小説の類を多く引用していることは、しばしば虚構であると批判されもするが、別の観点からすれば、中晩唐人による伝承のなかの世界、つまりは彼らによって創造されていった玄宗皇帝と音楽の世界を映し出してもいるのである。

このように、唐代音楽を知る上で重要な手掛かりとされてきた『新唐書』の記載を、「法曲」に限って分析してきた。資料が限られているため、ともすれば、『旧唐書』と『新唐書』の記載をつなぎ合わせて唐代の音楽像を構築してしまいがちであるが、『新唐書』には宋人の手で整理された唐代の宮廷音楽像が現われていることは確認できよう。一方、『旧唐書』には、内藤湖南も「唐の初めから中頃までの部分は、大体当時の歴史家が考へて書いたものを用いた為めよく出来てゐる」[22]と言うように、玄宗期の宮廷音楽の記述までは、そのまま歴史資料となり得るものである。だが、それ以降については、記述が断片的であり、とりわけ「法曲」のように、玄宗期以降に詩文にとりあげられ、宮廷音楽に再現された音楽に関しては、『新唐書』の記載によるしかない。その際、『新唐書』に見える資料には、その編纂者の視点によって、さまざまな資料から取捨選択された唐代音楽像が現われていることを認識したうえで、扱っていかねばならない[23]。

以上のように、「法曲」の変遷、および『新唐書』の「法曲」に関する記載を考察してみると、「法曲」というものが、玄宗期、あるいはそれ以前から確固とした体裁をもって存在したとするよりも、玄宗期の音楽を偲ぶ後世の人びとが、古の映像のなかにぼんやりとイメージした理想の宮廷音楽として捉えていくのが妥当ではないかと思われる。本章の冒頭にみた『燕楽探微』の非常に包括的な法曲論も、「法曲」が当初から枠組みをもった音楽ではなかったということで納得できる。また、「法曲」に付されていった「雅」なるもの、「正統」な宮廷音楽という定義は、白居易・元稹の「新楽府」によって喧伝されたものである。そこでは、「華声」対「夷声」という儒家的礼楽観に即し、「法曲」が「胡楽」に対するものとして取り上げられていった。しかし、もちろん彼らの作品だけが、「法曲」像を作り上げたわけではなく、「開元」という泰平なる時代に対する思慕の情が、時の流れとともに、当時の宮廷音楽を理想化したのではなかろうか。文宗期の宮廷音楽における開元雅楽の再現はそれを端的に示している。また、玄宗皇帝に関するあまたの物語が中晩唐に伝承されたことも、その頃玄宗皇帝にまつわる音楽が生み出されていったことを窺わせる。そして、『新唐書』の「法曲」に関する記述は、多くこの中晩唐の資料にもとづいており、そこには、開元・天宝の宮廷音楽の実像というより、中晩唐において創作されていった「法曲像」が纏められていると思われる。

あとから物語が付加されたり、あらたに曲目が追加されたり、ということは、中国の宮廷音楽には古くからあることで、特に、古代の皇帝の音楽とされるものや、唐代においては、太宗の「破陣楽」なども多分に後から物語がつけられた可能性がある。そして、この点では、「法曲」もそれを踏襲しているようであり、その典型ともいえよう。伝承のなかでつくりあげられ、史実と化していった「法曲」の考察は、唐代宮廷音楽を一つの角度から照らしだすことになるようである。

（1）　呉釗・劉東升『中国音楽史略』（人民音楽出版社、一九八三年）「唐代大曲」。また、藤井知昭他編集『民族音楽概論』（東京書籍、一九九二年）「東アジア　古代後期・国際音楽時代（五世紀〜九世紀）」の記述も、呉釗・劉東升『中国音楽史略』の記述を受けるように、仏曲と法曲の繋がりを主張している。しかし、小論では、饒宗頤「〈法曲子〉論」（中国社会科学出版社『中国史研究』一九八六年第一期）で氏が仏教音楽を論じる際に、唐の梨園の「法曲」とは明確に区別して扱ったのに従い、仏曲関連説は取らない。なぜならば、仏曲関連説がもとづくところの『隋書』「音楽志」の梁の武帝の「又法楽童子伎有り、童子が歌に倚りて梵唄し、無遮の大会を設け則ちこれを為す」という一文にみえる「法楽」と、「霓裳羽衣曲」を代表とする唐代宮廷音楽である「法曲」がつながるとはみなせないからである。
（2）　石井文雄「法曲論」（『支那学』巻七）。これは「道調法曲」という言い方によって道教との関わりを強調するものであるが、小論はこの説にはよらない。なぜなら、「道調」については、『教坊記』序に「我が国家は玄玄の允なれども、未だ頌徳を聞かず、高宗は楽工白明達に命じて道曲・道調を造らしむ」とあり、李という姓を持つ唐皇室との関わりが明示されていると考えるからである。また、もし道教に関わる曲が「法曲」であるならば、玄宗期の道士司馬承禎によって作られた道曲こそ「法曲」の典型とされねばならないが、その曲は「法曲」と呼ばれていない。小論の第二節でみるように、白居易の作品の自注に引かれた「道調法曲」と「胡部新声」との対比により、「道調」とは、外来の曲「胡部」に対して、「中国の・唐王朝の曲」という意味として考える。

（3）岸辺成雄『唐代音楽の歴史的研究』（東京大学出版会、一九六一年）下冊、四二八頁。

（4）林謙三『隋唐燕楽調研究』（商務印書館、一九三六年）、村上哲見『宋詞研究』（創文社、一九七六年）四六一頁。

（5）上海古籍出版社、一九八九年、九九頁「為法曲下一結論」。

（6）「法曲」は、玄宗が好み、開元初期から梨園の楽人に教習させた音楽であったとされるのは、『唐会要』巻三四「論楽」、『新唐書』巻二二「礼楽志」、『資治通鑑』巻二一一など後世の文献に記されているからであり、管見の及ぶところでは玄宗在世期の資料にはない。

（7）なぜ「法」という文字を用いるかについては、「法駕」、「法膳」、「法物」などの形で、皇帝の車、食事、祭祀に使う器物などの意味で用いられていることが関連しているのではなかろうか。杜甫は「法曲」ではなく、「法歌」としているが、このように、「法曲」を「法歌」と混用している例は、『玉海』巻一〇六に引く『唐会要』の「法曲」の記載で、「太常梨園別教院法歌楽章等……」などにもある。

（8）村上哲見『宋詞研究』（創文社、一九七六年）「霓裳羽衣曲考」四六三頁。

（9）静永健「元稹『和李校書新題楽府十二首』の創作意図」（『日本中国学会報』第四三集、一九九一年）。

（10）『通志』巻四九に、「赤白桃李花亦曰桃李（唐高祖時歌）」とあり、『新唐書』巻七六「韋皇后伝」に「昔高祖時、天下歌桃李。太宗時、歌秦王破陣樂。高宗歌堂堂。天后世、歌武媚娘」とあるように、「桃李」も、「破陣楽」も、「堂堂」も、ともに唐の皇室とゆかりの深い曲だったと推測される。

（11）「火鳳」については、『唐会要』巻三三に「貞観末有裴神符者妙解琵琶、作勝蛮奴・火鳳・傾盃樂三曲、声度清美、太宗深愛之」とあり、「春鶯囀」については『教坊記』に「高宗暁声律、聞風葉鳥声、皆蹈以応節。嘗晨坐、聞鶯声、命歌工白明達写之為春鶯囀。後亦為舞曲」とあり、ともに太宗、高宗の歴代皇帝と結びついた故事を持つ。

（12）「一戎大定楽」は、白居易の自注には、「永徽之思、有貞観之遺風、故高宗製一戎大定楽曲也」とあり、『旧唐書』巻二八「音楽志」に「永徽六年（六五五）三月、上（高宗）欲伐遼、於屯営教舞、召李義府、任雅相……上官儀等、赴洛城門観楽」とある。

(13)「堂堂」は、白居易の自注には、「永隆元年、太常丞李嗣真善審音律、能知興衰、云、近年楽府有堂堂之曲、再言之者、唐祚再興之兆」とあり、『新唐書』巻三五「五行志」に「調露初（六七九）、京城民謡有「側堂堂、橈堂堂」之言。太常丞李嗣真曰「側者不正、橈者不安。自隋以来、楽府有堂堂曲、再言堂堂者、唐再受命之象」」とある。それゆえに、則天武后が一時「周」という王朝をたてたが、また唐が復興したと『唐音癸籤』巻一三「楽通二」にも言う。

(14)本書第Ⅲ部第一章においても、「新楽府」の一首「法曲」は中国音楽が胡曲一色になったことを事実として述べた歴史的資料として扱うよりも、諷諭のために胡楽を取り立てて持ち出したものとみなすべきことを論じている。

(15)『礼記』「楽記」に、「魏文侯問於子夏曰、吾端冕而聴古楽、則唯恐臥、聴鄭衛之音、則不倦。敢問古楽之如彼何也。新楽之如此。何也。…古樂…和正以広、…新楽…姦声以濫、溺而不止…」など対比して述べている。

(16)「太常丞宋沇、漢中王の旧説を伝えて云う」の後に白居易のものと同様の自注が続く。宋沇は貞元中に徳宗に「楽録」三巻を献上したと『唐語林』巻五に言う。その他、『太平広記』巻二〇三に、「宋沇為太常令、知音近代無比、太常久亡徵調、沇考鐘律得之〔『唐国史補』より採録分〕」とあり、また『太平広記』巻二〇五にも、「宋開府孫沇有音律之学、貞元中、進楽書二巻、徳宗覧而嘉焉……〔『羯鼓録』より採録分〕」とみえる。また、「漢中王」については、『新唐書』巻八一に記載があり、玄宗とともに蜀へ行った者である〔『太平広記』巻二〇四、二〇五にも記載あり〕。

(17)『楽書』には、巻一六四にも、「明皇雅好度曲未嘗使蕃漢雑奏、迨天宝之末始詔道調法曲與胡部新声合作、識者異之、明年遂及禄山之難」と白居易の「法曲歌」の自注を引用している。

(18)他に『唐闕史』下、『雲溪友議』上、『文苑英華』巻七四などに記載がある。詳しくは、村上哲見『宋詞研究』「霓裳羽衣曲考」四七二頁参照。

(19)朱金城『白居易研究』（陝西人民出版社、一九八七年）では、王建は貞元中に及第し、大和中に陝州司馬になるとあり、ここではそれによって王建の詩篇を扱う。

(20)前掲（注14）の拙稿において、中晩唐において、開元・天宝期に由来をもつ音楽が流行したことについても論じている。

(21)『新唐書』に先んじる記載としては、九六一年に成立した『唐会要』の巻三三「諸楽」の、太常梨園別教院が法曲楽章など十二章を教えたとしてその曲名をあげる部分と、巻三四の「雑録」の部分にみえる、開元二年に玄宗が自ら法曲を教えたものを「皇帝梨園の弟子」と称したというものと、開成三年四月に文宗が「法曲」を「仙韶曲」と改名したというものがある。この『唐会要』の記述は資料の羅列にとどまり、「法曲」について纏めて整理されてはいない。
(22) 内藤湖南「宋代に於ける史学の進展」(『支那史学史』平凡社東洋文庫、一九九二年所収)。
(23) 宋代の資料によって唐代音楽を考える際の問題点として、名前が同じであっても、内容が同じかどうかという判断の難しさが挙げられる。例えば、南宋の張炎『詞源』などは詞の理論書であり、「拍眼」や「音譜」の条に、大曲とならべて法曲を解説する。それによって例えば王国維「唐宋大曲考」(『王国維戯曲論文集』中国戯劇出版社、一九八四年所収)や、呉熊和『唐宋詞通論』(浙江古籍出版社、一九八五年)などでも、「法曲」を「大曲」との比較の観点から論じている。しかし、これはあくまで宋代における「法曲」を規定するひとつの指標であり、それによって小論でみてきた唐代の「法曲」を枠づけするのは難しい。

第三章　時代を超えて

中国音楽の歴史のなかでも、唐代の音楽は西域との交流がもたらした楽曲の豊穣さや、教坊や梨園における洗練された楽人の技、楽譜による音の伝承様式の定着などさまざまな点で、それ以後の音楽文化の発展に影響をもたらした。それらに関してこれまで多くの研究がなされてきたが、そのなかで用いられる宋代の資料は、量的に多いことと、整理されていて扱いやすい点で、唐代のものと同等またはそれ以上に重視されてきた。しかしながら、宋代の資料にあらわれた唐代音楽像には、当然のことながら唐代音楽の実態とはいえない宋人の音楽に対する認識が反映しているのである。その一例として、唐代音楽の重要な資料である、北宋の欧陽修が編纂した『新唐書』のなかの、「礼楽志」にみえる音楽の記載を中心に、時代を超えて唐代音楽がいかに伝承され整理されていったかを考察していきたい(1)。

一　楽人の伝承する音楽

唐末の黄巣の乱では唐代音楽文化もかなり破壊されたという認識が、宋人にはあった。『新唐書』巻二一「礼楽志」には、「その後　黄巣の乱、楽工逃散し、金奏皆な亡ぶ」と、楽人も逃避し、楽器も失われたことが窺える。また、巻二二にも「蓋し唐の盛時、楽曲の伝うる所、その末年に至り、往往にして亡缺す」と、唐代の楽曲もその伝承が途絶えたことが記されている。唐代音楽の実像は、宋代においてはすでに探りあてるのが相当困難となっていた。元祐のころに記された沈括の(2)『夢渓筆談』巻五にも次のようにいう。

吾れ聞く、『羯鼓録』に羯鼓の声を序して云う「空を透り遠を砕き、極めて衆楽と異なる」と。唐の羯鼓曲、今　唯だ邠の一父老の之を能くする有るのみにして、大合蝉、滴滴泉の曲有り。予　鄜延に在りし時、尚《な》おその声を聞く。涇原承受公事の楊元孫は、奏事に因りて回《かえ》りしおり、此の人を召して闕に赴かしめん旨有り、元孫　邠に至り、而してその人已に死せり。羯鼓の遺音遂に絶えり。今　楽部中に有する所、但だ名の存するのみ。「空を透り遠を砕く」は了に余跡無し。

沈括は、「空を透り遠を砕く」と晩唐の南卓『羯鼓録』に記されている唐の音は、それを演奏できる「邠の一父老」なる楽人の死により、聞けなくなったという。この話は、宋人の唐代音楽認識の二つの側面を表わしている。ひとつは知識として彼らは『羯鼓録』などの唐代音楽書にみえる事柄を熟知していたということである。それは文献による認識といえよう。もうひとつは実際に音楽を伝承する楽人の奏楽によってそれを鑑賞したことである。しかし、楽人による伝承が途絶えたことによって、それによる唐代音楽の理解も難しくなっていった。

そもそも『新唐書』を編纂した欧陽修も、例えばその著『六一詩話』において、有名な「霓裳羽衣曲」について、「霓裳曲、今　教坊尚《な》お能くその声を作《な》すも、その舞は則ち廃れて伝わらざるなり」といい、唐代を代表する曲でさえ、その全貌はすでに伝わらないことを述べている。また「李留後家聞箏坐上作」の序（『欧陽修全集』

巻一二）では、「予少《わか》き時、嘗て一鈞容老楽工の箏声を聞く、時人の弾ずる所と絶えて異なり、云う是れ前朝教坊の旧声なりと、その後復た聞かず……」というが、そうした楽人によって細々と伝承されてきたもののなかに、残された唐の音を聞き取ろうとしていたことが窺える。

この欧陽修の言にみえる教坊は、『宋史』巻一四二「楽志」には「宋初は旧制に循い、教坊を置き、凡そ四部となす。その後　荊南を平らげて、楽工三十二人を得、西川を平らげて、一百三十九人を得、江南を平らげて、十六人を得、余の藩臣の貢ぐ所の者八十三人、また太宗藩邸に七十一人有り。是れに由り、四方の執藝の精なる者は皆な籍中に在り」とみえる。宋初の宮廷音楽の整備にあたり、前代の音を伝承している楽人たちを荊南・西川・江南などの地方より集めたり、臣下が献上した楽人によってつくられたのが、宋代初期の教坊であった。旧楽に精通している楽人をいかに多く集めてくるかは、建国当初の王朝に共通した問題ではあるが、宋代において楽人はまず教坊に集められた。そしてこの教坊の音楽が、雅楽にも用いられていたことさえあった。それは、同じく『宋史』巻一二六「楽志」に「国初より已来、正殿に御し朝賀を受くるに、宮縣を用い、次に別殿に御し、群臣上寿は、教坊楽を挙ぐ」や、「太宗の太平興国二年（九七七）、冬至上寿は、復た教坊楽を用う」などと記されたところからも看取される。

宋初において教坊音楽は旧来の音楽を伝える重要なものであった。しかしながら、沈括『補筆談』巻一（五三五条）には、その教坊の音楽について次のような話もみえる。

本朝の燕部楽は五代の離乱を経て、声律差舛せり。伝え聞くに国初は唐楽に比して五律高し。近世楽声漸く下るも、尚お両律高し。予嘗て以て教坊の老楽工に問う。「楽声歳久しければ、勢当に漸く下るべし」と云う。一事もて之を験ずるに見るべし。教坊の管色、歳月浸《ようや》く深ければ、則ち声漸く差《たが》い、輒ち復た一たび易《か》わる。祖父用うる所の管色、今多く用うるべからず、唯だ方響は皆な是れ古器にして、鉄性は縮み易く、時は磨瑩を加え、鉄愈いよ薄く声愈いよ下る。楽器は須からく金石を以て準と為すべく、若し方響を準とすれば、則ち声自ら当に漸く変ずべし。……律法既に亡び、金石も又た恃むに足らざれば、則ち声流れざるを得ざるも亦た自然の理なり。

教坊の老楽人は、その準拠する方響が磨滅して薄くなり音が変わってしまって、音高の基準さえ変化していくと述懐している。このように実際に音楽に携わるものは、旧楽の復元がその音の高さにおいてすらすでに困難であることを実感していた。

二　仁宗期に編纂された『新唐書』「礼楽志」

旧音をわずかに伝える宋初の教坊音楽とは別に、太常寺の掌管する雅楽については特にその音律を中心として仁宗皇帝期に活発な議論が起こった。それは多くの楽論が著わされたことからも窺える。『直斎書録解題』や『宋史』巻一二六「楽志」および『通志』巻六四「藝文二」などによると、景祐年間（一〇三四～一〇三八）には、『景祐楽府奏議』一巻・『景祐広楽記』八十一巻・『景祐大楽図』二十巻・『景祐楽随新経』一巻・『大楽図義』二巻ができあがった。また、皇祐年間（一〇四九～一〇五四）には、『皇祐楽府奏議』一巻・『皇祐新楽図記』三巻・『大楽演義』三巻などが作られた。ここにみえる『大楽図義』二巻は、宋祁によって著わされたものであり、宋祁は欧陽修とともに『新唐書』の編纂を行った人物でもある。また時期的にも『新唐書』編纂と重なっている。『新唐書』は慶暦五年（一〇四五）にその編纂の詔が下り、嘉祐五年（一〇六〇）に成立した。その「礼楽志」は唐代音楽を知るための第一級資料とされるものである。後世における重視のほどは、例えば宋末の王応麟『玉海』の音楽の条でも唐代資料よりも前に掲げられているところからも看取される。さて、この「礼楽志」には、唐代の雅楽について以下のように端的にまとめられている。

唐　国を為し作楽の制尤も簡なり。高祖、太宗即ち隋楽と（祖）孝孫・（張）文収の定むる所を用うるのみ。其れ後世更《か》うる所は、楽章舞曲なり。昭宗に至り、始めて（殷）盈孫を得たり。故《もと》よりその議論発明する所は罕《まれ》なり。その楽歌廟舞の当世に用いらるる者のごときは、以て考うべきなり。

（『新唐書』巻二一「礼楽志」第一一）

ここで「当世」として、編纂者の時代が現われている。これは、『新唐書』において欧陽修の担当した「志」の部分に共通する著述態度である。北宋に唐代音楽を整理していった人々は、宋代の雅楽の基を考えようともしていたのであり、純粋に唐代音樂を整理しただけではなかった。『新唐書』「礼楽志」の「楽」に関する部分の冒頭にあたる巻二一は、次のような言葉で始まっている。

声に形無くして楽に器有り。古の楽を作す者、夫の器の必ず弊有りて、声の言を以て伝うるべからざるを知り、夫の器失われて声遂に亡ぶを懼るるなり。乃ち多く之が法を為し以て之を著す。故に始めて声を求むる者は律を以てし、律を造る者は黍を以てす。一黍の広自り、積みて分・寸と為し、一黍の多、積みて龠・合と為し、一黍の重、積みて銖・両と為す。此れ律を造るの本なり。

この始まりは、唐代に編纂された『通典』の「楽」に関する部分の冒頭巻一四一が「夫れ音は人心に生じ、心惨《いた》ましければ則ち音哀しく、心舒びやかなれば則ち音和《なご》む」と始まるのや、五代に作られた『旧唐書』巻二八「音楽志」が「楽は、太古聖人の情を治むるの具なり」と、心と音楽の関わりから論じ始められるのとは明らかに異なっている。『新唐書』「礼樂志」の「楽」に関する記載の冒頭にみえる、無形の声を有形の物によって作るという議論は、例えば皇祐四年（一〇五二）范鎮の上書の内容と重なる。景祐、皇祐年間にさかんに議論されたのは、黍の数によって律を決める方法についてであり、それがまさに『新唐書』巻二一「礼楽志」の冒頭にみえる論理となって現われたのである。つまり、仁宗の御世に成立した『新唐書』「礼楽志」という、唐代音楽像を決定づけた資料は、その音楽に関わる巻二一の冒頭からすでに宋人の関心事をまとめる形で作られていたことが窺える。

(3) (4)

三　「雅楽」対「俗楽」の構図

上述のように、雅楽は文献のなかに探究され、律呂についての議論がなされていた。欧陽修も、「崇文総目叙釈」の「楽類」では、「『記』に曰く「五帝時を殊にし、楽を相い沿わず」と。王者の時に因りて制作の盛んなる有る所以《ゆえ》に、何ぞ必しも区区として古の遺欠を求めんや。律呂、鐘石、聖人の法に至るや、万世更《か》うると雖も、以て攷うべきなり」として、遺曲を求める必要はなく、時代が変わっても律呂の法さえわかればいいのだという。そうして宋代の雅楽は理論を中心に整備されていったのである。その一方で、楽人が旧楽を伝承してきた教坊の音楽は、楽人の死や、鐘磬の摩滅による音の変化のため、旧来の音楽を保つこともできなかった。更に音の高さの基準となる律呂は、太常寺と教坊では異なっていた。[5] このように宋代の宮廷音楽のなかには、その音楽の伝承形態や、基準となる音の高ささえ違う、太常寺の「雅楽」と教坊の「俗楽」という分類が明らかに存在していた。それは王朝が成立した当初にはまだ教坊や梨園のような俗楽を扱う宮廷音楽機関が存在しなかった隋唐時代にはなかったことである。しかし、こうした宮廷音楽のあり方を当然のこととしていた宋人にとっては、宮廷音楽における「雅楽」対「俗楽」の構図は自明のものであった。もちろん「雅楽」を正当な音楽として、世俗が好む「鄭衛の楽」と対峙させて述べる姿勢は古来存在し、[6] 例えば正史でも六朝期の『宋書』「楽志」などにはすでに、雅楽の記載のあとに、それ以外の巻の音楽があげられている。[7] しかしそこには「俗楽」という言葉はみられない。管見によれば、正史のなかでもはっきりと「雅楽」対「俗楽」を意識し、宮廷音楽の分類としてそれを言葉にあらわしたのは、宋代の『新唐書』「礼楽志」が最初である。

> 周・陳自《よ》り以上、雅鄭淆雑して別無し、隋文帝始めて雅・俗二部を分つ、唐に至りて更に「部当」と曰う。
> 凡そ所謂俗楽なるは、二十有八調、正宮・高宮・中呂宮・道調宮・南呂宮・仙呂宮・黄鐘宮を七宮と為し
> ……
> （『新唐書』巻二二「礼楽志」）

『新唐書』「礼楽志」は、巻一一から巻二〇までの「礼」に関する部分と、巻二一と巻二二の「楽」に関する部

分とに分けられる。そしてこの楽に関する部分についてみると、巻二一はおおよそ雅楽について、巻二二はそれ以外の音楽について記されている。その巻二二の冒頭にみえるのがここにあげたものである。この書き出しからは、雅楽とは異質の俗楽について巻を分けて記述しようという意思が読み取れる。なぜなら、このように俗楽二十八調を列記したすぐ次に、以下のように俗楽で使われる楽器群があげられているからである。

絲に琵琶・五絃・箜篌・箏有り、竹に觱篥・簫・笛有り、匏に笙有り、革に杖鼓・第二鼓・第三鼓・腰鼓・大鼓有り、土は則ち革に附して、鞚を為し、木に拍板有り、方響は金を体として石に応ずるを以て八音備う。

樂器の分類（八音）については、『新唐書』巻二一の雅楽の部分ですでに述べられている。にも関わらず巻二二でこのように再度取りあげているところからしても、明らかに雅楽と異なる俗楽の楽器群について意識的に述べたものと考えられる。その樂器構成も、「絲」・「竹」・「匏」・「革」・「土」・「木」・「金」・「石」という順になっている。それは、巻二一の雅楽の部分の八音が、「金」・「石」・「土」・「革」・「絲」・「木」・「匏」・「竹」として、『周礼』の「春官・大師」に引かれたものと一致しているのとは、明らかに異なっている。

では「俗楽」という言葉が、はっきりと音樂の枠組みとして使われたのはいつなのだろうか。王応麟『玉海』巻一〇五に引かれた唐代の徐景安の『楽書』に引く『古今楽纂』に「俗楽の調に七宮七商七角七羽の合せて二十八調有りて徴調無し」とみえる。[8] この徐景安の書は『歴代楽儀』と呼ばれるものと同一の書かと推測される。[9] その『歴代楽儀』は、一「律呂相生」、二「声音成楽」、三「五音旋宮」、四「歴代楽名」、五「雅俗二部」、六「八部楽器」、七「歌舞服飾」、八「四縣設楽」……として三十巻からなる。その第五巻にみえる「雅俗二部」は明らかに音楽の分類なのである。

しかし、唐代の詩文には不思議なことに「俗楽」という文字が使われない。わずかにみえるのは白居易の「祭崔相公文」（巻七〇　2945）に「或いは雅言を徴《もと》め、酣詠陶陶たり、或いは俗楽に命じ、絲管嘈嘈たり」と「雅言」に対にするように「俗楽」を用いたものに過ぎない。唐代資料のなかに「俗楽」の言葉を残しているのは、唐代宮廷音楽制度を記録した晩唐の段安節『楽府雑録』(10)である。その〈鼓吹部〉の説明に、「已上楽人皆な騎馬し、楽即ち之を騎吹と謂う。俗楽も亦た騎吹有るなり」とみえ、〈胡部〉の条にも「俗楽も亦た坐部立部有るなり」と、また〈別楽識五音輪二十八調図〉の条にも、「俗楽は古は都《すべ》て楽園新院に属す、院は太常寺内の西北に在るなり……古は楽工都て五千余人を計え、内一千五百人は俗楽、梨園新院に係る」とする。ここは明らかに宮廷音楽における「俗楽」を述べているのである。以上のことを総じてみると、「雅」と対立する概念として「俗」はいにしえよりあったが、宮廷音楽のなかに「雅楽」と併立する形で「俗楽」というものが確立したのは、唐代中期以降と考えられる。つまり「俗楽」二十八調が成立し(11)、教坊や梨園が太常寺以上に洗練された音楽を奏するようになってからのことである。宋代の司馬光『資治通鑑』にも、この唐代宮廷音楽における「俗楽」の擡頭が、はっきりと記されている。それは巻二一一の玄宗開元二年（七一四）の次の部分である。

旧制、雅俗の楽、皆な太常に隷す。上　音律に精曉し、太常礼楽の司の応に倡優雑伎を典るべからざるを以て、乃ち更に左右教坊を置きて以て俗楽を教えしむ。

「俗楽」という語は、『資治通鑑』にはこの条にしかみえない（北京国学時代文化伝播有限公司研制の『資治通鑑』

検索ソフトによる）。それだけに、玄宗の関与によって俗楽の隆盛が決定的なものになったことを、ことさらに示していようでもある。太常寺が一括掌握していた宮廷音楽が、「雅」は「太常寺」、「俗」は「教坊」と振り分けられた。それは宮廷音楽内の「俗楽」の位置づけがこの時から明確化されたことを意味している。

それでは『新唐書』には「雅」と「俗」の分類について「隋文帝始めて雅・俗二部を分つ」と、隋の文帝から始められたように書かれているのはなぜなのか。その原因は「初め、隋に文舞・武舞有り」として始める雅楽の舞の説明や、「初め、隋に法曲有り、その音清くして雅に近し」とする法曲の説明などと同じく、隋唐音楽を一貫したものとして物語ろうとする『新唐書』「礼楽志」の著述態度にあると思われる。隋文帝は雅楽の確立に意を尽くしたとされているが[12]、それは宮廷音楽のなかに太常寺の「雅楽」と教坊の「俗楽」という形で併立させるのでは決してなかった。しかし、この『新唐書』の記載は、例えば南宋の葛立方『韻語陽秋』巻一五にも「周・陳自り以上、雅鄭殽雑にして別無し、隋文帝始めて雅俗工部を分つ」と引用され、近年に至っても、塩谷温『中国文学概論』（講談社学術文庫　一九八三年）に「六朝の間、古楽大いに壊《やぶ》れ、雅俗の楽が混淆してほとんど差別がありませんでした。隋の文帝は陳を滅ぼしてその楽を得るに及んで、これ華夏の正音なりと嘆賞し、後はじめて音楽を分って雅・俗の二部といたしました」とされるほど定着した。また「俗楽」という語については、平凡社『音楽大事典』（一九八二年）「俗楽」の項に、「中国では周のころから、朝廷で制作された「正楽」に対して、大衆の音楽を「俗楽」と呼んだが、……」などとされている。しかし小論で考察してきたように、「俗楽」という言葉が現れるのは、唐代中期であり、古代の文献には見あたらない。それゆえ周の時代から「俗楽」と呼んだと明示することは誤りと言わざるを得ない。つまり、この「雅楽」対「俗楽」という、唐代中期に現われ、宋代の『新唐書』「礼楽志」により明示された宮廷音楽の分類が、後世では古来存在する中国音楽の分類のように扱われていったということではなかろうか。

四　胡楽と法曲の融合の史実化

「雅楽」を凌駕する「俗楽」の隆盛とともに、唐代音楽を特徴づけるものとして「胡楽」の存在があげられる。「雅」「胡」「俗」と併称されるのは、それが音楽の分類として認められたからとも考えられよう。これをはっきりと形に表わしたのは、北宋末の陳暘『楽書』二百巻で、そこでは楽器・歌・舞に関してそれぞれ「雅部」「胡部」「俗部」に分けて説明がなされている。これは後世には中国音楽分類の典型となっていく。たとえば明代の『唐音癸籤』巻一五「楽通四」にも「総論」において「古の楽を論ずるは、一に古雅楽と曰い、二に俗部楽と曰い、三に胡部楽と曰う」と、そもそも古代の中国音楽を明確に区分して、その流れを解説したあと、さらに総括して、「是に繇《よ》りて之を観るに、漢世徒に俗楽を以て雅楽を定め、隋氏以来、則ち復た悉く胡楽を以て雅楽を定む。唐は玄宗に至りて、始めて法曲を以て胡部と合奏せしめ、夷音・夷舞　之を堂上に進め、……古楽の復すべからざるなり」とある。ここでは漢代に「俗楽」が「雅楽」の基となり、隋代からは「胡楽」が「雅楽」の基となったという。そのあと唐代は玄宗期に音楽の混乱を招き、古楽復興の余地を失わせたとし、その理由を玄宗期の「法曲と胡部の合奏」にあるとしている。ここにいう玄宗期における唐代宮廷音楽の変質はすでに定説となっているが、こうした意識のそもそもの起こりは、本書第Ⅲ部第二章でも詳述したように、中唐の元稹・白居易の「新楽府」にあると考えられる。

法曲は雅音を失うに似たりと雖も、蓋し諸夏の声なり、故に歴朝行わる。玄宗雅《はな》はだ度曲を好むと雖も、然も未だ嘗《かつ》て蕃・漢をして雑奏せしめず。天宝十三載、始めて詔して諸道調法曲と胡部新声とを合作せしむ、識者深く之を異とす。明年冬にして安禄山反くなり。　白居易「法曲歌」自注（巻三　０１２６）

元稹「立部伎」の自注[13]には、加えてそれが太常丞宋沇が伝えた漢中王の旧説であることも明記されている。しかしながら、この「新楽府」の中の詩篇には、社会に対する批判という性格が色濃く、これは音楽の変化が社会の変化を招くとする儒家的礼楽観に立った言であることは明らかである。安禄山の乱が起こる前兆として玄宗の宮廷音楽の変化を捉えたのである。

そもそも法曲は唐代においてははっきりと、中華の伝統的音楽として生み出されたものではなかったといえる。それは盛唐以前の詩人の詩篇にも、玄宗期が終わりを告げた時期にものされた『教坊記』や、天宝までの諸制度の変遷が記された『通典』にも記載が全くなく、先に見た白居易・元稹の新楽府に記述があるものの、その音楽については、残された唐代の資料からは輪郭が描けないものである。[14]『旧唐書』巻三〇「音楽志」にみえる次の記載は、その混沌ぶりをよく物語っている。

時に太常旧《ふる》く宮・商・角・徴・羽、讌楽五調歌詞各一巻有るを相い伝う。或もの云う、貞観中に侍中の楊恭仁・妾の趙方等銓《えら》び集めたる所にして、詞は鄭衛多く、皆な近代詞人の雑詩なり。縚（韋縚）に至りて又た太楽令の孫玄成をして更に整比を加えしめ七巻と為す。又た開元自り已来、歌者は胡夷里巷の曲を雑え用う、其の孫玄成の集めし所の者は、工人の多く通ずる能はずして、相い伝えて謂いて法曲と為す。

開元期に孫玄成の整備した七巻の太常寺の曲について、それ以後は楽工たちにもわからなくなってしまって、「法曲」と称して伝えたというのが、唐代の実態に近いのではなかろうか。「法曲」は開元の治とよばれた玄宗期の宮廷音楽を偲ぶ人々が、後になって、その理想の宮廷音楽を指して用いるようになった名前と考えるのが妥当であろう。だが、宋人にとっては、宋代の教坊に「法曲部」があったことからも、この法曲の源流は、はっきりと示されねばならないものであった(15)。それゆえに次にみる『新唐書』巻二二「礼楽志」の法曲に関する記述は、先に見た五代の『旧唐書』のそれより随分鮮明なのである。

初め、隋に法曲有り。其の音清くして雅に近し。其の器に鐃・鈸・鐘・磬・幢簫・琵琶有り。琵琶は円体修頸にして小さく、号して秦漢子と曰う。蓋し絃鼗の遺製にして、胡中より出で、伝えられて秦・漢の作る所と為る。其の声は、金・石・絲・竹、次を以て作《おこ》る。隋の煬帝は其の声の澹なるを厭い、曲の終りに復た解音を加う。玄宗既に音律を知り、又た酷《はな》はだ法曲を愛し、坐部伎の子弟三百を選びて梨園において教え、声に誤まり有る者、帝必ず覚《さと》りて之を正し、「皇帝梨園の弟子」と号す。宮女数百も亦た梨園の弟子と為し、宜春北院に居らしむ。梨園法部は、更に小部音声三十余人を置く。

このように『新唐書』では、唐の玄宗が好んだものとして、法曲を「梨園」の音楽と結びつける。そこには晩唐に書かれた玄宗と音楽についての物語の影響もあろう。また「法曲」が隋から存在し煬帝も好んだものとされるのは、隋唐音楽を一貫したものと捉える認識の表われである。さらにその音は清く雅声に近いと断定し、それに用いる鐘・磬などの伝統楽器をも付け加えたのは、玄宗の天宝十三載以後にその音楽が胡楽と融合してしまったために乱れたとする白居易・元稹の「新楽府」にもとづいて作られた唐代音楽像をことさらに補強するための説明であったと考えられる。胡楽と融合される前の「法曲」は、あくまで「雅」であり、中華の伝統をうけつぐものとされねばならなかった。

さてこの「法曲と胡楽の融合」について、『新唐書』巻二二「礼楽志」には次のように明示されている。

開元二十四年、胡部を堂上に升す。而して天宝楽曲、皆な辺地を以て名づくること、涼州・伊州・甘州の類の若し。後又た詔して道調法曲と胡部新声とを合作せしむ。明年、安禄山反き、涼州・伊州・甘州皆な吐蕃に陥る。

実際の唐代音楽は常に外来音楽の刺激を受けつづけて、それを自らの血肉としていったものであり、開元以前においても外来音楽と截然と分けられるものではなかったし、外来音楽が宮廷音楽を席巻したのは唐代に限られたことでもなかった(16)。しかし『新唐書』では、このように、開元・天宝の胡楽流行が、社会の混乱を招いたということを特に取り上げて強調したのは、その編纂者である欧陽修自身が、遼や西夏など国外勢力に対する宋王朝の軟弱な外交に対して危惧を抱いていたからとも考えられる。欧陽修は『新唐書』巻三五「五行志」にもこの事を取り上げている。

天宝後、詩人は多く憂苦流寓の思いを為し、興を江湖僧寺に寄するに及び、而して楽曲亦た多く辺地を以て名と為し、伊州・甘州・涼州等有り。其の曲遍く繁声なるに至りて、皆な之を入破と謂う……破は、蓋し破裂を云《しかいう》なり。

最近の研究でも「伊州」「甘州」「涼州」の楽曲が天宝になって初めて使われたわけではないことや、「破」を「破裂」とするのは荒唐無稽な説であるといわれている。(17) しかし欧陽修自身、「入破」は楽曲の構成部分をいうことは了解していたであろう。彼の作品にはたとえば「減字木蘭花」(『欧陽修全集』「近体楽府」巻二)には、「翠幕風微にして、宛転たる梁州　入破の時」と作っている。「五行志」で敢えて「破」を「破裂」と解しているところには、欧陽修の天宝以後の音楽に対する考えが反映しているのではなかろうか。

さらに中国音楽の歴史を考える上で重要なことは、こうした開元から天宝への宮廷音楽の質的変化が、『新唐書』に影響された宋代知識人によって、唐代音楽の大きな転換点として認識されていったことである。宋代人は胡楽の中国音楽への影響を天宝以前とそれ以後とに分けて捉えていく。例えば、沈括『夢渓筆談』巻五には次のように記されている。

外国の声、前世には自ら別《わか》ちて四夷楽と為す。唐天宝十三載より、始めて詔して法曲と胡部とを合奏せしめ、此れ自り楽奏全て古法を失う。以て先王の楽は雅楽と為し、前世の新声は清声と為し、胡部と合わせる者は宴楽と為す。

また、欧陽修の影響を色濃く受けた蘇軾においても、(18) 天宝という時代の胡楽がとりわけ意識されている。

世琴を以て雅声と為すは、過《あやま》れり。琴は正に古の鄭衛なるのみ。今世のいわゆる鄭衛なる者は、乃ち皆な胡部にして、中華の声を復するにあらず、天宝中自り坐立部と胡部とを合して、爾《こ》れ自り能く弁ずる者なし、或もの云う、今琵琶中に独弾有り、往往にして中華鄭衛の声有りと、然れども亦た能く弁ずるなきなり。

（「琴非雅声」（『蘇軾文集』巻七一））

雅声であるべき琴の音も、実はいにしえの鄭衛の音楽である。その鄭衛の音楽もいまはすべて胡楽となり、すでに中華の声を聞くことができなくなってしまった。その原因は「天宝中自り坐立部と胡部とを合して、爾れ自り能く弁ずる者なし」というように、天宝の胡楽と中国音楽との融合を、音楽変化の悪因と捉えているのである。法曲と胡楽とがその輪郭を失って融合してしまったところに、危機が生まれたとする宋人の認識は、中国音楽と外来音楽はもともと異質のものであるとする論理のうえに導かれたものである。しかしながらこの論理は、外来音楽からの影響を絶えず受けて成り立ってきた中国音楽の実態に則したものとはいえない。胡楽流入に関して、唐の玄宗期があまりにも大きく取り上げられてきたといえよう。この認識のうえに、いままで多くの研究書が開元・天宝期を中心に胡楽に席巻された唐代音楽像を描いてきたが、そこには外国勢力を大きく意識せずにはおれなくなった北宋期の事情が反映している。北宋期には西夏や遼などが勢力を伸ばし、欧陽修などの北宋の文人官僚にとって、前代の社会の混乱を招いた外国勢力の擡頭は、是非とも戒めとすべき事柄であった。その悪兆として胡楽流行がことさらに取り上げられたのである。

五　燕楽の定義づけ

曖昧模糊とした唐代の宮廷音楽の記録、それを宋代人は自らに関わるところから切りわけて、自らのために明快な説明を与えていった。その作業は、宋代に残された資料を土台とし、「法曲」のように宋代にも存在した音楽の源流を明らかにすることを意図していたと考えられる。

その意味では「燕楽」というものも、唐代においては、はっきりと定義がなされず、宋代において明確な輪郭が描かれたものといえよう。唐代の資料のなかでは「燕楽」と「讌楽」と「宴楽」とが別に使われていたことが研究されている。[19]「燕楽」は、例えば高適「效古贈崔二」（『全唐詩』巻四九四）の「周旋　燕楽多く、門館　車騎列ぶ」とか、韋応物「楽燕行」（『韋江州集』巻十）に「良辰　且らく燕楽し、楽往きて再び来たらず」とあるように、宴会の音楽のことをいうことがある。しかし一方では、天竺や亀茲など外国音楽を奏する「十部伎」に関連した「燕楽」として、『唐六典』巻一四「太楽署」の条に、「凡そ大燕会には、則ち十部の伎を庭に設け、以て華夷を備う。一曰く燕楽伎、景雲楽の舞、慶善楽の舞、破陣楽の舞、承天楽の舞有り」のように、「十部伎」の一番最初に「燕楽伎」を置いている。[20]『旧唐書』巻二九「音楽志」でも、「坐部伎に讌楽・長寿楽・天寿楽……凡そ六部有り、讌楽は、張文収の造る所なり」とあり、さらに十部伎についての箇所に「我が太宗は高昌を平らげ、その楽を尽く収め、また讌楽を造り、而して礼畢曲を去る」とみえる。もし版本の問題で、宋代のものに依拠した唐代資料は、「讌」と「燕」と「宴」の字が混じって使われていたとしても、これら唐代資料のなかに、十部伎の総称を「燕楽」とするものはない。これを十部伎の総称であるとしたのは、やはり『新唐書』「礼楽志」であった[21]。そこでは、十部伎の説明のまえに「燕楽」という言葉を置いて、「燕楽、高祖即位し、隋制に仍りて九部楽を設く。燕楽伎は、楽工舞人の変無き者なり。清商伎は、隋の清楽なり」という。この書き方では「燕楽」の説明として以下九部伎（唐代の十部伎）があると捉えられるのである。

では、なぜこのように「燕楽」が明確に説明されねばならなかったか。それはやはり北宋の教坊の音楽として「燕楽」が使われていたからではなかろうか。『新唐書』より後の資料だが、沈括『夢渓筆談』巻六には次のようにみえる。

唐人の楽学精深にして、尚お雅律の遺法有り。今の燕楽は古声多く亡び、新声大率《おおむ》ね法度無し。……

（一一一条）

今　教坊の燕楽は、律を比ぶるに二均弱高し、……唯だ北狄の楽声は、教坊楽と比ぶるに二均下る。大凡《おおよ》そ北人衣冠文物は多く唐俗を用う、此の楽、疑うらくは亦た唐の遺声なり。

（一一二条）

今の燕楽二十八調は、布くに十一律に在り。

（一一三条）

十二律は清宮を并せて、当に十六声有るべし。今の燕楽は止だ十五声有るのみ。蓋し今楽は古楽より高きこと二律以下にして、故に正黄鐘の声無し。

（一一四条）

宋代に使われている教坊の音楽を「燕楽」とよびならわしていることが、この記載からは窺える。この音楽は唐代の古声につながるはずだが、いまの「燕楽」は残念ながらそれに合っていないというのである。ここでは確かに「燕楽」という言葉で、俗楽二十八調に基づいた教坊の音楽を捉えている。(22) もちろん「燕楽」は、『周礼』「春官」の「磬師」にある由緒正しき言葉であるが、その鄭玄注に「燕楽は房中の楽、所謂《いわゆる》陰声なり」とあることを、宋人は知っていた。知っていてそれをも意識して使ったとも考えられる。そして唐代の遺声を「燕楽」という言葉でまとめあげ、その淵源さえ明確化し、唐の十部伎を統轄するものとして説明したのである。

この流れを受けて作られた北宋の郭茂倩『楽府詩集』は、宋代人の眼によって整理分類された隋唐音楽の集大成といってもよく、(23)「燕楽」の意味を完全に確定した。唐代音楽に関して「近代曲辞」として巻七九の解題に次のようにある。

唐の武徳初め、隋の旧制に因りて、九部楽を用う。太宗は高昌楽を増し、又た讌楽を造り、而して礼畢曲を去る。その著令なるは十部、一に曰く讌楽、二に曰く清商、三に曰く西涼、四に曰く天竺、五に曰く高麗、六に曰く亀茲、七に曰く安国、八に曰く疏勒、九に曰く高昌、十に曰く康国、而して総じて之を燕楽と謂う。声辞繁雑にして、紀すに勝うべからず。凡そ燕楽諸曲、武徳・貞観に始まり、開元・天宝に盛んとなる。その著録さるるは十四調二百二十二曲。

こうして「燕楽」とは、唐代十部伎の流れをくむものと位置づけられた。『楽府詩集』巻七九から巻八二において、「燕楽」を基とした「近代曲辞」として列挙されているもののなかには、「竹枝詞」「楊柳枝」などを含む、宋代の詞の源流と考えられる作品も多い。詞のベースとなる音楽を「燕楽」と捉えているのである。この「燕楽」は、以来唐の俗楽を中心とした音楽の総称とも考えられ、劉昺『燕楽新書』や、蔡元定『燕楽書』（『宋史』巻一四二「楽志」）にみえるように、宋代人によって考究されていった。

後世ではたとえば清の凌廷堪『燕楽考原』には、「燕楽二十八調」の探究として、隋の初期の蘇祇婆の七声から説き起こされている。また「隋唐燕楽」という言葉が定着し、林謙三『隋唐燕楽調研究』や丘瓊蓀『燕楽探微』などのすぐれた研究書が現われた。詞の研究では、村上哲見『宋詞研究』(24)で、雅楽と燕楽を音楽の二大分類とされ、「概ね盛唐のあたりから燕楽は胡楽系一色にぬりつぶされてしまったものと思われる。そしてそれら清楽系に非ざる曲の辞は、詞ではあっても楽府とは異質のものと考えられたに違いない。このようにして楽府は、歌辞としての座を詞に譲り、古体詩の一部としてのみ命脈を保つことになったのである」と結論され、詞の土台となる唐代音楽すなわち燕楽という図式が定着した。しかしながら、この「燕楽」という言葉は、唐代の資料では定義づけされていたわけではなく、実は宋人によって検証され明確な輪郭を与えられていったことは再確認されねばならないであろう。

北宋では、実際に唐代宮廷音楽を伝承する楽人は絶え、その再現は難しいものであったにもかかわらず、逆に唐代音楽像は唐代資料よりも鮮明に描かれていった。本章でみてきたように、北宋の『新唐書』「礼楽志」は、唐代中葉から意識されるようになった宮廷音楽における「雅楽」と「俗楽」の併立を明確にした。また天宝末の「法曲と胡楽の融合」を完全に史実と捉え、中華伝統の古楽はそれ以来復元できないものとなってしまったとする見方を定着させた。また、宋詞の源流に関わる唐代音楽を「燕楽」という言葉で最初にまとめたのも『新唐書』「礼楽志」である。

この『新唐書』「礼楽志」の記述は、唐代音楽像の形成に大きな影響力をもった。本章で述べてきたように、その記述には、「法曲」や「燕楽」など宋代に使われている音楽の、そもそものルーツをはっきりさせておこうという宋人の意図がみえる。以後唐代音楽の整理は、『新唐書』「礼楽志」の流れをうけて、北宋末の郭茂倩『楽府詩集』や陳暘『楽書』などに結実していった。それらの書には、宋代に伝承されてきた唐代音楽がその淵源から系統的に整理されおり、唐代音楽像の究明にひとつの視点を与えてくれた。しかしながら、それらは宋代人の眼を通して再構成された資料であるという認識が、唐代音楽の実像を追究するためには大切であろう。『新唐書』「礼楽志」に記された唐代音楽は、時代を越えてその実像とは一定の距離をもったものであったといわざるを得ない。

（1）『新唐書』の資料の出自については、すでに宋代の呉縝『新唐書糾謬』に、信憑性に欠ける唐代小説に依拠していることが多いという指摘があり、『旧唐書』と比較してその得失を述べたものに、傅振倫『両唐書綜論』（国立北平大学学報一の四、一九三五年）がある。『新唐書』「礼楽志」の資料については、孫暁暉「《新唐書・礼楽志》的史料来源」（『中国音楽学』二〇〇三年四期）によって詳しく考証されており、「礼楽志」のなかの唐代楽律については徐景安『楽書』と段安節『楽府雑録』、度量衡は『太楽令壁記』によって補充され、唐代の徳宗から宣宗までの音楽や、雲韶楽などの記録は中晩唐の雑史・筆記により記述されているとある。孫暁暉『両唐書楽志研究』（上海音楽学院出版　二〇〇五年）には、『新唐書』「礼楽志」と『旧唐書』「音楽志」の編纂と史料の来源について、先の論文よりさらに詳細な検討がなされている。

（2）梅原郁訳注『夢渓筆談』（平凡社東洋文庫）によると沈括は元祐三年（一〇八八）あたりから『夢渓筆談』の著作に入ったとされる。引用された「透空砕遠」は、現存する『羯鼓録』（清の錢熙祚により校勘された『守山閣叢書』収録のもの）によると「破空透遠」につくる。

（3）竊惟楽者和気也、発和気者、声音也。声音之生生於無形、故古人以有形之物、伝其法俾後人参考之。然後無形之声音得而和気可導也。有形者、秬黍也、律也、尺也、籥也、鬴也、斛也、算数也、権衡也、鐘也、磬也、然十者必相合而不相戻、然後為得。今皆相戻而不合、則為非是矣。有形之物非是而欲求無形之声音和安可得哉。（『続資治通鑑長編』巻一七二）

（4）小島毅「宋代の楽律論」（『東洋文化研究所紀要』一〇九冊、一九八九年）に詳しい。

（5）丘瓊蓀『燕楽探微』（『燕楽三書』黒竜江人民出版社、一九八六年所収）「宋律概貌」のところで、「宋教坊楽前律」として『宋史』巻一二六「楽志」の李照の「朴準視古楽高五律、視教坊楽高二律」と、『宋史』巻一三一の「鎮以所収開元中笛及方響合於仲呂、校太常楽下五律、教坊楽下三律」と范鎮の説をあげて、教坊と太常寺の楽律が一致していなかったことを解説している。また唐代については「楽律楽調上的幾個問題」のところに、「唐代尺律無雅俗之分」として考証されている。

（6）村上哲見「雅俗考」（『中国における人間性の探究』創文社、一九八三年所収）では「『論語』における「鄭声の雅楽を乱すを悪む」という表現と、『孟子』（梁恵王章句　下）に「寡人は能く先王の楽を好むものに非ざるなり。直だ世俗の楽を好むのみ」とあるのを総合すれば、音楽に限っての話であるが、後世の「雅楽」対「俗楽」のごとき対立が、先秦時代にも意識されていたといえるかもしれぬが、「俗楽」ということばは見当たらないようで、雅―俗ということばの対立関係として示されてはいない」とされる。

（7）釜谷武志「『宋書』楽志　訳注稿（一）」（『未名』第二一号　二〇〇三年）参照。

（8）孫暁暉「『新唐書』礼楽志的史料来源」には、この『古今楽纂』が日本の寛平年間（八八九～八九七）にものされた『日本国見在書目録』にみえることが考証されている。

（9）『玉海』巻一〇五には「唐歴代楽儀　新纂楽書」と題して、「志徐景安歴代楽儀三十巻、中興書目新纂楽書唐協律郎徐景安撰、其三十篇一名歴代楽儀」とある。

（10）筆者は『楽府雑録』に関して、『唐代音樂の文献学的研究』（平成十三年度科學研究費補助金基盤研究　課題番号一二六一〇四七一、研究代表者齋藤茂）の研究成果報告書に訳注を作成した。『楽府雑録』の制作意図は、より「周詳なるもの」を目指しており、著者段安節自身の見聞を網羅的に集めた著作である。

（11）岸辺成雄『唐代音楽の歴史的研究』上巻（東京大学出版会、一九六一年）によると、『唐会要』巻三三に引かれた曲名改変について、それを杜佑「理道要訣」の文として説明し、「理道要訣の右文には、曲名改変のほかに調名変更と云う重要な記事もある。全部で十四調名が掲げられ、その中、十調が「時号」即ち俗楽名を附してある。……俗楽二十八調成立の事情をそれとなく記したもので、二十八調は天宝十三載に成立したことを明証している。」（六三頁）とされている。

(12)『隋書』巻五七「薛道衡伝」にみえる薛道衡「高祖文皇帝頌」の隋文帝に対する賛辞のなかに「爰に秩宗に命じ、五礼を刊定せしめ、大予に申勅して、六楽を改正せしめ、玉帛樽俎の儀、節文乃ち備わり、金石匏革の奏、雅俗始めて分つ」とある。これは実際の制度というよりは、隋の文帝が礼楽を整えたことを讃えたと考えられる。

(13)「太常丞宋沇伝漢中王旧説云、玄宗雖雅好度曲、然而未嘗使蕃漢雑奏。天宝十三載、始詔道調法曲与胡部新声合作、識者異之。明年禄山叛」（『元稹集』巻二四）とある。

(14) 本書第Ⅲ部第二章では丘瓊蓀の『燕楽探微』（上海古籍出版社、一九八九年）九九頁「為法曲下一結論」にみえるあらゆるジャンルの音楽を包括したような「法曲」の定義は、「法曲」に関して記したさまざまな資料を、その著作年代を詳細に検討せずして導き出された結果であることを考証している。

(15) 陳暘『楽書』巻一八八「教坊部」に、「聖朝循用唐制、分教坊為四部」とあり、『宋史』「楽志」によると、その四部のうち三つは「法曲部」「亀茲部」「鼓笛部」であった。もう一つについては、張国強「宋初教坊四部与雲韶関係考述」（『中国音楽学』二〇〇四年三期）に論述がある。

(16) 吉川良和『中国音楽と芸能』（創文社、二〇〇三年）において胡楽について「東晋以後、北方に異民族の王朝がつづき受容に抵抗がなかった客観的状況もあって、以来、外来の楽曲、楽器、そしてその技法が恒常的に伝来してきた。だが、それらの伝来音楽は華化と再創造の探究を通して、徐々に中華の伝統に組みいれられたのである」とされている。唐代以前の胡楽隆盛のさまは、例えば『隋書』巻一四「音楽志」に「此声所興、蓋苻堅之末、呂光出平西域、得胡戎之楽、因又改変、雑以秦声、所謂秦漢楽也。至永熙中、録尚書長孫承業、共臣先人太常卿瑩等、斟酌繕修、戎華兼采、至於鐘律、煥然大備」とか「雑楽有西涼鼙舞、清楽、亀茲等。然吹笛、弾琵琶、五絃及歌舞之伎、自文襄以来、皆所愛好。至河清以後、伝習尤盛。後主唯賞胡戎楽、耽愛無已」とあることからも理解される。

(17) 鄭祖襄「〈増其事、省其文〉難免疎漏『新唐書・礼楽志』若干記載討論」（『音楽研究』二〇〇一年第四期所収）

(18)『曲洧旧聞』巻五「東坡論楽」に、蘇東坡の言として「今日読唐史楽志云「高宗以為李氏老子之後、故命楽工製道調」……」とか「楽志又云、涼州者、本西涼所献也。其声本宮調、有大遍、小遍」とあり、蘇軾が『新唐書』「礼楽志」を読んでいたことが示されている。

(19) 曽美月「唐代文献中「燕楽」「讌楽」「宴楽」語義異同弁析」(『音楽研究』二〇〇三年第四期)

(20) ほかにも、劉餗『隋唐嘉話』中巻に「貞観中、景雲見《あら》われ、河水清く、張率更は以て景雲河水清歌を為し、名づけて燕楽と曰う、今 元会第一奏是なり」と、景雲河水清歌を燕楽とする例もある。

(21) 前掲 岸辺成雄『唐代音楽の歴史的研究』序説 第四章「末唐妓館の活動」において、「唐代では、坐部伎の筆頭曲なる讌楽(燕楽に非ず)以外に燕楽なる名称はない。新唐書礼楽志の巻上に、十部伎を述べるにあたって、その冒頭に「燕楽」の二字を置いているが、これは燕楽なる詞がこのように使われた宋代の編纂者の竄入である。」(上巻、八七頁)と指摘されている。

(22) 許建平「『夢渓筆談』対我国古代音楽史的貢献」(『沈括研究』浙江人民出版社、一九八五年所収)によると、沈括の「雅」「清」「燕」の三楽の記載のなかで、後の理解に最も貢献したのは、「燕楽」の記載であるとしている。とりわけ燕楽二十八調の名称と構成については、教坊で使用された曲調と一致し、『補筆談』第五三一条で、北宋代の燕楽二十八調の構成を記述している。それは北宋燕楽二十八調の唯一の正確な記録とされている。

(23) 増田清秀『楽府の歴史的研究』(創文社、一九七五年)第一章「郭茂倩の楽府詩集編纂」四四二頁によれば、作者及び時代の明らかな作品について、その半分以上が隋・唐・五代のものが占めるとある。そのことからも、それが単なる歴史的資料ではなく、宋代に繋がる隋唐代のものを整理しようとする意図をもっていることが窺える。さらにそれの基となった唐の呉兢の『楽府古題要解』と比べてやはり増田氏は次のように述べる。「郭氏は、拂舞歌と白紵歌を一括して舞曲と名づけ、鐃歌を鼓吹曲に改めた。……その上、彼は、新たに郊廟と燕射を設け、隋・唐の世に発生した楽府を一括して近代曲と称し、更に雑歌謡辞・新楽府辞をも設けた。」と。この分類は、唐代音楽を視野に入れてそれを整理するのに都合のいいように仕立てたものと考えられる。例えば、拂舞歌、白紵歌がまとめられたとする「舞曲歌辞」のところでは、その解題に坐立部伎が説明され、歌辞として「霓裳辞」もあげられている。また、「近代曲辞」「新楽府辞」も、宋に残る唐の歌辞文学を考える際には、是非とも必要なものであった。

(24) 村上哲見『宋詞研究』(創文社、一九七六年)上篇「唐五代詞論」第一章 詞源流考、七六頁。

あとがき

本書は、私の二十年近くにおよぶ研究成果をまとめたものであり、ここでそれについて振り返ってみることをお許しいただきたい。そもそも本書の中心となった詩人白居易との出会いは、一九八五年のこと。その秋から一年間北京大学に留学することになっていた私は、京都大学教養部の図書館で卒業論文の題目について思いあぐねていた。そこで堤留吉『白楽天研究』という本を目にして、特に音楽の部分に魅せられ、唐代の詩人が急に等身大のものとして実感できるように思えたのである。その親近感は、留学中に洛陽にある白居易の墓に詣でたときに、風雨のなかで彼の声を聞いたような気がして、さらに深められた。また、当時北京大学におられた唐代音楽研究の大家陰法魯先生のお宅へ伺うことができたのは、とても幸せなことだった。そこでシルクロードを通じて外来音楽を吸収してきた唐代音楽の魅力や、中国の音楽研究の現状などに関して直接教えを仰ぐ機会に恵まれた。陰法魯先生が大学四年だった私の「琴は木性の音で伝統的、琵琶は金属性の音で外来のもの」という拙い考えを、おもしろいと言ってくださったことが、以後の研究の原動力となっている。ご高齢で山東なまりが強い先生との会話は筆談を交えたものであったが、音楽文化を楽しげに語られた先生のお姿は昨日のように鮮明である。

北京大学の食堂で偶然お会いした戸川芳郎先生には、また多くのことをお教えいただいた。学問的素養の全くない私には、先生の高邁なお話の何分の一も理解できなかったかもしれないが、先生のおっしゃった学問に魅力を感じた私は、東京大学大学院中国哲学専攻の修士課程に学び、先生の『周礼』春官・大司楽の演習などによって、礼楽思想について目を開くことができた。

博士課程を再び京都大学に戻って過ごすことになった私は、正直その哲学と文学の研究手法の違いに戸惑った。その時、白居易を含む詩人の活躍した中唐を中心に、文学の面白さをお教え下さったのが、川合康三先生であった。先生から数々のヒントをいただいて、中唐に生きた白居易について、考えていく土台を築くことができ、「韓孟聯句」を読む会などに参加して、詩を読み解く興趣とその難しさを学ばせていただいた。そうして『白居易研究講座』、『中国文学報』、『白居易研究年報』に掲載された論文が、本書の骨格ともいえるものとなった。さらに天理大学に就職してから『中国文学報』に投稿した「音の伝承——唐代の楽譜と楽人」は、思いがけず「盧北賞」をいただくこととなり、非才の分際で本当に身にあまることであった。それ以後賞に恥じることのない研究ができているのか甚だ不安である。

さらにまた科学研究費の助成もいただいて、唐の段安節『楽府雑録』、宋の王灼『碧鶏漫志』、陳暘『楽書』の訳注を作る機会を与えられたことも、本書の随所に活かしたつもりである。それらの書物は、唐代の音楽文化について多くの情報をもたらしてくれた。

本書の出版にあたっては、天理大学学術図書出版助成費をいただいた。多くの援助のもとに本書は成り立っている。天理参考館の山田耕太郎氏と小田木治太郎氏の御世話になって、同館所蔵「白陶加彩舞楽女子」の写真をこのカバーに使わせていただいた。初唐のものだが、唐代の舞楽俑として美しく、詩人が唐代音楽に魅せられたことを、その力を借りて少しでも感じていただけたらと願っている。また知泉書館の小山光夫さん、髙野文子さんには非常にお世話になった。とりわけ小山さんからは本を作るということについてお教えいただいた。こころから感謝したい。最後に、論文の構想がわくと聞き役となり、論文を書けば最初の読者となり、校正にいたるまで力を貸してくれた夫中裕史の応援のもとに本書はできあがったことを記しておきたい。

初出一覧

第Ⅰ部　音に遊ぶ詩人

第一章「白居易の音へのこだわり――白詩にみる音の世界」（『白居易研究年報』第四号、勉誠出版、二〇〇三年九月）
第二章「填詞への目覚め――白居易杭州刺史時期の文学的意義」（『中国文学報』第四五冊、一九九二年一〇月）
第三章「白居易と詞――洛陽履道里における江南の再現」（『白居易研究講座』第一巻、勉誠社、一九九三年六月）
第四章「楽と文人社会――白居易の琴をめぐって」（『天理大学学報』第一七五輯、一九九四年二月）

第Ⅱ部　伝承される詩と音楽

第一章「詩は人口に在り――地方における白詩の伝播」（『興膳教授退官記念中国文学論集』汲古書院、二〇〇〇年三月）
第二章「中唐の集賢院――中唐詩人にとっての宮中蔵書」（『東方学』第九六輯、一九九八年七月）
第三章「音の伝承――唐代における楽譜と楽人」（『中国文学報』第六二冊、二〇〇一年四月）

第Ⅲ部　歴史と化す音楽

第一章「唐代音楽資料としての白詩の再考」（『白居易研究講座』第五巻　勉誠社、一九九四年九月）
第二章「法曲攷――唐代宮廷音楽史への一考察」（『天理大学学報』第一八四輯、一九九五年一〇月）
第三章「北宋期における唐代音楽像――『新唐書』「礼楽志」を中心にして」（『天理大学学報』第二一四輯、二〇〇七年二月）

作品名索引

＊　白居易の作品巻数は朱金城『白居易集箋校』（上海古籍出版社，1988年）による。
＊　作品番号は花房英樹『白氏文集の批判的研究』（朋友書店，1974年再版）による。
＊　白居易以外の者の作品には，著者名を作品の後に記した。太字で示したものは，特に取り上げたものである。

あ　行

か　行

さ　行

た・な 行

は・ま 行

や 行

ら 行

わ 行

中　純子（なか・じゅんこ）

1992年，京都大学大学院文学研究科博士後期課程修了．天理大学おやさと研究所助手．1993年，同講師．1997年天理大学国際文化学部中国学科講師．現在同アジア学科准教授．

〔著訳書〕『中国の伝統美学』（共訳，平凡社），「天理図書館蔵『明楽唱号』―江戸時代における明楽の伝承」（『ビブリア』第114号），「隋唐時期の医書にみえる出産観」（『ジェンダーからみた中国の家と女』東方書店所収），「中唐宮詞考―王建「宮詞」の魅力」（『天理大学学報』第180輯），『中国音楽の泉』（天理大学附属おやさと研究所，グローカル新書）．

〔詩人と音楽〕　ISBN978-4-86285-045-4

2008 年 11 月 10 日　第 1 刷印刷
2008 年 11 月 15 日　第 1 刷発行

著　者　中　純　子
発行者　小　山　光　夫
印刷者　藤　原　愛　子

発行所　〒113-0033 東京都文京区本郷1-13-2
電話03(3814)6161 振替00120-6-117170
http://www.chisen.co.jp
株式会社 知泉書館

Printed in Japan　印刷・製本／藤原印刷